后浪电影学院

169

TALKING
WITH
SCRIPT DOCTOR
ABOUT
SCRIPTWRITING

编剧解忧相谈室

| 初诊篇 |

RYUTA MIYAKE

〔日〕三宅隆太——著

史逸青——译

四川文艺出版社

目　录

序　言

在翻阅剧本大赛的应征作品和剧本创作培训班学生写出的剧本时，有时会遇到令人不禁怀有"这是同一个人写的吧"这样想法的雷同作品。

其中经常遇到的是以下四种类型。

（1）"少年与死神系"
（2）"中年人与女高中生系"
（3）"陆幕①系"
（4）"窗边系"

故事的舞台为淡漠而泛白的抽象空间，身为主人公的少年遇到了"如同死神一般的神秘人"，受到了关于世间腐败的说教，数次就人生的意义展开问答，（1）这种类型的剧本大抵如上。多数情况下，死神一样的人物会引用尼采的晦涩台词，但与这个人物不太相符的是，他偶尔说起话来会突然变得像个大学生。

---

① "陆幕"是日军陆上幕僚监部的简称，即日军的陆军参谋部。——译者注

又或者，尽管从前半部分到中间部分并不存在明确的故事情节，但到了后半部分，却突然浮现出一个事实——身为主人公的少年从前杀害了青梅竹马的少女。

真相大白的一刻会以固定的模式表现，主人公仿佛拥有了死神般不可思议的力量，（象征主人公记忆的）八毫米胶片出现了，伴随着充满怀旧气息的咔嗒咔嗒声，画面中逐步呈现出如下场景：身着白色连衣裙的长发美少女看向镜头微笑着，凄美地死去。

最后，主人公或是从高塔上一跃而下，或是用不知从何处得到的手枪射穿自己的头颅，在或真或幻的自杀中，故事就暧昧不清地结束了。

（2）的类型，一般讲述的是被裁员的中年职员与偶遇到的奇怪女高中生一同旅行的故事。

女高中生乍一看是个性格奔放、不受拘束的角色，而事实上或是一直遭受着养父的性虐待，或是身患不治之症仅剩月余的生命。倘若挽起袖子，手腕上定然会有割痕，褪下衣服背上还可能文着羽翼的文身。

此外，女高中生戴着眼罩的例子也十分常见。佩戴眼罩绝不是因为患有眼疾，大多是出于"不想再看这腐朽的世间"这样的理由。

顺带一提，这两人多是以大海为目的地。而且，令人感到不可思议的是，自始至终，两人绝不会发生性关系。

（3）类型讲的是隶属于自卫队或是虚构的防卫队的主人公，面对突然出现的未知生物，或设定模糊的虚构国家的军队，进入战斗状态的故事。人物关系部分的剧情轻描淡写，而关于战斗机、战车还有重武器的描写却没完没了。剧本的场景提示大多被那些武器的固有名词占据，偶尔出现的动作描写多是解除枪械的安全装置、退出弹壳的场面。台词难以给人留下印象，"陆幕"这个词语的多次出现是该类型的一大特征。

很多编写以上三种类型剧本的人都十分自我，无论我这边如何提出建议，基本上从不予以听取。但如果一直随心所欲写着雷同的故事，总有一天他们会十分自然地进入下一个阶段（其中也包含不再从事剧本写作这一选项）。

然而，放在最后介绍的类型（4）"窗边系"，情况稍有不同。

坦而言之，在长年从事剧本写作教育的过程中，我认为最棘手的问题就是写"窗边系"剧本的这类人。

在"窗边系"作品中，典型的情节线是这样的：不善于与人相处的女白领回到乡下，经过一番自我追寻，（权且当作）恢复了一点活力又回到了东京。

此外，"极度厌恶与朋友同去拍大头贴、唱卡拉OK的木讷文学系女子，在图书馆或是美术馆等充满文艺气息的地方，邂逅了儒雅的年长男性后，（权且当作）受到了对方的赞赏，满足了自身被他人认可的内在需求"，"临近婚期的女白领，或是正处于求职期、焦头烂额的大学生，或是育儿工作告一段落的家庭主妇等等，在反思自己的人生是否要这样过下去而苦闷至极的时候，从抽屉中意外翻找出孩童时代写下的关于未来梦想的作文，（权且当作）自然而然地解决了当下的问题"等等，像这样的故事，本质上也属于"窗边系"作品。

无论是何种剧情模式，总有其共通之处：主人公极度内向，不会诉说自己的想法，不会采取能够解决问题的具体行动，相反，他总是独自驻足窗边，或是陷入沉思，或是焦虑烦恼。这样的场景几度出现，这便是"窗边系"作品的共同点。

当然，我并不是在断言"剧本主人公应当都是性格外向的"。将内向的人物刻画得魅力四射，是绝对可能的。

但是，大多数情况下只有作者本人了解"窗边系"作品的主人公在考虑什么、想着什么，其原因在于"主人公的内心纠葛没有被烘托凸显出来"。这一事实是不容忽视的。如果舍弃了非语言描写的部分，那么无论怎样去刻画，也都难以获得剧本所拥有的感染力。

"窗边系"的作家们需要深知"倘若角色沉默无言或者不去行动，那么故事的展开就会停滞不前"这一点。

为了思考这个问题，让我们再深入发掘一下"窗边系"的作品。

"不善于与人相处的女白领回到乡下，经过一番自我的追寻，（权且当作）恢复了一点活力又回到了东京"。这个故事堪称"窗边系"作品的典型。以此为例，让我们来探究一下"窗边系"作家独有的编写剧本的特征。

首先，这一类的剧本从开篇起，就长篇大论地描写起了毫无波澜的日常生活。创作该剧本的作者本人通常会声称："因为我个人喜欢'日常系'的风格，所以这样写就足够了。"然而这两者是截然不同的。

因为，"窗边系"作品前半部分所描绘的各个插曲片段，自始至终都停留在零散的"点"的状态，未能连接成"线"。当然，在这种情况下，阅读前半部分的时候，完全弄不清楚这个故事讲述的是有关哪个角色的哪个事件。因为各式各样的小插曲不能引起连锁反应，无法从中产生促进故事发展的推动力，所以才会产生诸如此类的问题。

大约推进至中间部分时，终于看到了类似于故事展开的内容。主人公的工作或是恋情，"没来由"地进展不顺。

就在这时，电话录音中录下了住在乡下的家人的留言，因此主人公决定回家省亲（最基本的模式是，电话录音中传来了母亲身体状况恶化的消息）。

回到老家与母亲再会的主人公，同母亲一起在厨房试着做了孩童时代最为讨厌的炖萝卜。不一会儿，与母亲的聊天中断，诸如"那一天，你为什么没有去观看我们的文艺会呢？"这样的陈年旧怨突然被翻出来，令母亲不知所措（前文并没有任何伏笔，因此读者读起来也很是困惑）。

或者，如果母亲的设定是身体健康的，那么主人公归省的理由，多是出席与自己性格迥然不同的活泼的妹妹或是旧时同窗的婚礼。然后，在婚礼当日，看着新娘幸福甜蜜的样子，微微有些失落。

无论是哪一种模式，主人公都会在那之后"像是被什么迷惑了一样"踉跄地走在当地的街道上。接下来，当主人公发现从前是点心店的地方变成了投币式停车场后，便登上了儿时常常在那里玩耍的小山。

在那里，主人公凝视着与过往并没有什么不同的夕阳，大抵会边哭边笑，就此恢复了活力。

时间推至数日之后，在最后一幕中，决定重归职场的主人公虽不能说是活力满满，但带着较从前已是开朗许多的表情，仰视着公司所在的摩天大楼。

接着，用谁也听不到的微小声音说着"嗯！"啊"加油"啊，自言自语着走进大楼。就在此时，剧情终止。

顺带一提，这样的剧本，通常是以如下场景作为开场的：下班路上的主人公一脸疲惫地顺路去了便利店，买了朴素的晚餐，用店里的微波炉加热过后，一个人寂寞地回到住所。

之后，以第二天的职场为背景稍做日常描写后，主人公去了附近的咖啡店。约定好共进午餐的同性好友正在那里等候，通过"说起来最近跟你男朋友怎么样了？"等对话，恰到好处地引出了主人公的背景故事。（一般情况下，这位好友不会再度登场。所谓好友，不过是一个只有姓名的倾听者而已。）

另外，主人公多会饲养猫或是金鱼，有时还有关于"没能实现的梦想"的设定：小时候曾憧憬成为一名服装设计师。

以上述特征为根据，我们在此将"窗边系"作品特有的问题锁定在以下几点。

- 作品企划与故事内容保守，主题未超出一般常识范畴。
- 描写太过细致，缺乏对故事的推动力，各个场景的目的与作用不明确。
- 各个插曲独自成点，未能连接成线，没有形成故事发展的轨迹。
- 作者过于深入主人公的内在一面，描写了一些实际上没有被表现出来的心情。
- 结果，主人公是孤立的，与环境和其他登场人物之间没能形成外在的冲突。
- 在主人公的内在矛盾没有被烘托凸显的情况下，故事就进入了后半部分，所以明确而有张力的高潮部分（化解矛盾的行动）也就没有产生。
- 尽管缺乏具体的化解矛盾的行动，在最后一幕中，主人公仍被描写成在不知不觉中有了变化并得到了成长的样子。

另一方面，在面对写下"窗边系"作品的人时，我发觉他们自身存在如下特征。

- 内心容易受伤或感到不安。
- 不善于从大局出发看待事物，极易拘泥于细节。

- 极度缺乏自信，易陷入自我否定和自我注目。
- 同时又自尊心过强，不够灵活，容易重理论而轻实践。
- 过于重视社会关系的平衡，导致恐惧、想要避免与他人产生纷争。
- 回避个人短板，容易压抑内心的怒意。
- 尽管心头已涌现出许多想法，总是予以压制并深藏于心。

不得不说，从写出优质剧本的角度来审视这些特征的话，它们显然处在负的一面（劣势）。

因为，剧本不是由"道理"和"知识"写就的，只有运用作者的"感情"才能写好剧本。

"理性"当然很必要。怎样将自己写的场景和台词传达给读者和观众，以及应当怎样呈现，这种"客观"和"冷静"是应当时常保持的。

但是，如果作者压抑自己的感情，面对内心的想法时常选择忍耐（换言之就是设置了心灵的制动），对剧本的写作也会产生不良影响。

如此一来，主人公和登场人物的内心活动也会受限。

说起来，剧本大赛的审查评比是仅限于投稿作品的。

是否能够获奖，仅仅是由参赛作品的好坏来判断的，所以大赛的评委自然没有与作者本人接触的必要。

如果遇到"窗边系"作品，那么"不做选择"就可以了。

然后，一般情况下，大多数评委会用"没有写作技巧"

"没有才能"这两种说法来舍弃落选的"窗边系"作家。我在常年担任评委的过程中，多次见证了那样的场面。

然而，在剧本写作教育中，不能以那种简单的理由就放弃"窗边系"作家。直面每一位作者，引导他们写出更好的剧本是我们讲师的职责。

对于"窗边系"作家所怀有的"负的一面（劣势）"，大部分讲师应该都会感到烦恼和难以应付。

实际上我也一样。迄今为止，在执教于面向大学生和社会人招生的剧本学校中，我遇到了数量庞大的"窗边系"作家，我对他们有过叱责，也有过激励。

那真是相当耗费精力的工作，其间也经历过无数次身心俱疲的考验。

但是，正是通过这些经历，我发现了一个事实。

那就是，多数"窗边系"作家都是潜力无限的。

他们身上共有的正的一面（优势），正是根据所在。

多数"窗边系"作家，不擅长口头表达，更擅长书面写作，能够聚精会神且谦虚地倾听他人讲话；而且性格谨慎，坚韧不拔，绝不会说出不体贴的话语或是做出误伤他人的事，并且分析能力强，能够看穿事物的本质。

最重要的是，他们都是懂得他人的心情，富有共情能力的一类人。在此基础上，每个人都有属于自己的"与众不同而明确的正义感（类似'唯独这一点是绝不能容许'的价值观）"。

上述特性，可以说是写出优质剧本的必要素养了。

不过，正如前所述，他们中的多数思想顽固，思考的怪癖根深蒂固，具有立刻开启"心灵制动"的倾向。

只要移除这种思考的怪癖，他们中的多数就能写出富有创意和魅力的剧本。

换言之，问题的根本并不在于是否具备技巧和才能。

实际上，我曾数次目睹班上的"窗边系"作家逐渐蜕变，激昂地创作出了有自己独特风格的剧本。

他们之间的共性，就是去留意质疑自己思考的怪癖，为了迈出新的一步，不断地扪心自问，最终通过自身的力量打破了包裹自身的外壳。

尽管日本有众多"窗边系"作家，但他们至今为止少有受到关注的机会。这本书，正是一本帮助"窗边系"作家（也就是正在读书的你）的剧本写作指南。

希望能够通过我自身的"发现"与"实感"，帮助你解除"心灵制动"，破茧成蝶，畅快自如地写出拥有自己风格的剧本。

但是，你得具备相应的觉悟。

解除"心灵制动"并"挣脱束缚"，是需要勇气的。

根据不同的情况，可能还会伴有一丝内心的痛楚（这一点也是因人而异，有些人可能程度更甚）。

不过，如果你真想创作出优秀的剧本，这些挑战不可或缺。

除去电影方面的工作，我还持有心理咨询的资格证书，实际上也从事着心理咨询的工作。

也许有人会想："那又如何？那些与剧本写作技巧不是没有什么关系吗？"且打消这样的想法吧，这两者之间存在巨大的关联。

至于具体是怎样的关系，还请您继续阅读本书。

序言至此告一段落，接下来就开始正式的课程吧！

[第1章]

探索你的世界观

想要解除"心灵制动",写出更好的剧本,非常重要的一点就是:了解自身是怎样看待世界和他人的。

我称为"世界观"。没有世界观的人是不存在的。

只要你还是你,就必定存在你的世界观。在我看来,这是与你的"作家性"紧密相连的关键所在。

看到这里,想来你会立刻感到不安吧。

"我真的有自己的世界观吗?更别说作家性了……"

不必担心,你的世界观是绝对存在的。

若非如此,你不会出现在此时此地。你只不过还未从自身之中察觉到明晰的世界观罢了。

在观看已发行的电影时,你可能会抱有这样的想法:"要是能有这样的世界观就好了。"但那并不是你的世界观。你只是憧憬他人的世界观而已。那原本就是属于他人的创意,是绝不能据为己有的。

所以,现在立刻放弃那些想法吧。比起那些想法,你的那些你自以为"实在是无聊"的想法,恰恰可能是最为有趣的奇思妙想。所以,不要再轻易地说自己没有世界观了。

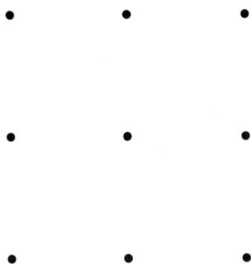

Q：图中有排列为四边形的九个点。请用四条直线，一笔画过
　　所有的点。每个点只能通过一次。起点自定。

虽然有些突然，请看下图并回答后面的问题。

请充分思考，挑战作答。

答题结束后，请翻至本书第 332 页，核对答案。

之后还请翻回到这一页。

那么，去吧！

欢迎回来（笑）。

在对过答案之后，感觉如何呢？

（1）嗯，做对了！（喜）

（2）啊，原来如此！还有这种方法！（乐）

（3）搞错了。反正自己没什么才能。（哀）

（4）太狡猾了！题目中没有讲明可以超出框架啊！（怒）

　　反应接近（3）和（4）的人，请不要条件反射般地失落或发怒，希望你能够稍稍冷静一下，重审题目。

　　你莫不是将题干中"排列为四边形"这一部分，误解为"四边是不可超出的框架"了吧？（然而，题干中未提及任何一句相关说明。）

　　相比这个如何画线才是正确答案的问题，更为重要的是意识到自己存在"盲信"或是"片面"的思维定式。

　　因为，正是"盲信"和"片面"的判断，阻碍你写出优秀的剧本，阻碍你做出更贴切的修改。

　　一旦出现盲信或是片面，就容易形成"因为……所以不能……"这样的思考怪癖。

　　例如"自己最初的想法是至高无上的"（→所以，即使他人提出了不同的想法，也绝不舍弃最初的思路，不能做出任何更改），"要具体表现自己的想法，这条情节线是唯一的呈现方式"（→因此，绝不接受由其他切入点引出的情节线），"一定要以这个场所作为舞台，由这一众人物之间的问答交锋开启全剧的最佳场景"（→所以，绝不可能认同关于最佳场景的其他表现方式）等等，都是盲信和片面可能招致的后果。

　　看到这里，你可能会这样辩驳我的说法：且慢！在此之前，你曾提过这是一本指导编剧写出具有个人风格的剧本的书。自己的所思所想，是自身思考的结果，当然具有个人特色。如果这一点被否定，那么剧本写作将无从开启，所思所写也将无法反映真实的自我了不是吗？

　　我想说的是，你条件反射般想到的点子和思维过程，或许本来就没有体现你的个人特色。伴随着身心的不断成熟，越是在社会中浸淫，人们越会丧失倾听本心的机会，容易陷入机械式的自动思考。

　　自动思考，简而言之，就是将霎时间浮现在脑海的内容作为思考结果的一种思维习惯。

　　比如说，当你和几个朋友交谈的时候，心里产生了一些想法。

　　此时，"反正应该不会有人想听听我的看法""还是继续保持沉默吧，我可不想发言之后丢人现眼"等等，这些瞬间涌现在脑海里的念头，就是自动思考。乍看之下，这样的自动思考似乎很像是自己一贯的思考方式，但是，这很有可能并非自己真实的想法。

🖉 你是否在写"毫无自身特色的剧本"？

　　在剧本学校写出"窗边系"剧本的编剧中，有很多人向我咨询，坦言"不知写什么好"。

　　在我看来，那不过是学校留下的课题罢了，任何内容的剧情企划都可以尝试。

　　在剧本学校学习，与专业编剧的工作方式不同，并非采取订单制。因此，不必在意预算和角色分配等方面的情况，自由地写下想要表达的内容就可以了。

万一写出了极其无聊的剧本，也不必担心会被制片人辞退；当然，即便写出了令人惊叹的杰作，也不会获得来年电影学院奖的最佳剧本奖。

总而言之，无论你的剧本质量如何，地球总是照常运转的。既然如此，只要安心尝试创作就足够了。

说起来，正是"写出所想即可"这样看似没有规定的规定，令这些编剧饱受折磨。这是什么缘故呢？为何他们得到了充分的创作自由，却反而受困于此呢？

我经常听到如下烦恼："不确定自身觉得有趣的内容是否真的趣味满满。"归根结底，他们认为"保证趣味性"这件事，全部都要"由自身去承担责任"，也因此承受了一定的压力。

当然，这种想法是可以理解的。对于尚未取得任何成绩的业余编剧爱好者来说，考虑去做原创剧本的内容企划，可能是高难度且需要勇气的行为。

于是，他们会在担心"万一作品无聊或是太过丢脸如何是好"的犹豫迷茫后，因为"这样的内容好像写得下去""这样写的话好像能够按时交稿"等等保守的理由，最终真的写出了十分无趣的剧本。令人遗憾的是，这样的人不在少数。

这种倾向在"窗边系"作家当中尤为明显。

然而，因为基于上述原因写成的剧本，并非出于"无论如何就是想把它写下来"这样坦荡的心境而创作的，所以自然也不是个能够让读者乐在其中的好剧本。

此时，剧本学校的讲师多会给出这样的建议：想不出内容的话，那就写自己的故事。

我也时常给出同样的建议，来鼓舞振奋我的学生。

虽然我给出了如上建议，但他们（"窗边系"作家）在创作的时候，还是会被"盲信"和"片面"牵引着，陷入自动思考的模式。

"我总是畏首畏尾，不善与人交往，人生也不尽如人意。总觉得要是这样的状况改变一下，就能解决问题了。嗯，那就如实地写这些吧……"，于是写出了"不善人际交往的女白领回到乡下，进行了一番自我探寻，最后稍稍振作精神回到了东京"这样的故事。又或是"我跟其他那些会享受青春的年轻女孩子不同，总是备感孤独。哎，不知会不会正巧有那么一个真正认可我的人啊……嗯，就这样如实写下来吧"，于是落笔写下了"极度厌恶与朋友一同去拍大头贴或是唱卡拉 OK 的木讷文学系女性，在图书馆或是美术馆等场所邂逅了理性智慧的年长男子，从年长男子那里得到了褒奖，受到认可，内心十分满足"的剧情。

但是，那些都是真实的吗？真的都是"你"吗？那个剧本是"写下了自己的故事"吗？

在我看来，其实还存在和这些更为不同的"自身情感的波动"，不是吗？包括我在内的剧本学校讲师，在说到"要写自己的故事"的时候，并不是要你写下安于现状而又无聊的抱怨。我们的意思其实是"写下具有你本色的故事即可"。那么，要写出具备你的本来特色的剧本，应该怎样做呢？

首先，请回答以下四个问题。

（答案不必拿给他人传阅，所以请不要害羞，写下自己最真实的想法！）

Q1：在你身边的人中，在一起相处时最令你身心舒适放松的是谁？

Q2：在同那个人相处时，你为什么会觉得舒适呢？

Q3：在你身边的人中，在一起相处时最让你感到不快的人是谁？

Q4：在同那个人相处时，你为什么会觉得不愉快呢？

那么，请问回答得如何了？

通过回答这些问题，能够看清你的伦理观，看清你最珍视的是什么。

换句话说，能摸清你对事物容忍和退让的界限。

那才是你最鲜明的个人特色，是最为真实的你，也体现着你的世界观。

看到这里，你可能会觉得不可思议："嗯？世界观？"

通常，"世界观"一词多被理解为"故事的背景设定"（例如"持续降下酸雨的未来都市"等等）。

但是，请你将我在这里讲的"世界观"，理解为"你看待世界和他人的方式"。

你刚刚写下的答案，如实地记录着你是如何看待、评价、审定世界和他人的。

所有人都以不同的目光注视着这个世界和身边的人，"通过自身内心的主观定义（以自身内心为前提），来理解世间万事万物"。

面对同一件事或同一个人，如何去看，有何感触，每个人都会有不同的回答。

你看待事物的目光，也唯你独有。

那是你极为重要的个性，也是你不可替代的武器。

另一方面，面对之前的四个问题，也会有感到棘手而难以作答的人。

尤其是生性温柔、厌恶争执、注重保持与社会以及他人之间平衡性的人，想必会感到为难吧。

然而即便如此，你仍无时无刻不在评判、审定世界和他人。

虽然不一定会说出来或是采取行动，但当你面对一件件事、一个个人的时候，在你的内心之中，会极为自然地给出相应的评价和判断。

请先承认这样一个事实：你正在以自己的目光，揣测着这个世界和他人。

要想解除"心灵制动"，打破束缚你的外壳，写出只有你才能创作出的优质剧本，承认上述事实正是迈出的第一步。

业余编剧的最大武器，并不是对专业编剧的模仿。

而是"保持自我"。

从前，我在课堂上讲起这番话的时候，曾被一名学生催促道："抽象的话就不要讲了，请抓紧时间教我们一些专业的编剧技巧吧。"

但我讲的并不抽象。只是单纯地陈述事实罢了。

无论是谁，都拥有值得书写的故事。

只要认真地度过了生命的每一天，在你身上，一定有理应传述，或是想要令他人倾听的东西。

那些不是其他，正是涌动迸发在你内心深处的所思所想。

那些所思所想，能够被多少人了解、懂得，尚且未知。

但至少比那些形式上刻意模仿专业编剧而写成的剧本来得有趣。因为，你的所思所想，是为你独有的原创的意趣，是其他任何人都不能模仿的。

而保持自我所折射出的"独特的世界观"，就潜伏在你的所思所想之中，等待出场机会的到来。

嗯，总是写这样的内容，恐怕又会被催促"不是说了别再讲什么抽象的话了，抓紧时间教些专业的知识了吗？"那我就"具体"解释一下，没有立即教授专业编剧技巧的理由。

原因十分简单：各位还只是业余编剧，并非专业出身。

迄今为止，例如剧本大赛的参赛作品或是在剧本学校提交的实践课题这类"自发创作的剧本"，你应当有过数次写作经验了。

但是，你们应该还没有以编剧为职业、根据工作要求来编写剧本的经验。

在这种情况下，用业余的头脑来理解"专业的技巧"，只模仿形式，是绝对不会有理想的结果的。

理由十分简单。因为缺乏专业编剧所拥有的十分重要的"实感"。

那种实感，就是在剧本写作中对责任的体会和承担。

专业编剧编写剧本，是"作为工作而写作"，是"为获得生活保障而写作"。专业编剧需要严守制片人给出的预算和时间进程表，这样的要求自是不必多说，对于演员角色分配的考虑，对于项目进行中由于政治原因而产生的意料之外的事件的应对等等，都会引起相应的剧本修改，这些事务都包含在专业编剧的工作范畴之中。

专业编剧在日常工作中习以为常的诸多事务，都意味着责任与承担。

倘若不曾有过相关经历，那么即使能够以业余编剧的思维理解到专业编剧的技巧，内心也无法获得真正从事编剧工作时的实感，即便能做到形似，也难以达到神似的境界。

装作专业的样子，也只能写出模仿专业编剧剧本的作品。

另一方面，你着重于自己的世界观而写出的剧本，可能还十分粗糙，各方面处于失衡的状态且有失柔和。

恐怕很难做到像专业编剧那样，完美优雅地展开一个故事。

不过，不必担心。那样的技巧，日后都可以逐渐掌握。

最为重要的，不是去强求欠缺的部分，而是重新探索、重新审视已有的一切。

带有个人特色、能够恣意书写的剧本究竟是什么呢？掌握这一点，并激发沉睡在你内心中潜在能力，是首先要着眼的两个关键点。

✎ 主人公的资质

再回到刚才的话题上来。

接下来要谈两种类型的人物。相处时最令你心情愉悦的人（喜欢的人）和最令你感到不快的人（厌恶的人）。

实际上这两者，都可以成为你剧本中的主人公。

听到上面的说法，你可能会这么想："不不不，暂且不提喜欢的人，讨厌的那家伙不可能成为主人公！对于自己来说可是最讨厌的人啊，无论如何也无法产生共鸣。"

但是，请少安毋躁。

在想到喜欢的人和讨厌的人的时候，回想他们的种种行为，你的感情难道不会剧烈地波动吗？难道内心不会涌现出诸如想让那个人获得幸福，或是那家伙最差劲了，死了就好了等想法吗？

为了创作高质量的剧本，这种"作者感情的波动"是至关重要的。

因为，那是自你内心喷薄而出的、独属于你的想法，更是只有你才会萌生的见解。

感情波动，其实也就是感动[①]。

提及感动，它多会被界定为热泪盈眶或是兴奋喜悦之类"欢欣的感觉"，然而实际上感动并不仅限于此。看到恐怖的东西时，心中涌动着恐惧的感觉，也是"感动"；遭遇不可宽恕的事情而感到愤慨，这同样也是一种"感动"。

人通过感情的波动，对自我有了最初的认知。而感情，则显示了你是以何种目光来看待他人以及世界的。

同时，意识到感情的波动，与"认真准确地思考"也是紧密相连的。

"思考"这一行为自身，便是令想法发生飞跃的巨大机遇。

要活用这一机遇，对于"自身感情的波动"即"感动"，必须自觉地进行认知。

但是，不要掉进误解的陷阱。

有意识地认识自我的感情波动，并不等同于自我内省。

它与偏执于自己的想法、自我注目（只关注自己的行为），

---

① "感动"的中文释义为"思想感情受外界事物的影响而激动，引起同情或向慕"。在日文中，同样使用汉字的"感动"，释义为"强烈有感于某事而心情大为激动"，与中文含义略有不同。为兼顾行文，在此仍沿用"感动"一词。——编者注

在意思上也有所不同。

那些行为，乍一看像是在思考，实际上并无所思所想，而是处于一个思考停滞的状态。

当剧本创作停滞不前的时候，你的内心呈现出的是怎样一种状态呢？

有没有可能是装作拼命地"思考"着，而实际上只是单纯地沉浸在情绪中，苦恼着、焦躁着？请务必自我怀疑一下。

那么，上述两者以外的人，是否可以成为主人公呢？请从无法瞬间想起，甚至没有出现在所列名单中的人中随机选取一位，并尝试有意识地回想那个人的事迹。

你的感情有着怎样的反应呢？

想来是没什么值得一提的反应吧。

至少，应该不会像想起喜欢的人和讨厌的人那样心绪起伏。

这是因为，你对身边大多数的熟人，并没有像面对喜欢的人或是讨厌的人一样，抱有足够的关注。

归根结底，大部分的熟人，对你来说不过是无足轻重的人。

将你漠不关心的人作为主人公，到底还是行不通的。你毫不在意的人，同样难以吸引观众的注意。

换言之，那些人并没有资格成为你剧本的主人公。

就我所知，"窗边系"的多数作家，或是害怕失败，或是过于看重社会性的平衡，于是选择了将"无足轻重的人"作为自己作品的主人公。

然而，无论怎样努力，没有人能把没兴趣了解的人写得魅力十足。

若是平素习惯无意识地做出平淡无奇的选择的话，从今日起，不妨有意识地加以留心。

再者，今后创作剧本的时候要多加注意，不要将"平淡无奇的人"设定为主人公。

✏ "好人"就能引起共鸣？

接下来，我们谈一下厌恶的人（令你感到不快的人）为何能够成为主人公。通常来说，成为主人公的条件，就是能够引起他人的共鸣。

当然，这条规律本身并没有问题。

但是，业余作家，尤其是"窗边系"作家，对于"能够引起共鸣"这一点的理解容易浮于表面。

到头来，作品多是单纯地以"品行端正的人"或"好人"为主人公。在选定主人公之际，总是难以逃脱中规中矩，注重保持社会性平衡的类型。

编剧们之所以会这样去写，也许是因为他们盲信或是片面地断定，只有将好人作为主人公，才会被一般人（也就是观众）接受。

但这样想是不行的，或许在平时的生活中，"品行端正的人"和"好人"更容易相处，然而在剧本中，他们就不一定能够引起共鸣了。

因为"好人"极易"沦落"为"好好先生"。

话说回来，绝对意义上的"品行端正的人"和"好人"，真的存在吗？

无论何人，都会有其特有的乖僻之处。

正是那些乖僻，造就了每个人身上最为与众不同的部分，甚至构成了一个人物的魅力点。

平日观察他人的时候，切忌肤浅、单方面地了解一个人。

常识的重要性，可谓是不言而喻。

缺乏常识，就难以正常地生活，也会逐渐与社会脱节。

但问题在于，若是过分拘泥于常识，当眼前出现行为超脱常识的人时，会条件反射一般十分恼火或是受到惊吓，极难保持冷静。

常识终究只是常识，无须"上纲上线"。

有些时候是轮不到社会公认的常识来指手画脚的，你的感觉和思考更为关键。

换言之，意识到"个人的思索和考量"是十分重要的。

如果你对自身不能够进行有深度的思考，那么，你就很难以旁观者的身份，看透旁人的行动以及其中蕴含的真意。

在我看来，无论是评阅剧本，还是身处现实世界，在评判人物之际，个人的思考都是颇有分量的关键点。

当然，如果你不管缘由不问状况，坚持表示难以容忍，无法原谅违背常识者的话，那么这种抗拒和反对，就无疑是你的个性，也是你的世界观。这样强烈而清晰的想法，也能够成为创作者强有力的武器。

然而，如果你只是觉得"在社会上，违反常识的人不是好人，这已经成了约定俗成的规则。既然如此，想必他们是真的品行不正吧"，并基于这样的想法去评价、审定他人，那你需要再考虑一下了。

因为，那并非"真正的你"所给出的评价或是判断，只不过是对"常识"的现学现卖而已。

✏ 常识的陷阱

假设你想写一个剧本，目的是希望观众能认真思考一下"杀人的对与错"这个主题。

这个时候，写下"杀人是绝对禁止的行为"之类的内容，是没什么意义的。

因为，那是理所应当的（常识）。

将理所应当的事情理所当然地描述出来，实在是难以打动读者的心。读者读过之后，除了发出"嗯，的确""对，确实如此"之类平淡的附和之外，再无其他回应。

在读完剧本，或是电影结束的那一刻，观众们想必已经忘记了故事的主题。

现在换一种思路来看这个问题。如果是描述了"在特定的时间和地点，有必要采取杀人这一行为"的剧本，观众的反应会如何呢？

观众们也许会感到出离愤怒："简直是胡说八道！不管有怎样的理由，杀人行为都是不能容忍的！"也许会回想自身的经历，对比自身的价值观加以评论："杀人当然是不可以的，但我也曾经那样想过。"

这样来写"杀人的对与错"，就能够引起观众对这个问题的深思了。

如此设定，带动了观众情绪的波动。情绪的起伏，促使观众围绕着"杀人的对与错"这个议题层层发掘，深度思索。

无论如何，提高写作意识，需要将常识先抛之脑后。

在写作的时候，你并不是芸芸众生的一员，而是只以"你"为名的独立个体。

引人共鸣的人物究竟如何？

那么，"引人共鸣的人物形象"，究竟是怎样的呢？

"引人共鸣的人物"，应是令人无法忽视的人，令人不得不在意的人。

观众会想要更多地了解那个人，了解他的遭遇，想要看他最后是如何解决了问题。

在你的伦理观中，"相处时让你心情愉悦的人（喜欢的人）"即是你所认可的人。你会衷心希望这种人过得开心，希望能够见证他最终收获幸福。

另一方面，从你的伦理观来看，让你感到不快的人（讨厌的人）属于你不认可的人。在想到讨厌的人的时候，你的内心有何反应？完全没有波澜吗？

恐怕不会无动于衷吧，难道不会感到愤怒或是暴躁吗？

想到讨厌的人，内心应该会出现"那家伙真是不可原谅！不得好死！"的想法，令你如鲠在喉，愤恨之气难以平息。

事实上，这样激愤的感觉，也可以说是一种"共鸣"。

✏ 为主人公制造绝境

从古至今，增强故事情节推动力的方法只有一个。

那就是为主人公制造绝境。

人这种生物在被逼迫到极限时，断然不会逃避或束手就擒，而必定会主动出击。

主动采取行动，强化自身与世界和他人的联系，他所处的事件状况也会随之变化，事态得以进一步发展。实际上，在日常生活中人们也是如此行动的。

这样重要的事实，同样可以运用到剧本写作中。

"窗边系"剧本的弱点之一，就是主人公并未被逼迫到绝境。

大部分"窗边系"作家，都有将与自己相似的人选定为主人公的倾向。

这种选择本身并非坏事，问题在于，因为作者自身在主观上与主人公太过步调一致，不知不觉中就会过于娇惯自己笔下的主人公，很难施以严酷的磨砺。

受到作者宠爱的登场人物一贯十分保守，绝不会自发采取任何行动。

这与在过分保护下长人的孩子是一样的。在与外界接触的时候缺乏自信，畏惧失败，在内心给自己设定种种限制，宛如戴上了枷锁，总是沉闷地苦恼着。结果，也只能在窗边陷入无尽的思虑。

归根结底，是主人公过于依赖作者了。

看到这里，你也许会觉得这种形容就仿佛主人公是现实生活中的人一样。没错，的确如此。

剧本中的登场人物，都是活生生的人。

在第一页的第一个场景中登场的女高中生、普通白领、主妇，都不是凭空出现的。早在此之前，他们的人生轨迹就已经开始延展了。

人之所以从嗷嗷待哺的婴儿变为风烛残年的老年人，是有其缘由的。

正因如此，编剧应当严厉地，甚至于"心肠狠辣"地给予主人公一些历练。

心怀恶意地与其相对，彻底地压制他、逼迫他，促使他主动采取行动。这样一来，主人公身上原本潜藏的魅力就会被激发出来。

你是创造出剧本世界的"神明"，也是诞下登场人物的

"父母"。对于笔下的主人公，身为作者的你肩负着必须要完成的责任和义务。

那么，具体应该如何去做呢？

为了练习，首先，请你仔细思考一下之前写下的"让你感到不快的人"的事情。你是因为何种缘故而不能原谅他呢？为何会感到愤怒呢？

不要单纯以"不知为何就是觉得火大"来回答。追问火大的理由时，如果回答说"因为那个人与我不同，所以生气"，也是毫无意义的。

他人与自身不同，这本来就是十分正常的事情。

重要的是，你需要去思考这个人具体是哪一方面与你不同，以及这种不同为何会导致你生气。

你需要将注意力集中到这一点上：在想到他们的时候，你的感情有着怎样的起伏？

偶尔会有学生说："不想去思考那些让人讨厌的家伙的事情，简直是浪费时间！我只愿意想着喜欢的人来度过生活。开开心心的有何不可？"

我也认为，没有比开心地度过人生更棒的事情了。但遗憾的是，那样的想法并不高明。

那种思考方式，不能帮你写出带有你个人风格的好剧本。

装作视而不见，逃避思考，仅仅是单纯的思考停滞罢了。

　　放弃思考、抗拒思考的人，有可能将思考误解为思虑了。（思虑确实是十分痛苦的事情。我也很抗拒过度的思虑。）

　　倘若如我所言，那可能产生误解的这些人并没有掌握正确的思考方式，又或者可能是在无意识中养成了不加思索的习惯。这种不假思索的习惯，也是"思考的怪癖"之一。

　　在"窗边系"作家之中，有如下表现的人相当之多：当你告诉他要更深入地思考时，他生气地辩解道"我已经很认真地在思考了！"但实际上他只是心怀种种思虑，或是情绪低落，又或者大脑已陷入一片恐慌。

　　我相信，他本人肯定切实感到了自己在努力思考，但那跟真正意义上的思考不可混为一谈。那种"思考"，只不过是单纯地张皇失措。

　　人一旦处于惊慌的状态，就难有余力去关注对方的想法和事物的来龙去脉了。

　　失了方寸，就会生出诸多担忧：不知别人怎样看待我？失败了可如何是好？这样一来，陷入了"自我注目"，那就大事不妙了。

　　特别是在惯常使用"反正我这种人""但是""因为"等口头禅的人身上，自我注目的倾向很是鲜明。

　　自我注目会侵蚀你的平常心，夺去你客观思考的立场。

　　甚至可能导致你失去本来的自我。

　　越是困厄之境，越是慌乱之时，越是不能只关注自己，一味沉浸在自己的情绪之中。此时此刻，将视线转向对方的情绪波动或是所面对的事物的结构才是更重要的。那样就能够真实准确地评估眼前出现的问题，构建正确的认知了。

恢复了平常心和客观性，也就能真正正视自己真实的感情波动了。

话虽如此，但如果你选择了"无可非议的人（即普罗大众）"或者"影射自己的人"作为主人公（特别是当你同情自己的时候），除非万不得已，不然也很难将主人公逼迫到极限吧。

对此，我要提出的解决办法，就是将你在自身伦理观念上不认可的人设定为主人公。

如果对方是自己不认可的人，那么带头妨碍他（她）心愿的实现，想来也是轻而易举的吧。

也就是说，这样做更容易为主人公创造绝境，故事的进展也有了更强的助力。

换言之，这也是在借助你心中蛰伏的"恶意"来进行创作。

当然，对一个自己厌恶的人抱有关心是很难的，那么，在创作中的思考方法就需要运用一点窍门了。那就是多加"主观地赋予意义（即以内心为前提）"。

🖊 如何发现内心的前提？

在之前的提问中，就"相处时让你心情愉悦的人"这个问题，你列举了怎样的人呢？

　　那个人，是温柔待你的人吗？具体一点来讲，是肯定你的所言所语、认可你这个个体的人吗？又或者，是会真挚地批评你的人吗？是会为你着想因而严厉地与你争论的人吗？

　　那样的人，应与你相似，或者与你有诸多共通之处吧。

　　当然，大家的答案可能是形形色色的，毕竟每个人都有与众不同的人生，世界观自然也不尽相同。

　　在此透露下我的看法。在被问到"相处时让你心情愉悦的人"时，我选择了旧友中的一位。即便会招致身边人的反感，他仍然能够做出专业的选择和行动。暂且称他为 A 吧。

　　A 是一个很有脾气的人，周围的人都对他敬而远之。他待人接物也十分严苛，曾有人扬言"再也不想与 A 共事了"。与他一起工作的时候，我也觉得他是个很难对付的人。

　　既然如此，为何我会觉得与他相处时十分愉快呢？

　　因为 A 十分直率，不想做的事情就不会委屈自己去做，面对不认可的事物也绝不妥协。

　　由于说话太过直白，他时常会和周围的人发生摩擦冲突。但正因为他表里如一，才值得信任。

　　况且，他还颇具专业意识，在其位谋其政。虽然他拒绝做自己不想做的事情，但是需要去做的事情他也是一件不落。虽然他拒绝认可自己不认可的事，但应该得到认可的事，他也都会认可。

　　在完美利落地完成手头的工作之后，他会在同事面前潇洒地打卡下班。细细想来，在共事时，颇有脾气也好，待人严厉

也罢，事实上都是些微不足道的问题。（当然，如果待人能够
更温和一些的话就谢天谢地了。）

通过与 A 的相处，我常常希望自己能够变得更为专业。为
了做到这一点，我也时常自发地督促自己。

出于上述事由，在选择"相处时让你心情愉悦的人"时，
我选的并不是"与自己相似的人"或者"同自己多有共通之处
的人"，而是选择了"自己憧憬的人""自身认为有价值的人"。

从这个回答可以看出，比起自己和与自身相似的人，我，
也就是三宅隆太这个人，对"他人（具备自身所欠缺的品质的
人）"更易抱有好感。

在平时的工作中，我并不会一厢情愿地认为，对方待我应
当是善意的。至于对方与我是否相似、是否有共通之处，我也
不会特别在意。

所以，对方即使不是"好人"，也没有关系。

较之性格品质样样好但是工作能力欠缺的人，我更欣赏平
素惹人厌烦但是工作上十分出色的人，跟这样的人共事，工作
起来更有干劲。

这样的想法，正是出于我主观的定义（即我"内心的前
提"），它同时也是我的世界观之一。

对于另一个问题，我列举了曾经共事过的一位女性作为
"相处时感到不快的人"。在此，暂且称她为 B。

B 不爱出风头，言辞客气，责任感强，待人无微不至，与
人相处时注意分寸，是个中规中矩的人。

　　有人也许会觉得诧异：这难道不好吗？哪里会令人感到不愉快呢？

　　的确，乍一看会觉得 B 是"利他"型的人。但实际上，再没有比这更为"利己"的人了。

　　诚然，每个人或多或少都是"利己"的。因此，"利己"也是无可厚非的。

　　我之所以感到不快，是因为她总是"装出接受的样子却并非发自真心"。

　　B 在向他人询问或是拜托别人时，总会事先设想对方的答案，期待对方给出自己期望的回答。

　　当 B 没能得到想要的回答时，就会立刻露出大失所望、一筹莫展的神情。

　　和自己设想的不一样。

　　和自己期待的有出入。

　　当面对这样的结果，她会立刻做出"那样不行呀"的判断。

　　然而，他人总归是他人，在没有沟通的情况下，他人也很难摸清你的想法。即使结果与期待的答案和事先预想好的情景有所不同，也实在没有失望或是束手无策的必要吧。

　　要求他人无条件地与自己步调一致，实质上等同于向他人索求"无偿的爱"。

　　那是不可能的事情。他人并不是 B 的父母，既没有无偿地付出爱的理由，也没有那样的义务（实际上，纵使是父母，也并没有那样做的义务）。

　　面对一个过着完全不同生活、世界观也有差异的他人，抱有"根本不是我所期待的人！太让我失望了！"这种看法，在我看来实在是既愚蠢又可笑。

　　可是，B 会隐藏自己那些对他人的不满。

　　B 令我感到不愉快的最大理由便在于此。

　　不管内心多难过，她绝不会与对方辩驳。她总是沉默地接受对方的说法。

　　如果是在认同对方的基础上，那样做当然没有问题。倘若是转换心情去做接下来的事情，或是为了打破僵局而转变自己的思路，不仅无可非议，更可以说是非常聪明的举动。

　　但是，B 的情况并非如此。B 会一个人抱守着问题，忧虑着，苦恼着。

　　然后，事态进一步恶化，最终导致一人无力处理的局面。

　　作为专业的工作人员，B 的做事方法完全是不合格的。

　　如果没有要去负责的想法（没有觉悟），就不该装出态度坚定、富有担当的模样。

　　本来，就算 B 对他人的回答方式和内容感到不满，也不应该事后失落或是暴躁，而应该当场进行反驳才对。

　　也许她是无法强硬地向对方进行游说的人，也许她是内心消极、十分拘谨的人。

　　但那些都是 B 所佩戴的"社会面具"，不过是她为了保持与社会之间关系的平衡而做出的应对之一罢了。

但当 B 陷入棘手处境，感到万分困苦的时候，情况就已经不能说是常态了，而是已经到了紧急时刻。如我之前所讲，人在被逼到极限时，一定会主动采取行动以改变现状。

即便如此，B 仍是无动于衷。不仅没有主动出击，她甚至还时常说着"没关系，是我不好"或"没事，忍耐一下就可以了"来麻痹自我。

然而，在她内心深处并不认同这样的结果，困苦焦躁的情绪难以平抑，因此十分痛苦。

在这一点上，我深深感受到，B 面对他人时总是过早放弃辩驳，其中还隐藏着过度的自卑感。对此，哀其不幸怒其不争，这种感觉让我感到非常不快。

或许，对于 B 来说，比起与他人针锋相对努力扭转事态，可能"自我责备、后悔自己的行动后情绪低沉"是更重要的事。但是，那种行为，乍一看仿佛是在为对方着想而自己做出让步，事实上，那无异于是为了自保而关上心灵的窗户，装作视而不见。

自己、自己、自己……"自己"真的那么有价值吗？真的值得被珍重保护吗？

再者，B 想要守护的"自己"，真的是"原本的自己"吗？

在我看来，她并不能充分地、正确地认识自己。

诚然，在他人失落、悲伤、走投无路之时，我也会有怜悯的感觉。但是，这种怜悯就像是对他人情感波动的蔑视和轻贱。

面对与自己的想法和感知必然存在不同的他人，B 没有振作起来与对方交锋，没有构建正常的关系，没有提出任何改善方案，而是完全放弃了主动行动。

从更苛刻的意义上讲，B 是一个只看向"自我"这面镜子的自恋主义者。

讲到这里，悟性好的人可能已经注意到了。

我将 B 选作让我感到不愉快的人，那么我必然是不认同她的。

但与此同时，事实上在一些细枝末节的部分，我同 B 是有"共鸣"的。

我难以忽视 B 的行事风格，无法对其置之不理，总是十分在意。从这些地方也能够判断出我自身的情感变化。

说到底，我希望 B 能够"更可靠一些"。更确切地说，我希望她能够表达自己的想法：有怒气的话就反驳回去；不要一个人独自承担，若是辛苦，可以拜托他人；不要总是闭口不谈自己的想法，沟通才能解决问题。

正是因为支持 B，我才会对她的所作所为感到气愤。她不应一味地忽视自己的情绪，过早放弃，然后沉浸在颓废的心境之中。我坚信她本可以正视内心的情绪，可以同他人据理力争，可以主动出击，唤醒自己真实的力量，与外界抗衡并最终改变不尽如人意的现状。

也许很多人会这样想：不是吧？你这么说只是把 B 这个人

按照你自己的想法曲解了而已吧？我觉得她一定原本就是一个温顺、克制、无私的人！那就是"原原本本的她呀"！

诚然，这样的看法有其道理所在。

B 的形象，或许是温顺、克制而无私的。

但即便如此，她的本性也未必与她的形象一致。

人是十分复杂的生物，绝不会只有一副面孔。

此人是好人，彼人是恶人，这样的判断既武断又单纯。无论何人，都会有善恶两面。或许不止两面，多面才是最贴切的表达。

B 时常情绪低落，不知所措，甚至偶尔还会哭泣，可谓是十分困苦。

之所以困苦，是因为对现状有所不满。

虽然言语上并未点明，也未付诸行动，但困苦时的种种表现，都是内心深处真实情感涌动的铁证。

那些才真正体现了 B 原本的想法。

她总是在心里给自己设限，不但畏首畏尾不去做真正想做的事情，还盲目地断定自己的想法没有实现的可能。

她做事的风格给了我这样的感受，我也的确是从这一点出发去分析她的行为的。

我之所以会如此分析，是因为我原本也是 B 这种人。

尽管内心深处期许自己冷静理智、足够专业，却总是暗自期待他人能够按照我的心意做事，并为此时喜时忧，犹豫不定。

跟她很相似吧。我不喜欢 B 的做事风格，说到底就是所谓的"同性相斥"吧。

原来的我，自卑而且自我厌恶。

也许有人已经出乎我意料地察觉到了这一点。

特别是通过宇多丸的广播节目了解到我的人，可能早有感觉。

若是如此，那么也就体现了这样一点：在他人视角看到的我即"他者认知（形象）"与自身感知的我即"自我认知（个性）"之间，是有差异的。

"自我认知"，就是自发地审视自我，从而认清自己这个个体的特征和个性。

而"他者认知"则展现了在他人眼中的"我"的特征和个性。即便面对同一个人，每个人对他的认识和感知也各有不同，"他者认知"正是这种"评价的差异"的根源所在。

实际上，这种对人物认知的差异，是可以运用到剧本创作当中的。

当出场人物经历了千篇一律的剧情、故事的发展即将进入预定和谐 ① 状态的套路之中时，当台词呆板而趋于程式化时，

---

① 日文原文为"予定調和"。该词最初源于德国物理学家莱布尼茨提出的哲学理论，指由单纯而又相互独立的单子的统一体形成的世界的和谐一致，是由上帝的意志预先安排好的。该词在日文中也引申为：所有人都按照预定的过程前进发展，行动所得结果也与预期相同。——编者注

当你不知如何推动接下来的剧情时，可能只是因为你太过专注于探索人物的"他者认知（形象）"了。此时，转换视角，着眼于人物的"自我认知（个性）"，也许就可以展开新的剧情，从而更容易发掘人物不为人知的一面。

这样一来，停滞不前的剧本就有可能重新焕发生机，持续不断进步并实现质的飞跃。

但是，如果从行文初始，就只注重人物的"自我认知"，一味追求深挖人物的个性，作者便容易沉迷于内省式的思考。

作者对登场人物过度地投射自我，人物内心的矛盾持续增加，面向外界的行动就十分难以描写。这样一来，作品就可能会沦为"窗边系"，因此要加以重视。

总之，我并没有将"与自己相似的人"当作"相处时感到愉快的人"，而是当作"相处时感到不快的人"，这也可以说是一种自我厌恶。

实际上，我执导电影的主人公，多数是与我同一类型的人（虽然绝大多数情况下被我置换成了女性角色）。

然而，无论怎样浓墨重彩地描写投射了自我的主人公，我都不会写出"窗边系"的作品。因为我的自我厌恶倾向十分强烈，主人公越是同我相似，我越不会溺爱主人公，反而能够毫不客气地将他逼迫到底。

这是我的世界观，也可以称为我的特性。

那么，你又有着怎样的世界观和特性呢？

　　什么类型的人，能够让你毫无怜悯地施以压迫呢？什么类型的人，能在被逼到极限后爆发出隐藏于内在之中的魅力呢？

　　对你来说，"让你感到不快的人"是谁呢？

　　是你自己吗？你的父母？兄弟姐妹？你的另一半？子女？曾经待你过分的朋友、同事、老师、上司？还是某个政治家或者艺人呢？

　　你选那个人为"令你感到不快的人"，绝不是无缘无故的。

　　那个理由，绝不是对一般常识的现学现卖，也不是经由调查得到的结果和信息，这些不过是"身外之物"；那个理由，是植根于你的内心世界的。

　　回顾你过去的经历，必然会找到你讨厌那个人的理由和答案。

　　请你顺着内心情绪的变动，去探寻感到不快的根源所在。

　　理清你的独特经历带来的回想和感情变化之后，可以将让你感到不愉快的人作为新作品的主人公，试着把他逼至极限。

　　身处绝境，你的主人公一定会反客为主，主动出击。

✎ 倾听登场人物的心声

　　当然，在创作中，也会存在无法逼迫主人公的情况。例如，同情主人公，而错失了令主人公变化成长的契机。

　　这时候，你需要反思几个问题。你是否坚信"最理解主人公的人正是自己"？既然选定他作为主人公，你是否曾忽视过他同样生而为人，有自己生活，有自己的情绪？是否并不相信他身上潜藏着巨大的潜力？

倘若如此，在我看来，你对待笔下的主人公，就如同干涉过度的父母，永远把子女当作"儿童"，不尊重他的个人想法，以爱之名阻碍他的成长。

在一心断定"这个人物是这样的人"之前，请多多倾听自己创造的出场人物的心声，请以诚恳的态度去倾听，找到共鸣之处。

对你而言，"原本的自我"十分珍贵。而你笔下登场人物"原本的自我"对于优质剧本的创作同样珍贵。还请大家牢记这一点。

前文提到，"窗边系"作家大多十分注重保持社会性的平衡。

在日常生活中，注重社会性的平衡诚然是好事，但在剧本创作中，那种平衡感和谦逊的态度，会成为阻碍。

毫无章法地去写，专注忘我地去写，这样的写作方式，有在内心设限的危险。

换言之，这样的专注可能并不能发掘出真实的内心所想。

在这种情况下，你就无法写出真正带有你个人特色的作品，而充其量只能创作限定在一般常识范围内，最终走向了预定和谐状态的剧本。

因此，你首先应当做的，是确保自身的眼光独到。然后再以独到的眼光去评判、审定他人和世界。

最后，你才会在评判和审定的过程中发现你的世界观。

在提升编剧最有力的武器——"自身的感情波动"的敏感度训练中，这只是第一步。

明确你对事物的容忍和让步的最大限度。

首先，请务必坦率地认可自己的特色和"真实的自己"。

接下来，就请解除内心的限制，勇敢而无束缚地去思索吧。

✎ 承认自己内心的"恶意"

为了解除内心的限制，我再告诉大家一种思路。

剧本，不是你用来在社会上扬名立万的手段，也不是你获取他人认可的谈资。

剧本应当是为了取悦观众、取悦他人而写就的作品。

因此，绝不能想着"每个人都有各自的想法和立场。如果人们能够互相尊重，不去评判他人，也不被他人评判，世界就会迎来和平。所以，在写剧本的时候，要公平对待所有登场人物，均等地加以描写……"，并以这样的想法来创作剧本。

那样的话，写出来的剧本只会落入俗套而平淡无奇。

因为，剧本这种东西本来就会从反方向去思考一些既存的重要因素。

例如，在观看《星球大战》(Star Wars，1977) 时，你应该会坚信卢克是正义的一方，并认定达斯·维德是邪恶的一方。然而，在达斯·维德看来，死星是平衡整个银河系不可或缺的存在。

换言之，银河帝国的思想理念是达斯·维德眼中的"正义"，而因为卢克想要破坏作为正义象征的死星，所以他在达斯·维德眼中是十恶不赦的恶人。

可是，在观看《星球大战》的过程中，你应该不会发出这样的感慨："那个卢克真是过分！根本不考虑其他人的想法，是个十足的蠢货！"如果有这样的想法，想来也就根本无法享受这部电影的乐趣。

举一个更为极端的例子：在《大白鲨》中，食人鲨吞食了无辜的年轻女子，残忍地撕碎了本应有美好未来的小学生，而它做出这一切，不过是为了生存。

既然降生到这个世界上，生存下去就是本能。当生存受到了威胁，人或是其他生物就会奋起反击，消除威胁。这也是生物最本能的行为。

但即便如此，你在观看《大白鲨》时，脑海中应该也不会浮现"那条鲨鱼吃人也只是为了生存，就不要找它麻烦了！和平共处不好吗？！"这样的想法吧。

也许有人会觉得焦躁：明明是教授剧本写作的课堂，怎么突然说起了傻话。

其实我想阐明的是，剧本本身就要求含有危险的要素。

当你选定人物 X 作为主人公，将 X 所信仰的正义作为故事里的正义来描写时，读者便会将那种正义认同为自己的理念，来跟随故事情节的发展。

那么，与 X 理念相悖的 Y 的正义，就必须作为"恶"的思想来描述。

然而，如果逆转一下视角，原本是恶人的 Y 的"正义"，轻而易举地就能成为读者的正义，原本是正义人士的 X 的信念，就成了邪恶的想法。

这不仅仅是单纯的善恶二元论，而是在选定主人公的同时，就确定了剧本基本的视角（主观性），上述的善恶对立是不可避免的，如若缺失了这种对立，主人公内心的矛盾就无从描写。

那么，假设一下，你认为这个世界不应该用善恶二元论来判断，并想通过剧本传达这个理念，同时也想让读者感受并认同这个想法。

当然，这个假设，凭借出神入化的描写手法和剧本本身新奇的内容，是完全可能实现的。但是，在此之前，关于你自身所抱有的"善与恶"的理念，必须是你自发形成且坚定不移的。换言之，明晰坚定的伦理观是作品的必要要素。

与此同时，人心本就复杂而游移不定，对于人的善恶，根本无法用单纯的两极化进行判断区分。无论何人，既有善念，也必定有恶念；有美好的一面，也有肮脏的一面；待人接物的态度也会有热情和冷淡的差别。那么，为何会有这样的不同呢？因为，每个人都有"可以容忍"和"不可原谅"的界限。

如果不能着眼于这样鲜明的事实，不能自发地去认清它的话，当然也无法向读者和观众传达"世界并不单纯，不可将其用善恶二元论一概而论"的理念。正因如此，我才多次重申：
"你以自身的价值观审视、评判着世界和他人，这正是你的世界观。这一点是你必须承认的。"

如果不能善加利用这一点，剧本就会流于形式而内容空虚。

接下来，让我们看一些具体的事例。

🖉 "社会面具"的圈套

那是多年之前，我在大学教书的时候，遇到过一个名叫 C 的男学生。他立志成为编剧，为人直率，上课态度认真端正。平素对同学和后辈照顾有加，对前辈和老师也彬彬有礼，十分谦逊。若是评价起来，C 就是毫无缺点的完美学生。

他还颇具绅士风度，当看到女同学或是女老师受累于沉重的行李时，会立刻从她们手中接过行李，帮助搬运。

然而，如此完美的 C 写出的剧本，皆是无可救药的无聊之作。

最为糟糕的，是他作品中女性人物的台词。

那些人物都不是发自真心地在说话，而像是被作者控制的传声筒。人物形象脱离真实生活，缺乏现实性，人物的某些行动的设置，像是单纯为了推动剧情发展一样，矫揉造作。当剧情过于生硬之时，出场人物不得不担负长篇大论的说明性台词。在缺乏逻辑的场景中，人物的形象和个性割裂开来，导致人物整体形象支离破碎。

不过，C 是个十分认真的人。当我向他指出某一点需要注意时，他在第二周一定能完成改稿。但是，他在改写的过程中不但没有任何长进，缺点反而越发严重起来。

具体来说，就是 C 在写作中从不深度挖掘女性角色，并且还时常浓墨重彩去写一些与主题无关的新片段，致使故事发展逐渐偏离了主线。

C 也注意到了自身的问题所在，他本人也希望能够加以改正，但却总是改不好。

对此，我感到十分不可思议。为了找出原因，我找到 C，请他回答前文提到的四个问题。

对于"相处时最让你感到愉快的人"这个问题，他倒是能够作答，但是在"相处时最令你感到不快的人"这个问题之下，他没能写下任何答案。

我询问他无法回答的理由，C 回答我："我没有评判他人的资格，也不愿意对别人指手画脚。"一边说着，一边在脸上浮现出嫌恶的表情，像是在否定那个问题一样。

原来如此。C 在日常生活中，的确为人沉稳，从不与他人发生冲突，他的一举一动都展现着他的博爱主义精神。

但是，他没有发觉，在他刚刚的回答中包含了一个巨大的矛盾。

在他说出"我没有评判他人的资格，也不愿意对别人指手画脚"的时候，C 已经对"会去评判他人"的人进行了自己的评判。

我认为，这是了解他世界观的一条线索。

为了探明他的世界观，我决定换个方式问他。

正如我之前所写的那样，C 对待女学生和女老师时，绅士风度十足，对于女性的心情和想法也是关怀备至（但他却写不好女性角色的台词）。

我问 C："你为什么看到女性有困难时会去主动帮忙呢？"

面对我单刀直入的问题，C 回答道："女性是应当被保护的群体，我帮助她们是应该的。"

"你为什么认为女性理应被保护呢？"当我这样问他时，他一脸震惊地看着我，随后用暗含了怒气的语气回复我："那不是明摆着的吗？""所以，到底是为什么呢？"我继续追问他，他却不再明确地回答我的问题。

于是，我换了个问题："那么，你为什么觉得给予帮助是理所应当的呢？"

C 满脸不可置信的样子，回答说："怎么想都是应该帮助的吧。"

"为什么？"

"……"

随后，在连环追问之下，我弄清了一点事实：C 之所以认为女学生和女老师是应该被守护的，是因为她们是年轻的女性。

在 C 的这种想法之中，我没有感受到他对她们真切的关怀。C 没有将女学生和女老师作为独立的个体去了解认识，没有去推想每个女性内心的世界。

恐怕，在 C 的"内心的前提"之下，世上所有的年轻女性，无疑都是应当去守护的对象。

从某种意义上来说，这也许是十分正常的"前提"，但在 C 的身上，总能感到一丝对一般常识现学现用的痕迹。

如果是经由个人思考而产生的信念，尚且十分年轻的 C 要形成那样明确而坚定的伦理观，需要十分重要的契机。

我在一连串的问答之中，注意到他在回答问题时，稍稍变得情绪化了起来。

"因为是应当守护的对象，所以必须去帮助她们。"在这样的思考逻辑中，往往将对象分门别类。然而这种分门别类，不也正是一种过早的盲信和片面吗？

没有将对方作为独立的人予以尊重，目光短浅、思维狭隘地随意给他人贴上标签，这种"思考的怪癖"，是不是也存在于 C 君身上呢？

这个问题，或许与他所写的剧本存在一定的关联性。

接下来的问题虽然有些刁钻，但我还是继续问了下去。

"假设日后你与心仪的女性喜结连理，而你因为工作繁忙，总是早出晚归。某一天晚上，当你结束了一天的工作，疲惫万分地回到家时，你太太怒气冲天地责问工作和她哪一个更为重要，你会如何回答呢？"

"'工作无法与你相提并论'吧。如果这样太太还是不能消气的话，我会向她详细说明一下当下的工作情况，请她理解下我的晚归是有理有据的。"

"这样啊……"

C 发觉我听到他的回答后满脸愁云，反过来向我提问：

"换作是老师的话，您会怎样回答呢？"

"我的回答也不是什么正确答案，不过是个人见解而已。"我稍做铺垫，然后把我的想法如实回答出来，"'让你伤心了，对不起'……之后，我不会过多解释，会静静倾听她的抱怨和烦恼吧。"

"她还会说什么？先行发问的不是您太太吗？"

"嗯，她想做的不仅仅是质问我吧。"

"可是，她问的是她和工作哪一个更为重要啊。"

C 露出一副没有会意而茫然的神情。果然，C 是一个非常认真的年轻人。

但在那一刻，我终于明白 C 的剧本为何会平淡无聊。

C 仅仅按照字面意思去理解妻子所说的"我与工作哪一个更重要"，断定她只是愤怒地要求一个解释。

他没有去关注可能埋藏在话语里的"真实想法"，没有去细究妻子直到脱口质问为止经历了怎样的情绪变化。

这样一来，在他的思考之中就绝不会出现这样的理解：妻子希望丈夫理解她的感受，希望丈夫承认他伤了她的心，因为自身承受了过多的思绪，希望丈夫能够倾听自己的倾诉。正是出于对丈夫的种种期待，妻子才会质问丈夫。

请大家不要误解，我举 C 的例子，并不是否定 C 的人格。

我只是对他"思考的怪癖"抱有疑问而已。

偶尔有人认为，提及一个人"思考的怪癖"，就是在否定那个人的人品，这绝对是一个误会。原本，所谓思考，不过是由记忆支撑的联想过程，全凭本人的想法决定，变动的可能性非常之大。说到底，这与"个人人品"毫无关联（关于这一部分，详见第 2 章）。

经过一连串的观察和问答，我终于探清，C 总是根据自己"内心的前提"，根据思维定式来塑造自己剧本中的出场人物。换言之，C"自动思考"的习惯已是根深蒂固。

然而，倘若立志于成为编剧，有一点需要时刻铭记在心：登场人物，同现实中的人们一样，都是拥有各自生活的活生生的人。

形象只是人物的框架，如果不能理解人物的个性和情绪，就难以写出栩栩如生而魅力十足的人物，台词也就只能流于形式而缺乏韵味。

为了避免这些问题，必须舍弃盲信或是流于片面的"思考的怪癖"，对人对事多加探究，养成深思的习惯。

数日后，我看到了十分有趣的一幕：C 看见两个女学生搬运着重物，就立刻跑到她们身边，想要像往常一样予以代劳。两名女学生见状，说着"不用了，我们自己搬就好了"，拒绝了 C 的好意。而 C 却近乎强行地从女学生手中抢过了行李。女孩子们一边苦笑，一边说"C 君还真是大男子主义呢"。平素自诩为女权主义者的 C 听后十分错愕，"那你们自己搬吧！"他一边生气地嚷着一边逃似的离开了那里，留下两个女生在原地面面相觑。

　　自那之后不久，因为其他的事由，我曾经找 C 谈过话。那时我才明白，平时 C 的所作所为并非发自"真实的自我"。自认是女权主义者的他向我坦白，其实他内心是厌恶女性的。

　　顺带一提，C 之所以自诩为女权主义者，是因为在他看来，将女性作为弱势群体加以特殊照顾即是女权（这与真正的女权主义完全是背道而行）。

　　厌恶女性的 C 在帮助女性搬运行李时，总是在内心的某个角落里萌生着"不得已才帮忙的""她们当然应该感谢我"这样的想法，而他本人也深知这样的想法有些卑鄙。C 就这样担负着矛盾重重的内心窘境，日复一日地过着"颇具绅士风度"的生活。

　　但是，C 自身也并不清楚厌恶女性的原因，因此，他找到我，和我共同探讨这件事（不只是 C，还有其他人经常向我咨询剧本之外的事情）。

　　终于，在他讲述的过程中，C 自身想要有意识地去忘记的一些往事，逐渐浮出水面。

　　看来，他之所以会形成"思考的怪癖"，是源自幼年时对来自亲姐姐的欺凌和压迫的反抗。因为这个话题太具私密性，在此暂且不提。

　　总之，在主张年轻女性应当受到保护的亲姐姐的影响下，C 反复实践诸如"应当如此，应当那样"地对外界的应对和行动，这在无形之中限定了他的"表面性格"。

　　另一方面，对亲姐姐的强烈憎恶和反抗都隐藏在 C 的内心。但是，那些意识被压制了，C 并没有意识到……就这样，C 在无意识中积蓄了巨大的心理压力。

在此过程中，C 建立了这样的心理防御机制：如果在女性开口拜托自己之前主动予以帮助的话，就不会遭遇倒霉事，也不必再纠结烦恼。这样的心理防御机制，源自 C "内心的前提"，并逐步成了 C 的世界观。

而这样的经历，也严重影响到了他的剧本创作。

一旦需要描写女性角色，C 的心中会产生一系列的连锁反应。女性让他回想起与亲姐姐相处的那些并不愉快的时光，在他心中也就成了十分棘手的存在；因为太过棘手，所以不想去多加思考；因为不愿意过多思考，所以就干脆不去深入探究，而令人物形象浮于表面。正是这样的连锁反应，导致了他"思考的怪癖"。

因此，C 笔下的女性形象和台词，总有一些虚假到难以置信的地方。C 的剧本无聊，并不是因为他缺乏创作的才能，而是因为他压抑了真实的自我，时常在内心设限罢了。

✏ 舍弃不必要的"世界观"

C 热切期望能够做出改变，因此，我对他进行了与以往稍有不同的训练。在训练中，我引入了心理咨询中的"认知行为疗法"。

认知行为疗法是一种精神疗法，着眼于人的认知能力，旨在将"主观形成的错误认识和容易陷入的思考怪癖（即自动思考）"向更为客观的角度进行引导和修正。

无须用药，经过治疗的对象就能够形成"更加自如地应对压力的心态"。认知行为疗法作为治疗抑郁症、焦虑症、PTSD（创伤后应激障碍）等疾病的方法享誉世界。

在我看来，"认知行为疗法"的理念与剧本创作、剧本分析之间，存在重要的关联性。

虽然花费了不少时间，也多多少少伴随了内心的痛苦，但C逐渐改变了从前自动思考的习惯，继而坦然面对被姐姐欺负压迫的过去。在日常生活中，他不仅能够看清女性的真实想法，能够尊重女性，还接纳了自身大男子主义的一面，并与之和平相处。

顺带一提，克服了充满痛苦回忆的过去，并不意味着消灭了过去。

如果将痛苦的过去当作从没发生过，无视过去，反而会一直痛苦下去；将已经发生的事认作是无法改变的过去，通过正确的认识，人不会一味沉浸在过去，而是更能振作起来奋力向前。

从那以后，C剧本中的女性角色，人物形象立体多变，充满了人情味，台词也变得生动起来，不再像从前那样冰冷无趣。作为作者，C的变化和成长，对他的剧本创作也有所帮助。

其中最为显著的是，他自身与生俱来的"刻薄"个性，令他的创作更为出彩。以前的C，否认自身含有对女性具有攻击性的一面，竭力隐瞒、压制这一点，写出的剧本中规中矩，毫无个人特色。而 C 坦然面对被姐姐欺凌压迫的过去，坦然承认自身所固有的攻击性之后，写出的剧本虽然偶尔放荡不羁，但颇具他的个人特色。

也许有人会担心，倘若 C 在回归自我的路上越走越远，失去了应有的分寸，在日常生活中会不会也对女性抱有攻击性呢？然而事实恰恰相反。C 将攻击性尽数注入剧本的创作中后，他的怒气得以发泄排解，日常生活中的他不会再同往常一样感受到压力，性情更加平和，内心的状态也更为平衡了。

剧本创作，也可算作艺术治疗法的一种，效果颇为显著。

此前，C 曾经多次报名参加剧本大赛，然而每次都止步于初次筛选。当他能够写出极具个人特色的剧本之后，他的作品大多可以通过初次评选，个别作品甚至能进入第三轮评选。如果能够保持这样的势头，在不久的将来，C 也许能创作出足以获奖的名作。

C 的经历使我醒悟，人的心中存在两种世界观，一种是对本人来说不可或缺的世界观，另一种则是几乎毫无意义的、不必要的世界观。

如果放任不必要的世界观自行发展，甚至可能成为自我设限的根源。

过去的记忆和体验也许会将内心的时间停滞在过去，但是，人不必永远束缚在静止的时光里。

舍弃、打破不必要的世界观，心才会重获自由，才能重塑新的世界观。

新的世界观一旦形成，看待世界和他人的视野会更为宽广，剧本的创意和表现力也会随之提升。

这一点，希望"窗边系"作家能够特别意识到。

之所以这样讲，是因为在"窗边系"作家之中，很多人看似和蔼谦逊，面对世界和他人缺乏自信，显露出贬低自己的倾向，但多次交谈之后，我发觉这些人"真实的自我"和他们所展现出来的简直完全相反。

其实，他们自视甚高，面对外部世界和他人，或是满怀怒气，或是焦躁不安。然而，他们却对自己视而不见，继续进行着浅尝辄止的写作。

换言之，依旧有很多人秉持着应当舍弃的世界观来创作。

因此，他们只能写出死板的故事，且无法顺利地推进内容。

生活中难得（说难得也许有点奇怪）遇到令人愤慨、不容谅解的事情，怎么能浪费那种感受呢？

那些才真正展现了你的个性特色，真正展现了你真实的自我。

如果自我欺骗，勉强装作他人的样子，终有一日会露出马脚，所以这样做只会徒增痛苦。

通透地考虑清楚这一点之后，原本的内容构架（素材的选择方法）和剧情的推进手法，想必都会焕然一新。

那么，该如何鉴别"应当舍弃的世界观"呢？

　　其关键在于"人物的性格结构"与"高潮"的相关性。

　　在下一章，我会以某部电影作为素材，探讨一下两者的相关性。

第 2 章

性格结构与高潮的相关性

在我小学五年级的时候，一部名为《蓝霹雳》（*Blue Thunder*，1983）的电影公开上映了。那是一部美国制作的动作片，讲述的是一架全副武装的直升机盘旋在洛杉矶上空，展开激烈空战的故事。

在初次观看的那个夜晚，我因为太过兴奋而一夜无眠，通宵过后依然按时去了学校。

即便熬了一整夜，兴奋的心情也丝毫未减，就连课堂上老师的讲解也没有听进去。

那时，我一直在思考，想要探明：我为何会因为《蓝霹雳》这部电影而如此兴奋？自己的心情为何会如此激动？

看到这里可能有人会说，因为是小孩，特别是男孩子，看了直升机空中激战的场景肯定会备感热血沸腾吧。然而我个人认为那并不是真正的理由。

因为，我从小到大对机械或是兵器完全没有兴趣。

比起超合金玩具，我更喜欢各种各样的布偶（这一点从没透露给其他人），比起男孩子常常选择的蓝色，我更倾向于粉色（关于这一点，我也略感羞耻，所以从没对任何人讲过）。

在小学里，我当然也会同小伙伴们一起玩捉迷藏和躲避球。然而，在我看来那只是为了应付男同学们（笑），不得已而参加的游戏。平心而论，我觉得过家家和翻花绳更有乐趣。因此，因为直升机的空战而感到兴奋这样的理由，并不适用于我。

百思不得其解，只能再看一遍了。于是我开始等待电影在附近的二轮电影院上映。

大概过了一年，《蓝霹雳》才终于再次在我的城市放映。

两部电影要 500 日元。我拿了零花钱，兴冲冲地出了门。那时的电影院，实行的还不是清场制。我从周日早上开始，就一直循环观看《蓝霹雳》[因此，我也不得不一直重复观看同时上映的《兽王伏魔》（*The Beastmaster*，1982）]。

终于，在第三次观看的时候，我找到了《蓝霹雳》令我异常兴奋的理由。

原因竟然不在空战的场景，而在于空中战斗开始前的某场戏。

估计多数读者应该没有看过《蓝霹雳》这部电影，那么我就在这里简单介绍一下《蓝霹雳》的基本设定和故事梗概。

在美国洛杉矶的警察局（LAPD）中，有一个名为航空科的部门，此部门在日本并不多见，其主要工作是驾驶直升机在空中巡逻整座城市。

主人公是一名警官，同时兼任飞行员。他名叫弗兰克·墨菲，是个 40 多岁的白人男子。

整部电影从新人警官理查德·莱曼古德赴任航空科开始。

墨菲和莱曼古德立刻组成了搭档。墨菲的直升机驾驶技术精湛超群，但作为警官来说却有品行不端的一面。莱曼古德作为新人则十分认真，他对墨菲的一举一动目瞪口呆。

电影在前半部分中，通过两人的对话描述航空科的日常。中途发生了某个女政治家被杀害的案件。虽然墨菲感觉到了案件背后隐藏着的惊天阴谋，但是无论是媒体还是警察局上层领导，都只将其作为普通的抢劫案进行处理。

某一天，墨菲被任命为政府秘密开发的最新武装直升机"蓝霹雳"的试飞员。在那里，他再次遇见了过去曾有来往的空军王牌飞行员考克兰上校。

随着后续剧情的发展，两人争执不休、隔阂渐深，曾多次陷入一触即发的危机。

其后，因为一次偶然的机会，墨菲与莱曼古德掌握了考克兰上校与一部分军人企图滥用"蓝霹雳"为非作歹的事实。实际上，刚刚提到的遇害女政治家，也正是因为得知了实情，才被考克兰等人杀人灭口。

墨菲与莱曼古德为了曝光考克兰上校等人的罪行，利用"蓝霹雳"的最新功能，偷偷录下了他们秘密会议的画面，却因此陷入了被上校追杀的困境。结果，为了保护录有会议画面的录像带，莱曼古德被杀害了。而墨菲不仅陷入包围，还被诬陷为杀害莱曼古德的嫌疑人，遭到通缉。眼看寡不敌众，到底墨菲的命运会走向何方？

刚刚我所提到的"某场戏"，就是在上述剧情后出现的。

下面，我将以剧本的形式摘录这场戏。

LAPD航空科大楼　楼顶直升机机库（早晨）

航空科同往常一样，依旧是老样子。科里的直升机一架又一架地起航或着陆。

机库里的探头转来转去，监视着周围的一切。

突然，墨菲从暗处走出来。

确认了周围没有机务人员，墨菲快步走向"蓝霹雳"，进入驾驶舱后，关闭了舱门。

死寂一般密闭的机舱内。

墨菲插好保险丝后，按下了录音机的播放键。

播放中的录音带，正是莱曼古德生前留下的信息。

莱曼古德的声音

喂，老大。你那边还好吗？听着，我拿到录音带了。但我不能带回家，总觉得有些危险。

莱曼古德还不知道自己即将被杀死，说话的声音依然单纯烂漫。

墨菲表情复杂，继续听了下去。

莱曼古德的声音

……所以，我打算去里弗赛德的维多利亚街拐角处的汽车影院，把录音带藏在营业厅后面的垃圾箱里。那里的垃圾直到周一才会被回收，所以混在垃圾里也没关系。我是不是很机智？

　　　　墨菲（脸上露出微笑）
……

　　　　莱曼古德的声音
事情真是越来越有趣了！好像化身为侦
探一样！希望能够顺利完成任务！以
上，来自莱曼古德……啊，对了，我都
忘了！我终于知道"Jafo"的意思了，
是"愚蠢的航空侦察员"的意思吧。

　　　　墨菲（不禁开颜一笑）
……

忽然，咚咚咚！外面有人激烈地拍着舱门。
墨菲讶异地看向舱门。机务人员站在门外。

　　　　机务人员
喂！给我出来！怎么能随便进去呢！

墨菲条件反射般地开始行动。
他从怀里掏出手枪，指向了机务人员。

　　　　墨菲
想试试吗，你个混蛋！

> 机务人员脸色惨白，踉踉跄跄着跑去呼叫救援。
> 留在机舱内的墨菲一瞬间有些迷茫。
>
> 怎么办？我到底应该怎么做？
>
> 但是，他已经没有退路了。
> 下定决心的墨菲戴上头盔，开启了"蓝霹雳"的开关。

就是这些。

影院里太过黑暗，无法记下笔记，所以我将这场戏的结构（以何种状态开始，何人做了何事，直至结束时事态发生了什么变化）牢牢刻记在脑海之中。

回到家后，我认真地回想，自己究竟为何感到兴奋。

思来想去发现，原因是这场戏刻画了"主人公打破外壳的瞬间"。

这样想来，我发觉此前我看过并认为有趣的所有电影中，在进入高潮部分之前，都存在对"主人公打破外壳的瞬间"的刻画（当然，根据电影类别和故事情节，刻画手法各有不同）。

那么，让我们来思考一下，"破壳的瞬间"具体来说是怎样的瞬间。

✏ 破壳的瞬间

首先，主人公弗兰克·墨菲是个怎样的人呢？让我们来一探究竟。

他年龄在四五十岁之间，这当然是个算不上年轻的年纪，而且，品行不端的特点也很醒目，可以说是一个不良警官了。

就在这时，新人警官莱曼古德来到航空科。电影的前半部分以他的视角，刻画了墨菲这个前辈的形象。

顺带一提，这种编剧手法旨在顺利引导观众来认识航空科这个颇为特殊的行业。

如果是以熟悉航空科业务的墨菲的视角来讲述，虽然会十分生动真实，但因为缺乏必要的说明，可能会导致观众难以跟上剧情。如果只是为了让观众能够理解那些专业的知识，生硬地给墨菲加入一些说明性的台词和行动，那么剧情就会显得不自然。而若是以刚刚分配到这里的莱曼古德的角度加以描写刻画，观众就能与他站在同一视角、同一起点，一同体验新的世界，这样也就更方便理解剧情了。

另一方面，墨菲是被同事们时刻提防的对象。他有很多怪癖：每天早上，墨菲都会用手表上的计时功能来确认自己的精神状态；驾驶飞机时总是罔顾规章制度；等等。尽管弗兰克·墨菲是个出色的飞行员，但在电影里，他被刻画成一个有着另一侧面的、谜一样的男人。

事实上，在与莱曼古德的第一次夜间巡逻中，墨菲曾在空中偷窥过脱衣舞女的房间，这也算是一种滥用职权的行为。这样的设定，将这对搭档刻画得如同不良前辈和新生一样。

　　就在这时，发生了前文所述的"女政治家遇害事件"。到场的墨菲心里突然闪过一些片段。那是越战时期，他还在军队里担任直升机飞行员时的记忆。

　　驾驶着军用直升机的墨菲，目击了搭乘飞机的同事（这位同事正是考克兰，电影后半部分有点明）杀害越南士兵的景象。通过这次闪回的记忆，观众能够理解，墨菲十分后悔当初没能加以阻止，并且至今心中仍十分痛苦。

　　另一方面，既然墨菲退役后依然从事驾驶直升机的工作，就可以判断他并不想离开这一行业。也可能他除此以外再无一技之长。事实上，他的驾驶技术可谓精绝超群。

　　尽管如此，曾经极富正义感的军人，现在却沦落为总是违反规则、行为乖戾的警官。

　　这一部分，似乎与闪回的记忆有一定关联。

　　某一天，他被任命为最新武装直升机"蓝霹雳"的试飞员。在目睹作为武器的"蓝霹雳"的杀伤力之后，他遇到了执行演习飞行任务的考克兰上校。虽是越战时期的战友，但似乎因为过去的一些往事，两人现下形同水火。在那时，墨菲对上司布雷多克警督说"想当初，我差点被那家伙送上军事法庭"。从此处可以看出，墨菲的退役与考克兰上校之间存在着一定的因果关系。

　　从那以后，墨菲逐渐得知以考克兰为首的人企图作恶，莱曼古德被杀害，剧情就发展到了我所提及的那场戏。

✏ "壳"的产生源自"未结清的过去"

若是用一句话来概括弗兰克·墨菲，那就是"一个不断逃避过去的男人"。他甚至没有发觉，他在内心为自己设置了重重限制，终日蜷缩在自己制造的"壳"里。

不，也许他感受到了"壳"的存在，却不勇敢地去面对。

他不承认自己缩在"壳"里，也不肯认清这个事实。

过去，墨菲曾向军队报告过考克兰杀害越南士兵一事，反而被倒打一耙。他提到的差点上军事法庭，可能正是考克兰利用政治影响力来打压了墨菲（考克兰是一个善于钻营的人）。

也许是因为过去的种种经验，墨菲在心中产生了"正不压邪"的念头。

在那样的念头下，时光的流逝都变得异常难熬。而因为过去受到的打击过于强烈，不仅限于过去，墨菲至今仍然断定，"为正义出头未必有好的结果"。

换言之，他盲目地认为，自己所处的环境是无法改变的（这是他的"自动思考"，也是他"思考的怪癖"）。

不愿面对辛酸的过去，以至于连现在和未来的可能性也一并否定了。也许正是因为这样，他才会滥用职权，罔顾安危地驾驶飞机来给旧时伙伴和上司制造麻烦。也就是说，他选择了去做一个"不相信应当遵守的规则，也不认为这些规则有什么意义"的人。

墨菲的这些所作所为，简直就像是在宣告，这些就是"真实的自我"。

✏ 社会面具与"未结清的过去"

弗兰克·墨菲一直将自己隐藏在社会面具之下。

任何人都是戴着社会面具生活在世界上的。但那并不是一个人原本的人格，而是为了隐藏真实自我的"伪装的自己"。只要还在无意识地压抑着感情和欲望，人就不能成为百分百真实的自己。

因为压抑这一行为本身就十分耗费精神，令人无法自由地发挥出原有的才能和激情。

在他人看来，压抑自我的人总给人以"某一方面自我封闭"的印象。墨菲在他的一众同事眼中，也正是一个"封闭内心"的人。

而令自我封闭的墨菲重新敞开心扉的，竟然是冒冒失失的新人警官莱曼古德。莱曼古德开朗直率，单纯地相信正义可以战胜一切。看到他那年轻而纯粹的样子，墨菲也许想到了过去的自己，也许默默感受到了自己也曾拥有过的"光明的一面"。

而另一边，从过去到现在，考克兰上校一直象征着"阴暗的一面"。随着他的重新出现，墨菲的内心开始动摇起来。

因为"光明"与"阴暗"同时重新浮现，墨菲不得不正视他一直以来避之不及的"现在"。

过去可以大致分为两种类型。

一种是"结清的过去"，另一种是"未结清的过去"。

结清的过去对现在只会产生有益影响，而未结清的过去则正好相反。

有意识也好，无意识也罢，未结清的过去都会吞噬人的内心。若是听之任之，未结清的过去就会形成不良的心理状况。

它会逼迫你在心里设限，筑起难以攻破的外壳，给人的心里蒙上一层阴影。

这样的情形不仅限于墨菲一人。每个人的心中都有"未结清的过去"所筑起的外壳。我也不例外。当然，你也一样。

✏ 破壳还须靠自己

破壳是需要勇气的。不仅如此，破壳还有可能引起心中极大的痛楚。因此，多数人并不愿意冒险，他们会发自内心地祈祷破壳的瞬间不要来临。

墨菲也不能免俗。他也同样戴着社会面具，小心翼翼地隐藏真实的自己。他也许会无意识地想：就算逃避到生命的尽头，我也一定要继续逃避下去。

随着时光流逝，未结清的过去会筑起越来越坚厚牢固的外壳。不疼不痒的契机并不能打破这种外壳，也难以给予人们打破外壳的决心。

但是，在大多数情况下，即使是无意识的状态，打破外壳的准备依然是周全的。因为窘迫，因为痛苦，真实的内心渴望着打破外壳，挣脱束缚。只需一个促使其下定决心采取行动的契机，就能实现破壳的壮举。

换言之，就是在被逼至绝境后，直面绝境。

当最疼爱的后辈被残忍杀害，当自己被同僚无情追赶，墨菲下意识地举起了枪。

这是往常戴着社会面具的墨菲绝对不会采取的行动，但也正是他无意识下势必会做出破壳之举的证据。接下来，只需时机和具体方式，即可实现。

既然做出了举枪相对的举动，那么如同曾经被军队革职一样，墨菲被警队除名的事态已是不可避免。不仅如此，他还背负冤情，时刻有被考克兰上校杀死的危险。

一直逃避的未结清的过去，终于重见天日。

莱曼古德象征着过去的光明，考克兰上校象征着过去的黑暗，而墨菲被夹在两者之间。实际上，那两个人的存在，都在向他追问着同一个问题。

你要怎么做？该怎么做？还要被过去束缚着苟且偷生吗？

而能够做出抉择的只有墨菲自己。他迷茫过，犹豫过，最后做出了决断。

对于莱曼古德的死，墨菲内心沉重，万分悲痛。以此为契机，墨菲启动了"蓝霹雳"。他主动抢走了即将被用在歧途的武装直升机，让开除自己的军队无法得逞，并决意告发他们的恶行。

密闭的"蓝霹雳"的机舱，也是墨菲外壳的象征。

之后，"蓝霹雳"在空中的种种战斗，也代表了墨菲的改变和成长。

让我感到兴奋的场景，描绘的正是墨菲直面未结清的过去，对一直戴着社会面具混沌度日的现在挥手告别，向着承认真实自我的未来恣意飞翔的瞬间。

那正是"破壳的瞬间"，是刻画了"人可以凭借自己的意志改变人生"这一真理的经典场面。

初次观影时我之所以异常兴奋雀跃，也正是因为这点。

电影与真实人生的连接点

这一章所要讲述的内容，实际上与第 1 章谈及的 C 的变化成长的历程是一致的。

人的改变和成长，并不是由他人推进促成的。

也许有人为你的成长做好了铺垫，帮助你解决了一定的问题，一时看似十分顺利，但终有一日，问题会显现出来。

"人生哪有重来之时"。

"世上绝不存在第二次机会"。

这样的想法只会让内心限制重重，强化外壳对人的束缚。

结果必然是难以面对真实的自我，对其视而不见，装模作样地过着虚伪的生活。而在现实生活中，这样的人不在少数。

C 君也曾隐藏在社会面具之下。

这样做不过是在忽视真实的自我，对任何人都装出一副"好孩子"的样子罢了。

C 隐瞒了真实的内心，在内心设定限制，从不正视未结清的过去。而装作"好孩子"，只是 C 为了糊弄现在而发明的方法。但那只是徒有形式，并不能克服情绪上的困境。

正因如此，他才写不出有趣的剧本。

作品的内容只会走向预定和谐，人物形象和台词片面生涩，难以扣人心弦。

这是因为对于剧本中所写的种种事件，C 自身是不信任的，也是毫无实感的。

会暴露作者的内心限制这一点，也正是剧本的可怕之处。

先前，同年级的女同学点破了 C 的本质——"C 君还真是大男子主义呢"，这成了 C 改变的契机。他在听到那句话后，条件反射地反驳了对方。这一点，与墨菲举枪怒对机务人员是同样的道理。这样的行为，也说明他在无意识中已做好破壳的准备了，也就是进入了"万事俱备，只欠东风"的状态。

因为女同学的评论，C 回想起一直以来想要无视的未结清的过去，于是找我倾诉。通过那次谈话，C 成功地看清了长期以来束缚着他的外壳，生出想要突破、想要改变的愿望。

为了回应他的期待，我进一步"逼迫"他，迫使他继续变化成长。

虽然在此无法进一步细谈，不过当时 C 为了打破外壳，内心承受了巨大的痛苦。但他克服了自己的选择所带来的困苦，成功地打破了困住他的枷锁。

打破外壳不是终点。那么破壳的瞬间后，有什么等着呢？

打破外壳重获自由之后，迎来的就是高潮。C 也走向了新的巅峰。

自那以后，C 的剧本较之从前，不流于形式，情感充沛，趣味横生。他忠于真实的自我，乐此不疲地享受着创作。

我想，大部分读者已经发现，在前述《蓝霹雳》的场景中，墨菲的心路历程，现实中的 C 也同样经历过。

这样的一致性并非偶然。

精彩的剧本有着推动主人公变化成长的结构。而这种结构，与现实生活中人的变化成长的机制相互联动、高度相通。

巧妙地运用这一连接点，就能使剧本变得更加充实。

🖉 "壳"的产生机制

那么，在高潮场景前主人公需要攻破的外壳，是怎样层层构筑起来的呢？

为了一探究竟，应从人的性格结构这一切入点开始探索。

美国语言学家约翰·格林德与理查德·班德勒提出了心理学中的"NLP（Neuro-Linguistic Programing，神经语言程序学[①]）"理念。我们就以该理念作为理论基础，尝试解析人的性格结构。

经常会有人说"人的性格是天生的，永远无法改变"。这

---

① 在神经语言程序学中，N指的是神经系统，包括大脑和思维过程；L指从感觉信号的输入到构成意思的过程；P指为产生某种后果而要执行的一套具体指令。因此，NLP被解释为研究我们的大脑如何工作的学问。——编者注

是一种错误的论调。性格并不是与生俱来的，而是一种在人的成长过程中逐渐培养出来的思考方式的集合体。

因此，虽然需要开动脑筋并为之付出努力，但改变性格是完全可行的。

那么，具体来说，性格（思考方式的集合体）是在何时以何种方式培养的呢？

首先，语言对性格的形成有一定的影响。

出生的国别不同，成长的地区不同，身处的语言环境自然也就相差甚远。

一个地区和当地民族的措辞、词汇、脏话、笑话……构成了这片土地所采用的语言体系。与这种语言体系息息相关的环境和习惯，潜移默化地影响着生长在这片土地上的人的性格。

思考与语言之间存在着关联关系。脱离了语言，人就不能对事物进行思考。反之亦然，当人一味地焦虑、沉浸在思绪之中时，因为缺乏深刻的思考，语言知觉也会随之萎缩。

若要思考的波浪更加汹涌澎湃，语言的助力不可或缺。

其次，父母的价值观同样重要。大多数人关于社会结构的初次体验，便源自自己的家庭。

而且，自出生到 5 岁的这段时间，接触时间最长的他人就是自己的父母。

父母的想法、教育和行为，会对一个人的性格塑造（思维模式）产生极大的影响。

当然，父母的言辞和口头禅也接近于一种"咒语"，拥有极强的影响力。

等到进入学生时代，孩子开始接触和自己父母的价值观不同的其他人和其他环境。

考试升学，坠入爱河，参加工作，步入婚姻……随着年龄的增长，个人的时间逐渐充裕，而在人际来往中收获的个人体验和印象深刻的事件，对人的性格同样有着举足轻重的影响。

当人对自己的性格有所醒悟时，性格早已定型多时。但实际上，性格不是单一的庞然大物，它如前文所述，内含多种思考模式。

"思考模式"，原本是人为了保护自己的内心而生成的。

墨菲通过对过去的体验，感受到了坚持正义却遭遇不公的痛苦（这正属于人际关系带来的个人体验和印象深远的事件）。而对这种痛苦的逃避，造就了墨菲如今乖戾、不守规则的性格。

不去直视恶的存在，不去深思正义的意义，这样的墨菲曾是十分轻松的。

通过创造出一种思考模式作为自己心灵的避难所，墨菲暂时挣脱了过去的阴影，得到了救赎。但不知不觉中，曾有益的思考模式逐渐演化为思考的怪癖，结果反而困住了他。

墨菲始终不愿意面对痛苦的过去，甚至产生了错觉，认为那种思考模式体现的是真实的自我。

然而，在无意识中，原本正义感极强的自己却进退维谷，十分窘迫。墨菲在心中设下了太多的限制。

这样一来，墨菲的"壳"自然会不断强化。

曾经为了保护自己而产生的思考模式，如今可能已经不再适用。不仅如此，更有可能束缚住现在的自己，令自身深受其苦。

本来，过去不是静止不动的，如同其字面意思，它需要人"度过"并"离去"。正因如此，现在才是向着未来前进的。时间和经历改变了人，也改变了事物的状况。

如果不能认清这样的事实，依旧我行我素地逃避面对，思考模式就会化作外壳，束缚人的内心。

接下来，让我们确认一下，典型思考模式的具体流程。

🖊 思考模式的流程

断言性格不可改变的人，恐怕是将思考当作不可分割的整体来看待。

倘若如此，那是对思考彻头彻尾的误解。

思考，其实是一种程序（处于进行状态），它并非作为整体同时发生，而是各个环节循序渐进地依次展开。

换言之，思考与剧本一样，是依存于时间轴的"结构物"。

结构物可以分解为一个个构成部分。当然，各个组成部分也可按照一定标准进行分类。

如果能够意识到各个部分所构成的时间的流程，应对或是改变思考方式就会更加得心应手。

我们刚刚谈到的认知行为疗法，就经常使用思考流程一说，下图即思考流程的图解。通过该图，处于人外部的环境与处于人内部的心理之间的关系一目了然。

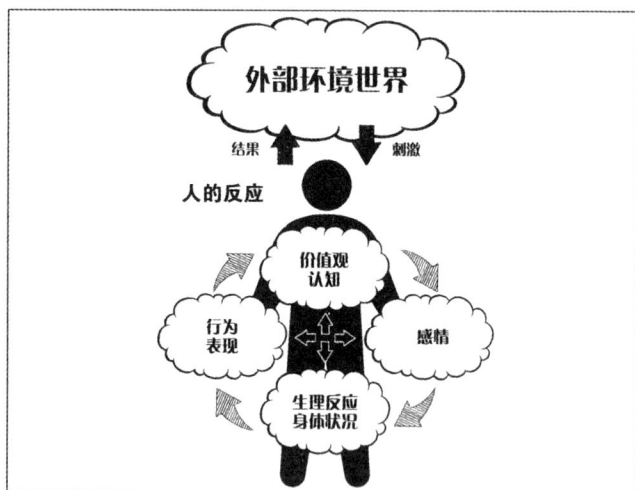

首先，人从外部的环境受到了一定的"刺激"。

然后，人会以自身的衡量标准，即根据过去的经验和记忆形成的价值观，来认识当前受到的"刺激"。认知过后，人的心中会萌发独特的"感情"。

"感情"萌生后，引起相应的"生理反应"，人会陷入某种"生理状态"。

最后，通过所做出的行动和表达，人的想法得到相应的反馈和修正，对"刺激"的认知升级更新，从而得出对外部环境的认知结果。

上述内容就是人思考模式的基本流程。

我们将这一流程的表述精简如下。

思考模式的流程

（1）受到外部环境的"刺激"。
（2）对照自身的价值观进行认知。
（3）产生"感情"，引起"生理反应"。
（4）根据"感情和生理反应"，做出行动。
（5）得出"结果"，并反馈至（2），补充强化价值观。

以上几点，是在 NLP 专家、心理治疗师心屋仁之助曾总结过的流程基础上加以整理得出的。

这样的思考流程，是否让你想到了相应的例子呢？

例如，假设你正走在路上，迎面走来一个遛狗的人（来自外部环境的刺激）。那一瞬间，儿时曾被狗咬伤过的你，对照自己的价值观——"狗很可怕"，得出了"可能会被眼前的狗咬到"的想法（认知和思考）。结果，你的身体出现了紧张、多汗、悸动等症状（生理反应和身体状态）。

不能忍受的你，放弃了继续直行的想法，转身走向了其他街道（行动和表现）。

这样的经历，令你强化了"狗是很恐怖的生物"的认知。

顺带一提，不仅如上这种消极的事例如此，积极事例的思考模式也一样。

例如，你正走在路上，突然空中飘来了咖喱的味道。最爱咖喱的你闻到味道后，不由感叹"好香！想吃！"，想到这里，肚子不禁发出了声响，口水也快要流出来了。最后，你去了超市，买了咖喱的材料，回家后做了美味的咖喱犒劳自己。在此过程中，"果然咖喱是最好吃的"这一认知得到了加强。

刺激物为咖喱的事例，同刺激物为狗的事例，在思考的流程上并无差别。唯一的不同在于，与狗的初次接触是不幸的（被咬伤了），而与咖喱的接触是幸福的（十分美味）。

如果，第一次品尝咖喱的那一天，你身体不适，或是吃坏了肚子，那当你走在路上闻到咖喱味道的时候，思考的流程恐怕会随之改变。

总之，这样的思考模式养成于人成长的过程之中，而非先天形成。但是，思考模式的反复运作，会形成定式并逐渐强化，进而作为人的"性格"积淀下来。

然而，既然是后天形成的产物，那么修正也好消除也罢，都是非常有可能的。

问题仅在于应该留意哪些方面。

下面，我们就以具体故事为例，进行相应的介绍。

✏ 改变性格（思考模式）的方法

那也是多年以前的事情了。我在大学教书时，曾教过一名叫 D 的学生。他与 C 的形象完全相反，老师们都把他视为问题少年。

他总是不来学校，课程也多有缺席。即使提醒他，他也不会给出正面的回答。他还留过级。因为所修学分不足，大家都担心他是否能够顺利毕业……

那样的 D，却会按时出席我的每一堂课，而且总是坐在前排座位上，认真地听我授课。

在课堂上，我习惯于直接向学生们进行讲解。时而提问，时而与同学对话，偶尔还会故意装糊涂，等着同学来吐槽我（有时没有同学吐槽我，我就孤零零地被晾在那里）。

在大学，一堂课是 90 分钟。一学期约 4 个月，分为 15 节课。在此期间，大家会一同度过课堂上的时间，这一定是一种缘分。

我希望学生们在听课时，并非像是听演奏会那样单方面地接受，而是大家一起感悟一起思考，仔细品味"师生双方共同加入的参与感"。

因此，在讲课时，我非常重视与同学们的目光交流。

有一次，我将目光投向了正在认真听讲的 D。

此前 D 一直面带微笑地听着讲义，但当我们视线相交，他却突然一脸慌张地避开了视线。

我怀疑那不过是我的错觉，但稍后再次看向他时，他又一次移开了视线。

……欸，这是为什么？

这样的事情一直反复发生，某一天课后，我叫住了他。

听到我叫他，他便逃跑似的飞奔而去。而我受到了非同一般的打击。

　　看样子我是被人嫌恶了……（垂头丧气）。

　　然而第一周的时候，D 像往常一样坐在平时的座位上，出现在我的课堂。我原以为 D 一定是讨厌我的，但当我看到 D 的身影时，我便有些混乱，搞不清楚 D 的想法。那天课后，我再一次向 D 搭起了话。

　　果然，D 又摆出了要逃出教室的架势。

　　我向着 D 的背影说道："为什么那样讨厌老师呢？老师觉得很伤心啊。"

　　而他像是听到了什么不可置信的话一样，蓦地回过头来，回答我说："不是的！我怎么会讨厌您呢！"

　　"怎么不会呢？起码你看起来是讨厌我的。"

　　随后，我将 D 当时的举动如实地对他进行了复述。

　　他羞红了脸，十分苦恼。看来他没能客观地看待自己的所作所为。

　　他也许察觉到自己移开了目光，但是，他的行动在我看来，其实是"视线被回避了"。而 D 没能换位思考，并未意识到那样显而易见的事实。

　　因此，他更不可能意识到，我也许会因此伤心。

　　D 的意识、推测和想象对方看法的能力是十分贫瘠的。

　　当我问他为什么不回应我时，他说："听课的学生那样多，您应该不会关注我的……"

　　的确，我没有足够的精力去关注课堂上的每一位同学（每年选修这门课程的学生约有 150 人）。但是，我会自然而然地记住那些总是坐在前排认真听讲的学生的面孔。而且，为了增进和学生的相互了解，我常常像是要进行对话一般地与学生们进行视线交流。

D 所回答的"您应该不会关注我的"，只不过是事先设定的"内心前提"。而他避开视线和逃离教室的举动，并非正确理解我的行动和意图后做出的反应，而仅仅是被"片面的想法"和"断定"支配了的行动而已。

我继续问道："如果当你看向你怀有好感的人时，对方没有做出相应的回应，而是避开了你的注视，你会感受如何呢？"

"当然是深受打击啦。"

"这两件事完全是一码事啊。"

"欸？真的吗？"

看来，对于"被他人回避了视线，心情会变得糟糕"这件事，D 能够有所感触，也可以进行想象和推测。既然这样，对话进行得就顺畅多了。谈着谈着，我和 D 说起了他为何经常缺课这个话题。

原来，D 十分不擅长应对老师。

与老师对视，被老师搭话，都会让 D 感到不安，生出想要逃离的想法。渐渐地，连去上学也变得忐忑不安起来，最终变得只想待在公寓，不愿出门。

显然，D 所形成的"思考模式"，已成了他内心的避难所。

那样不擅长与老师交往的 D，却非常喜欢我的课堂。

"虽然你喜欢我的课，可你还是逃走了呀。"（笑）

"不是，那是因为……"

"说起来，你是从小就不擅长应对老师的吗？"

他稍做回忆，说道："……好像不是的。"

原来是这样。也许是因为在大学的某些遭遇，D才变成如今这个样子。

渐渐地，D敞开了心扉，开始讲述他的经历。

刚升入大学不久的时候，D在与E老师打交道的过程中，曾遇到过一件令他感到痛苦的事情（这位E老师以热心而出名。因为太过热心，他对学生的高压教导可谓名闻全校。但是，我个人非常喜欢E老师，认为他十分可靠，远远好过那些对学生漠不关心的老师。当然，对年轻的学生来说，E老师可能是个可怕的存在）。

听了D的讲述，我理解了他的所作所为。他的遭遇的确令人同情。但那已经是过去的事情了。如今他已是三年级的学生，距离入学伊始已经相当久远了。

况且，E老师和我是完全不同的两个"个体"，唯一的共同点不过是"老师"这一身份。

换言之，当D逃避我的时候，他所关注的对象并不是我这个"个体"，而是"老师"的立场和使命。

如果D能够将我当作独立的个体加以认知，他也许就能够改掉使其困苦的"思考的怪癖"。当然，能否成功完全取决于D。而最为关键的一点，在于他是否期望有所改变。

"你有什么打算？继续维持现状吗？"

"不，我想改变这一切！"

他的这句话起了举足轻重的作用。

无论是在心理咨询的工作中，还是在对剧本的指导中，如果客户（委托人）自身没有想要改变的意志，问题是绝不可能解决的。

倘若一直等待他人的帮助，等待环境的改善，那么，无论等待多久，情况都依旧不会改变。

自发地想要改变，最为关键。

那样，才能更为开放地接纳他人的意见，不产生依赖，不轻易怀疑，而且投身实际行动的觉悟也会更加坚定。

心理咨询师和剧本医生工作的共通之处，不在于"治疗"客户，而在于向客户伸出援手。因为做出改变并不断成长的说到底还是客户本身。

"老师，我要怎样做才能改变呢？"D 问道。

"嗯，我们先来梳理一下你目前的思考流程吧。"

我以先前提到的五阶段式流程作为参考，在黑板上写下了 D 的思考流程和行为模式（当然，为了保护 D 的隐私，当时教室里只有我和 D 两个人，这些内容并未透露给其他学生）。

D的思考流程

（1）与老师偶然对视（或是被老师搭话）。

（2）联想自己的回答是否有误，是否会被老师叱责或是嘲
　　笑，进而在大家面前尊严殆尽。
（3）产生害怕、想要逃避的不安心理。
（4）老师看向自己的瞬间错开视线，内心惴惴不安。
（5）感受到了老师的困惑。进一步强化了"老师是很可怕
　　的存在"的认识。

"啊，没错……确实是这样的。"D 对我的归纳表示了认可。

"如果可以改的话，你选择改变哪一步呢？"

为了让 D 自我发现、自我觉醒，我陪他一起进行了思考
梳理。

"第（1）步的话，我改变不了。"

"为什么这么想呢？"

"因为老师是独立于我之外的他人，而不是我。"

"是啊，我们无法改变他人。"

"那第（2）步呢？"

"嗯，并非完全不可能，只不过有点难啊。"

"理由呢？"

"因为我并不是有意识地那样思考的：'嗯，接下来要拼命
想一下，如果出了错太丢脸该如何是好。'感到丢脸根本是下
意识的反应嘛。"

D 还是没忍住，笑了起来。那是我一次看到他的笑脸。笑

得那样灿烂的他，应该多多展露自己的笑容。

"无意识的想法并不是自身能够控制的。如果硬是想要加以控制，那便不再是思考，而仅仅是无意义的思虑，这样只会徒增苦恼，反而令自己陷入焦虑。"

"那第（3）步呢？可以改吗？"

"你怎么看呢？"

他思索了一会儿，靠自己找出了答案："不行，改变不了。"

"为什么？"

"第（2）步发生后，第（3）步会联动发生。"

"也就是说？"

"（2）和（3）是一组的，它们两个密不可分。"

"总结得非常到位！那第（4）步呢？也是无意识的吗？"

他又陷入了短暂的沉思，然后茅塞顿开。

"（4）不是无意识的！"

"确实如此。（2）是无意识中联想的结果，在第（3）步中同样无意识地感到不安和恐惧。为了做出弥补，于第（4）步中有意地想要避开目光，实际也确实采取了行动。所以，（4）不是无意识的，而是带有个人意愿的。那你认为第（4）步是的确可以改变的吗？"

"或许可以吧……"

虽是这样回答，但 D 看起来并没有太大把握。不安的脸上写满了怀疑。

"如果可以改变第（4）步中的行动，那你打算如何具体实施呢？"

"如果可以改的话……"D 迟迟没有说下去，他陷入了沉思，或者说，他开始过分思虑了。

"不必想得那么复杂，从你力所能及的事情开始就足够啦。"

"我能做到的事情……"

"比如说，说出自己现在很紧张的事实。"

"直接说出自己的想法吗？"

"对。那样，你的想法才能传达给身为他人的老师啊。"

"欸？难道之前老师都不能理解我的想法吗？"

"那是当然呀（笑）。因为……"

"……嗯"

"……"

"……那个"

"……"

"……老师？"

"我刚刚在想些什么，你能理解吗？"

"不明白啊。"

"这就对了。也就是说，如果对方沉默不语，我们无从判断他人的想法。"

"……的确如此。"

"其实，我刚才在想，回去的路上一定要去银行取点钱。"

"这样子啊。"

"骗你的。"

"假的？"

"不，是真的要去取钱。"

"到底是真是假啊？！"

"嗯，到底是真是假呢？"

"……我不明白了，老师究竟是什么意思呀？"

"所以说，就是这么一回事啊（笑）。如果没有交流，不仅不能判断对方的想法，就连事情本身的真假，你也无从得知。"

"……原来如此。"

"特别是像我现在这样，不打算告诉你我的想法，然后故意地面无表情，这样，你应该无法判断我是在考虑'去银行取钱'，还是只是觉得'肚子饿了'。但是，你是想告诉别人自己的想法的吧？也希望他人能够理解你的吧？如果是这样，你就必须行动起来。"

"确实是这样……那我会尽量传达自己的想法的。"

"那样就可以了。"

"老师，我还有一个问题。如果第（4）步我向老师表达了我的紧张，然而（5）的结果并没有改变，那该怎么做呢？"

"不会的，一定会改变的。当然，（5）是对方的反应，而关于对方的回应，我们即使做出预测，也难以给出正确答案。对方也许会感到吃惊，'欸？你很紧张吗？'也可能会问你为何紧张。但至少，情况已然有所改变。最重要的是，你的感知方式有了变化。你将一直闷在心中的想法表达出来，反映到对外界的行动中去，这其中已经产生了巨大的差异。虽然不能改变世界和他人，但如果自身做出改变，那么世界和他人的看法或是感受，同样会随之而变。所以，首先需要认识到（3）之中的'自我感情的变动'，然后努力改变（4）之中的'行动方式'。"

"好的。"

D对着黑板上的五阶段式流程，开始认真地记笔记。由此，他的认真也可见一斑。其他老师或许对他的缺席和交流不畅感到不安，但是通过这次交流可以看出，D也不过是个极其普通的年轻人。

然而，看着D拼命记笔记的模样，我心中涌出了新的担忧。

现在的他集中于记笔记，脑海中方才的一番思索已经被记录这一行为所替换，刚刚获得的"实感"，恐怕已经被抛到了九霄云外。

若是如此，他今日的学习收获，就只有零零星星的"点"了。

如果那些"点"不能成线，D的变化成长也就无迹可寻了。

于是，我从第二周以后，向他建议应当尝试的各个事项。

"如果时间不便，也不用太过勉强，但今后还请你尽可能地出席我的课堂。"

"好的，我明白了。"

"还有，从下周起，请你坐在第一排最中间的位置。"

"啊，那样的话不是正对着您的视线吗？"

"我知道啊，就是要你直面我的视线啊。"

"呃……"

"对视的时候，一定要目不转睛地看着我！"

"呃，为什么？"

"那样，你就会发现，我不是在怒视着你，也没有因你而生气，只是面带微笑，想要向大家提出问题。先前，你盲目地猜想我是以满脸怒容注视着你。但只要你肯看清我的表情，就会发觉你的预想'落空'了。"

"……我明白了。那接下来呢?"

"接下来请你模仿我的表情。"

"模仿?"

"如果我是在微笑，请你也面带笑容。如果我是在提问，你知道答案的话就点点头，不知道答案就歪一歪脑袋。总之，就是根据我的行动，给出你的反应。"

然后，我又给他留了一项作业。

"从下周起，课堂结束后，你选一个跟上课内容有关的话题，可以跟我交流，可以总结汇报，也可以向我提问。也就是说，你要养成向我表达'意见'的习惯。"

"好的! 感觉自己应该能做到!" D 兴致昂扬地做出应答。

"话说回来，你有发现自己的变化吗?"

"有变化吗?"

"从刚刚开始，你一直直视着我，一次都没有避开视线，而且还很是健谈。"

"!"（吃惊状）

而后，D 露出了喜悦的笑容，信心十足地回去了。

我也放下心来，目送着他离开。

第二周上课时，D 按照约定，坐在第一排最中间的座位上认真听课。

下课后，我等着 D 来找我交流，但没想到的是，他又逃出了教室！

我感到很失望，垂头丧气地收拾着电脑和资料。然而，不一会儿，伴随着啪嗒啪嗒的脚步声，D重新返回了教室。

"老师，对不起！刚刚太紧张，肚子不太舒服，去了趟洗手间。关于您刚才讲解的内容，我可以向您提问吗？"

自那以后，每一周D都在一点点蜕变着。

起初，D原有的思考模式十分强势，产生了（3）的感情之后，自然而然地采取了（4）的行动。然而据他所言，在这个过程中，自己的思维方式从"对老师您真是十分抱歉……"到"不想让您失望"，再到"想让您为我的进步而开心"，发生了巨大的变化，而他也越来越能够努力克服焦虑和恐惧的情绪，从而更多地改变了（4）中的行动。

D曾经被自身的感情波动左右，一味地沉浸在自己的情绪中，过度思虑。而转变后的他通过清楚地认识和把握自身的感情波动，对自己的行动进行控制和调整，从自我注目的状态中抽离，转而对身为他人的我抱有关心。不知从何时起，他已经不再会因为紧张而腹痛不止了。

实在是令人欣慰。

不，不是吧？等一下……

也许有的读者会感到迷惑。

没错，这本书并非一本关于自我启发的书，而是一本编剧指南书。

D所写的剧本是否有变化呢？当然，他的剧本切切实实发生了变化，变得更为妙趣横生。

其中最大的变化，当属主人公"破壳的瞬间"被刻画得更为细致明确这一点。

他之前写过的剧本，创意上无可厚非，然而形式高于内容，情感部分的描写极其薄弱。

换言之，他并未将登场人物当作活生生的人去进行刻画。

D 热衷于动漫和游戏，他所创作的剧本也是动作场景居多、极具动作冒险性的故事类型，主人公则会被设定为未知行星的居民。

虽然人物设定较为科幻，但是，这一点不能成为忽视登场人物内心世界的理由。

不如说，正因为是虚构的小说，才更有必要确切地刻画角色的心理。否则，缺乏真实的感情波动，便难以创造能够引起观众情感共鸣的真实感，作品就无法获得相应的说服力。

因为，即使登场人物是铁屑或者阿米巴虫的拟人状态，既然它们一直维持着人形，就一定会通过角色的相关描写来暗喻真实人类的人生观。

反过来讲，我们既然生而为人，那么无论怎样努力，都难以理解铁屑或阿米巴虫的心理（笑），也不会进行相关的描写刻画。

所有的虚构作品必定都是根植于现实的。

想必 D 通过这一次的经历，领会到了一个道理：空想得出的想法并不足够可靠，应当亲身体会角色的心情和想法。倘若要实现真正的"理解"，那么知识的积累远没有实际体验重要。

D发生改变的这个片段，正是他人生中"主人公打破外壳的瞬间"。

正如这一章前半部分所写的那样，"破壳的瞬间"，是在电影高潮部分来临前的片段。

这一片段的存在与否，会直接影响到高潮部分的充实度。存在"破壳的瞬间"，电影的高潮便不会牵强附会，而是形式和情感兼备，剧情内容和人物形象也更加丰富饱满。

进一步而言，理解了"破壳的瞬间""性格的构成"和"思考模式"，整个剧本的内容规划和主人公应当经历的故事历程也会更容易加以构思。

因为，理解了那些内涵之后，会更容易构思应如何设定主人公的思考方式，逼迫主人公至极限的方法，以及解除社会面具和内心限制、以真实的自我打破外壳、迎来高潮部分的剧情推进手法。

✏️ 制造破壳时机的秘诀

《蓝霹雳》中的弗兰克·墨菲与我的学生C和D，他们所经历的"状况"和"感情波动"，存在怎样的共通之处呢？

他们都自发选择了"尽管会伴有一定的风险，但仍然要追求自己的目标，并去克服困难"这一选项，并做出了决断。因此，"外壳"才得以被打破，他们的人生也随之迎来了新的变化和成长。

　　当你写到"破壳的瞬间"时，请你也为主人公设定迫在眉睫且难以抉择的选项，让其在衡量过风险与内心的渴望之后，做出某一项选择，将上述内心的纠葛矛盾经由具体行动的对比显现出来。

　　此外，当时主人公所采取的行动，理应推动剧情的发展。在创作剧本时，很有必要将这样的片段串在一起，连接成线。

　　与此同时，剧本所描写的"外壳"形成的场景中，应当再次设定一个令观众能够明白外壳形成原因的具体行为。这样，效果会更加鲜明。

　　最为重要的，仍是"不要溺爱主人公"。

　　他们会迷茫，会做出决断，会投身行动。为了让他们走上这样的行动轨迹，务必要向他们施加压力，将他们逼至极限。

　　更进一步来说，将这两种起伏（被逼至绝境、主动出击扭转局势）的描写限定在一个场景，或一系列连贯的场景中，将会更有爆发力。

　　感情转变的情节绝不能散落成点，应当连接成线。

　　在此，请你仔细确认《蓝霹雳》中所举场景的结构。它是在一个场景中巧妙地描写了这两种起伏。

　　如果将这种起伏隔断，在两者间夹杂了若干毫无关联性的片段，那么，"线（连贯的轨迹）"的连接就难以实现了。也请诸位在今后的创作中，多加注意这一点的处理。

✏ 作者压力的消除与剧本的关系

"自以为是"一词，常常被用来嘲讽业余编剧的作品。这个说法的意思是，作者为消除自身压力而创作的剧本大多质量不佳，难以令人满意。

这种说法确实有一番道理。

但是，其中所提到的剧本，实质上指的是作者看尽周围的脸色，畏首畏尾摸索着写出的不温不火、中规中矩的作品。

倘若作者在创作过程中，抱定决心，希望通过写作来消除压力，那么该作品在读者和观众心中，也一定能够产生回响，同时排解他们内心的压力。

实际上，创作消除自身压力的作品这一行为，对于作者来说本身就意味着采取了第（4）步中全新的行动（这一行为消除了自动思考的习惯，打破了一贯的外壳）；更有众多作者得益于此，摆脱了盘踞内心多年的种种痛苦。

在剧本写作中，艺术治疗的属性大展身手，解除了作者身上嫉妒、怨恨、憎恶等诸多负面情感的束缚，使其心灵重获自由。

不仅如此，该类剧本在内容方面也必定是不落俗套的。作者在写作时情绪高涨，这种热情足以通过作品传达到读者的内心。这样以心传心的作品，绝不会沦落到自以为是的地步。

然而，在典型的"窗边系"作品中，主人公往往不会被逼至极限。

因此，主人公无法破壳，在你这位作者的内心之中，也难以发生剧烈的变化和成长。作品的内容和人物徒有其表，不可能采取发自内心的行动，也无法通过推进剧情的发展，得到想要的结局。

想要创作出优质的剧本，就需要你这个作者本身去坚信这一重要的事实。

如果主人公尚未打破外壳，作者却勉强写出了主人公有所改变成长的片段，观众仍然难以理解，也绝不会满足于如此走向的剧情。

说到底，身为作者的你想必不会心满意足于这样的作品。整个创作过程结束后，也难以获得相应的成就感。

想要获得成就感，需要你信任自己的作品，同时，作品本身也应当是值得信赖的。

人生不是戏剧性的，而是走向戏剧化的

谈及人生与戏剧的关系，"窗边系"经常发表这样的言论："我不想将自己的作品塑造得过于戏剧性。"

这样的想法，并非不能理解。

听到"主人公破茧成蝶，走向全剧的高潮"这样的话语，总给人感觉我所谈论的是如何编写投稿《少年 JUMP》①的冒险

---

① 原名《週刊少年ジャンプ》，由日本集英社发行，1968年7月创刊，每周一发售。刊载作品以动作冒险类为主，多带有幻想味道，并刻意张扬个性，追求情节的峰回路转。——编者注

故事，或是如何创作好莱坞动作大片的剧本。

但实情绝非如此。我所讲的并不限于以上类型。

如果你产生了类似的感受，那么，你对于"戏剧性"这个词语，可能抱有一定的盲信和片面。

就我所知，经常发表那样言论的人，容易产生这样的想法："我的生活平淡如水"，"所以，如果让我写自己的日常生活，我也只能写出毫无波澜的故事"。

在这样的想法背后，也许存在着这样的思考："戏剧性的变故和体验，必定是只会降临在天选之人身上的奇迹。"

但是，真的是这样吗？

嗯，或许真是如此。也许在实际生活中，真的不会发生什么惊天动地的大事件。至少，表面上是风平浪静的。

但是，请不要就此停止思考，希望诸位可以向更深处探究。

在日常生活中，如果发生了足以成为有趣而充满矛盾的素材的事件，你是否曾经因为害怕面对那一事件（可能带来）的风险，而有意识地回避呢？

说了那样的话，可能会惹人生气，可能会被人嘲笑……

做了那样的事，也许会失败，也许会丢脸……

预测着实际上并不清楚是否会发生的"未来"，为了保护自己而在内心设限，蜷缩在外壳之中。你是否也曾这样做呢？

束缚在早已远去的未结清的过去中，为了保护内心而反复启动固有的思考模式。每每从（3）进入（4）时，都会不由自主地自动思考、自动行动，促使由盲信和片面形成的价值观不断强化。你是否也在重复这样的循环?

如果你的回答是"是",我认为,你应该相信自己身上的无尽潜力。

这世上没有任何蛛丝马迹能证明你是一个无聊而弱小的人。

即便过去曾有人对你说出"你是个无聊而又弱小的家伙"这样残酷的话,但在如今,那些人也不是你应当面对的对手。

事到如今,那些难道不是应当舍弃的"世界观"吗?

当下,你应当面对的"世界观",正是"现在的你"。

在日常生活中,如果你对自己感到不满,对自己"思考的怪癖"感到焦躁不安,请你这样想:这对于你而言,不是危机,而是改变自我,走向成长的绝好机会!

因为,在你的内心中已经做好了解除内心限制、打破外壳的万全准备。

在这种情形之下,倘若不去打破外壳,就太过可惜了。毕竟,外壳存在的意义就是突破和蜕变。

当你鼓起勇气、采取新的行动之时,一定会对"我的人生平淡无趣"这样"毫无依据的断定",产生全新的认识,并做出相应的改变。

人生本来并不是戏剧性的,全凭个人的意志,才有了戏剧性的一面。

那么,想来大家已经明白破壳瞬间的结构手法了吧。

但是,仅有这些还不完整。

即使想出了极具魅力的破壳瞬间，你的奇思妙想仍然停留在"点"的状态。

为了由点成线，必须将那些点以"沿着时间轴延展的轨迹，也就是矢量"的形式连接起来。

换言之，便是把握"中心轨迹"（＝贯穿剧本始终的"矛盾的变迁"）。

在下一章，我们将以某部动画作品为例，探索"中心轨迹"的奥秘。

第 3 章

选择中心轨迹，简化矛盾纠葛

大家知道《阿松》这部漫画吗？

《阿松》是赤冢不二夫老师的不朽名作。在此，我将以黑白动画版中《金盆洗手》这一篇作为素材，进行"中心轨迹"的相关讲解。

在这一篇中，常规角色会以和以往不同的形象（盗窃保险箱的名偷和刑警等）出场。作为这部剧的番外篇，《金盆洗手》分为前后两篇，时长共约 25 分钟。

以下，记录了我边看 DVD 边整理出的故事情节。

虽然原版动画中充满了赤冢老师独具特色的无厘头噱头，但因为本次摘录的目的在于探索"中心轨迹"（贯穿剧本的矛盾变迁），只好万分失礼地放弃了这一部分内容（对这一部分有兴趣的读者可以自行租碟查看）。

金盆洗手（前篇）

北部地区的某个监狱中。

一个少年出狱了。

他名叫豆丁太，是盗窃保险箱的个中好手。

途中，豆丁太与他手下的喽啰旗坊重逢了。

在监狱外的花花世界里等得万分焦灼的旗坊，向豆丁太提议重操盗窃保险箱的老本行。

但是，豆丁太拒绝了。他已经在监狱里洗心革面了。

旗坊难以掩饰心中的震惊。

此时，井矢见①刑警突然出现了。

他的心中一直怀有再次逮捕豆丁太的执念。

不相信豆丁太已经改过自新的井矢见刑警断言"你一定会再次盗窃保险箱的。到时候我一定会再抓到你的"。

豆丁太这样回应他："我绝不会再犯下那样的罪行。我已经金盆洗手了。"

在附近的车站。站台上停着驶向东京的火车。

旗坊恳请豆丁太带他一起走。

豆丁太递给了旗坊"一件东西"。

那是他在狱中赚来的极其微薄的一点钱……

"请认真正直地活下去。不要再去干盗窃保险箱的勾当了。"

说完之后，豆丁太登上了火车。

旗坊一边哭着，一边追赶着火车。

豆丁太心生不舍，但他心意已决。

---

① 日文原文"井矢见"，音通"嫌味"，讨人嫌之意。年龄为30岁（第二作设定为36岁），人如其名，性格令人厌恶。人物的个性轻浮，有三颗明显的龅牙。——编者注

在驶向东京的火车上，豆丁太畅想着新生活。

他甚至没有察觉，井矢见刑警在同一车厢里监视着他……

时光流逝。豆丁太开始在东京的一家鱼店工作。
连日连夜、专心致志地工作着。
功夫不负有心人，他的勤勉远近闻名。

但是，有人对豆丁太看不顺眼。
是当地的小孩子，阿松兄弟。
双方之间的危机一触即发。
就在那时，鱼店店主的独生女豆豆子冲进来劝架。
"豆丁太跟你们不一样，是个十分认真的人。我就喜欢这种踏实的人。"
豆丁太对豆豆子顿生好感。
豆豆子的父亲，也就是鱼店老板，十分信赖豆丁太。
店主对豆丁太说："这个店，将来就交给你啦。"
梦想实现了。目标达成了。
豆丁太在工作中干劲更足了。
就在这时，听说了这一切的井矢见刑警出现了。
能否再次逮捕豆丁太，与自己的前途息息相关。
"如果他们知道了你的过去，会做何反应呢……"
井矢见刑警不择手段，开始威胁豆丁太。
在旁边的豆豆子趁机接话："说起来，豆丁太，你在来我家之前是做什么的呢？"

豆丁太十分焦躁。

"（要是被她知道了我的过去……）"

豆丁太立刻编起了"虚假的过去"。

并矢见刑警暂且离开了。但是，豆丁太仍然不能安心。因为危险并没有离去。

（前篇完结）

金盆洗手（后篇）

深夜。某企业大楼中闯入了入侵者。有贼盗窃！

但因为犯人不够老练，盗窃失败了。

事件以盗窃未遂而结束。

第二天。豆丁太在鱼店读报纸，突然大吃一惊。

报上刊登了盗窃未遂案的报道。

一定是旗坊干的！

豆丁太直觉就是他。他担心着曾经的手下，却无计可施。

鱼店老板，对于盗窃犯仍然在逃的事实深感不安。

于是，为了保卫店里的现金，他向相关业者（达悠大叔）订了保险箱。

保险箱被卡车运送着。

卡车上不仅放着看起来十分牢固的保险箱，还坐着前

　　来帮忙搬运的阿松和轻松两兄弟。

　　阿松和轻松抱着恶作剧的想法，想窥视保险箱的内部。

　　但就在路过铁道道口的时候，卡车骤然刹了车。

　　阿松他们被顺势关在了保险箱中。

　　保险箱被送到了鱼店。

　　鱼店老板、豆豆子、豆丁太，还有椴松他们上前迎接。

　　想尽快把保险箱搬下来，然而最重要的帮手却不在。

　　是啊，没见到阿松和轻松两人的身影。

　　就在那时，保险箱中传来阿松的惨叫……

　　众人以为他们在恶作剧，一同笑了起来。

　　但是，当大家想要打开保险箱时，出现了问题。

　　达悠大叔弄丢了钥匙。

　　没有备用钥匙。即使联系生产厂家也不现实，因为厂址在纽约。

　　来不及了，必须尽快打开保险箱。

　　大家都很焦急。

　　即使用锤子砸，锯子锯，撬棍撬。

　　保险箱依旧纹丝不动。

　　时间飞逝。保险箱内的空气愈加稀薄。

　　再这样下去，阿松他们会缺氧而死！但是，大家都束手无策。

　　绝望的情绪在空气中蔓延开来。其中，有一个人内心无比矛盾。

　　是豆丁太。

　　"（能打开的，如果是我，就一定能打开那个保险箱……

但是……）"

这时，豆丁太发现了一件事。

井矢见刑警正从隐蔽处监视着他。

如果此刻打开保险箱，毫无疑问会被井矢见刑警逮捕。

或许从此就再也无法踏出监狱一步了。

继承鱼店的梦想也只能止步于梦想。与豆豆子也无法再续情缘了。

但是，再这样僵持下去，阿松他们将面临死亡。

身边的人们，哭泣着喊叫着，祈祷着绝望着。

而井矢见刑警拿出手铐，等待着"那个瞬间"。

"（不会再撬保险箱！我已经金盆洗手了！）"

豆丁太的心中天人交战，纠结万分。

终于，豆丁太心意已决，嘟囔说道："请让我来开吧……"

无视周遭的不安，豆丁太眨眼间撬开了保险箱。

阿松兄弟平安获救，众人相拥喜极而泣。

豆丁太抛下他们，走向了井矢见刑警。

"来吧，逮捕我吧。这样一来你一定会得到晋升的。"

但是，井矢见刑警的回答出乎他的意料。

"为何要逮捕你呢？我又不认识你。难道这附近发生了什么案件吗？"

说着，井矢见刑警离开了现场。

他放了自己一马，对自己撬开保险箱的那一幕装作视而不见。

豆丁太发自内心地感谢井矢见刑警。

第二天清晨。

豆丁太像往常一样打开了店门，发现旗坊站在那里。

旗坊一路上被警察追赶着，拼命地东躲西藏，一边追寻着豆丁太的行迹。

旗坊向豆丁太哀求着。

"没有您我就活不下去了。我的人生不能没有您！"

听到旗坊吐露的心声，豆丁太下定了决心。

阿松兄弟为了感谢救命恩人，来到了鱼店。

但奇怪的是，豆丁太不在店里。

豆豆子一脸寂寞的表情，递给他们一封书信。

信上这样写道："这段时间承蒙大家关照了。再见。豆丁太。"

与此同时，在遥远的某个地方的路上，豆丁太和旗坊继续前行。

"我们走，旗坊！"

"是！老大！"

两人丢弃了曾赖以生存的盗窃工具，走上了新的旅途。

（后篇完结）

看完感觉如何？在我看来，这是一部趣味性十足的作品。

我在第一次看的时候，不禁流下了眼泪（当然，本作的原型欧·亨利的短篇小说《改过自新》本身就是令人拍案叫绝的精彩作品）。

在《金盆洗手》中，矛盾纠葛的变化以"破壳的瞬间"的时间线为基准。

在"心的变迁"这一层面上，豆丁太同样经历了五阶段式的思考模式，希望大家能够弄清这一点。

堪称是"心灵避难所"的思考模式开始运作时，未结清的过去的阴影多次浮现在当下的生活之中。

被逼至极限的豆丁太，最终有意识地采取了新的行动，解除了以往（4）中的自动思考。也就是说，豆丁太破壳的瞬间，即是他下定决心亲自撬开保险箱的时刻。

在此处，豆丁太同样面对决断之后会有所损失的难题。正因如此，矛盾的存在和解决问题的行动才能起到推进发展的作用。

通过概括既有作品梗概，能够获得更多的发现。

例如，关于登场人物的作用这一点。豆丁太是主人公，井矢见刑警是"敌对者"，作用是妨碍主人公达成其目的。旗坊是豆丁太的同伴，表面看来是主人公的"协作者"，实际上同井矢见刑警一样，承担了"敌对者"的职责。

因为，旗坊也是促使豆丁太撬开保险箱的"引诱者"。他与井矢见刑警同是从豆丁太那未结清的过去而来，都是与主人公一直存在关联的人物。从这一层意义上讲，两者也确有共通之处。

在《蓝霹雳》中，对于主人公墨菲来说，考克兰上校就是黑暗的化身，莱曼古德则是光明的象征。这样的设定，与《金盆洗手》中那三人的关系十分相似。

　　比如考克兰与莱曼古德，又如旗坊与井矢见刑警，这样的人物两两相对而存在，却又作为策划者共同促使主人公下定决心打破外壳。他们迫使主人公将内心摇摆不定的选项放上天平，追问着主人公对前路的抉择。

　　正因为有他们的存在，主人公的内心才会矛盾丛生。

　　因此，墨菲启动"蓝霹雳"的瞬间，与豆丁太撬开保险箱的瞬间，在某种意义上可以称为性质相同的"解决问题的行动"。

　　此外，更为有趣的是，两部作品中"主题的使用方法"也存在相同之处，这使得破壳瞬间的效果更为突出。

　　在《蓝霹雳》中，"外壳"形成于越战时期的一件往事，而那时的墨菲，正在驾驶着直升机。

　　当墨菲看到录有考克兰等人邪恶企图的画面时，他才不得不真正面对自己的外壳。而那时的他，同样也在飞行之中。

　　此外，即使在陷入绝境即将奋起反击的关键时刻，墨菲仍只能通过驾驶直升机来扭转困厄的局势（即打破外壳）。

　　顺着剧情的脉络确认下去就会发现，驾驶直升机这一具体的行为，反复出现在破壳瞬间达成前的重点情节之中。

　　较之无形的"心情"和"想法"，肉眼可见的具体行为更有分量。

　　这点非常重要，"窗边系"作家应当特别注意。

　　《金盆洗手》也是一样，过去偷盗保险箱的行为本身，滋生了束缚豆丁太的外壳。井矢见刑警现身鱼店时豆丁太表现出的动摇，随时可能露出破绽的风险，当自身的自由和他人的生命被放在天平两端时的危机一刻，无不是围绕着"撬开保险箱"这一主题而塑造表现的。

当破壳的瞬间最终来临之时，豆丁太同样也只能通过"撬开保险箱"这一行为来实现"矛盾的解除"。

在第 2 章中，我曾经谈到"（为了使破壳瞬间更有爆发力和感染力）在外壳被制造出来的场景中，必定出现过形成外壳的罪魁祸首——某一具体行为。在创作时，安排这一行为反复出现，能够使得破壳的瞬间极具张力"。《蓝霹雳》中墨菲驾驶直升机的行为，和《金盆洗手》中豆丁太撬开保险箱的举动，正印证了这一点。

此外，剧本中的一个个片段看似零散的"点"，但实际上每个点都有其明确的方向，并向着该方向徐徐进展，逐渐连接成线（形成轨迹）。这一点还请大家多加注意。

倘若设置了足以联动起来共同构成轨迹的点，剧本中的片段就得以十分自然地引起剧情的连锁反应。

乍看似乎略有重复之处，但实际上却大大增加了剧情的能量。故事向着高潮部分发展，情感逐渐强烈，冲突一触即发。

然而，在"窗边系"剧本中，往往缺少这样渐强的剧情走向。

正如前言所写，零落的点仍然是点，没有质变为线。

点不成线，剧情的中心轨迹就毫无依托，难以成形。

轨迹模糊使剧情缺乏连贯性，从而导致各个片段与高潮部分（矛盾的解消）的关系难以建立。

犹如连环追尾事故一样，整个剧情陷入了错误的联动中。

为了创作出优质而逻辑明晰的作品，作者应该去发现事物之间的关联性，将片段点缀成线，再有意识地将线与时间轴贴合起来，使之顺其发展。

然而，一上来就要为作品确定明晰的轨迹，这并不是一件容易的事。

所以接下来，我想同大家一起，更深一层地探索作品的中心轨迹。

"中心轨迹，也就是贯穿剧本始终的矛盾的变迁"。学习这一点时，最为简便的方法是以现成的作品作为样板进行再创作。

首先分析作品的结构，并在原结构的基础上创作新的作品。

在此请大家思考一下，如果以《金盆洗手》为模板，怎样才能写出独具特色的作品呢？

✏ 并非再生产，而是扩大再生产

对同一结构的引用和再利用，是好莱坞惯用的编剧方法。

当然，这一模式不限于好莱坞，日本的影视市场同样如此。

专业编剧或多或少都会采取这种方法进行创作，我在课堂上也常常向我的学生们推荐这种做法。

　　然而，一部分业余作家却对这种引用过去作品结构的创作方法嗤之以鼻。

　　扬言"我要创作出谁都不曾写过的故事"自是豪情万丈，"不想'投机取巧'"而干劲十足，更是勇气可嘉。但是在我看来，他们对再创作的方法似乎存在一定的误解。

　　结构本就不等同于故事。这两者之间，可谓是千差万别。

　　即使引用了同一结构，也未必能写出同样的故事。仅仅是引用了结构，就能写出同样有趣的作品，这样的想法更是大错特错。

　　街头巷尾那些流传至今的故事，其结构中多是古老的套路。

　　自古希腊时代以来，那些古老的结构循环往复地出现在不同时代的经典故事之中。

　　延续至今的结构，具备着经久流传的生命力，因此，才会有引用它们的价值与意义。

　　另外，引用的目的不是再生产，而是扩大再生产。

　　而是否能顺利实现扩大再生产，则取决于作者的视野，也就是说，和"你的世界观"息息相关。

　　那么，倘若要引用《金盆洗手》的结构，该如何着手呢？

　　直接模仿又没有赤冢不二夫老师那样的才能，搞不好还会产生剽窃的嫌疑。

　　在这种情况下，"抽象化"的思维方式至关重要。

　　面对想要作为样板的作品，首先应当剔除其中的"具体设定"和"角色特性"，只将最为核心的框架提取出来。完成这种"抽象化"的步骤之后，对原结构的模仿类推就易于处理了。

如同其字面意义，所谓"类推"就是以类似的事物为标准而推想揣测。

以一个事物为起点，找出与另一个事物的相关性，并在这个过程中开拓思维。

这样讲解也许有些抽象吧？不过，不必着急，接下来让我们逐一探索。

首先从"抽象化"开始。

例如，如果将豆丁太的工作场所从鱼店换为蔬菜店，那么，整个故事给人的印象是否会有较大改变呢？

如果将井矢见刑警的职业改设为侦探呢？若是将盗窃犯换为黑客，故事的主线又会有怎样的变化呢？实际上，上述改动对整个故事的走向几乎毫无影响。

因此，在模仿既有作品结构时，需要剥离具体细节和特性，使之高度"抽象化"。

具体来说，就是需要着眼于登场人物在整个故事中的作用，人物彼此之间的关系和势力对比。

下面，我们就着眼于"中心轨迹＝贯穿剧本始终的矛盾的变迁"，将《金盆洗手》的结构抽象概括为 10 个阶段。

在此，暂且称这一轨迹为"旅人的行囊"。

"旅人的行囊"矛盾结构

（1）旅人来到了一片新天地。

（2）旅人的行囊总是上着锁，里面封藏着一个巨大的秘密。

（3）知晓旅人行囊秘密的人物出场，引诱旅人打开行囊。

（4）旅人拒绝了诱惑，并一再确认秘密仍然尘封于行囊中。

（5）新天地的秩序开始混乱。

（6）平定秩序的方法只有一个。旅人必须打开他的行囊。

（7）然而，一旦打开了行囊，旅人就不得不离开这片天地。

（8）经过一番天人交战，旅人主动地打开了行囊。

（9）新天地又恢复了往常的秩序。

（10）旅人向着他本该所属的地方，重新踏上了旅程。

如何？其中虽不涉及具体设定和人物特性，但主线的走向与《金盆洗手》完全一致。如果在套入新的角色和主题时，能够做到像上述例子一样，抽取作品的大体框架，将其结构抽象化的话，那么即使结构相同，依然不会有剽窃的痕迹。

本来，故事结构抽象到如此地步，即使启用同一结构，也难以写出完全一样的故事。此外，通过抽象化这一过程，更易发现与其他作品的相似性。"类推"起来也更为便利。

例如，大卫·柯南伯格执导的影片《暴力史》（*A History of Violence*，2005），其中心轨迹与《金盆洗手》相同，即采用了"旅人的行囊"的矛盾结构。

　　《暴力史》讲述了这样的故事：曾经是黑社会组织成员的主人公隐瞒了不光彩的过去，在一家餐厅工作（旅人背负着隐藏了秘密的行囊，来到了新天地）。某一天，他过去的同伴来到餐厅，想要带他重回黑社会的生活（知晓过去的人物要求打开行囊，展露其中的秘密）。当下的生活就此一片混乱，主人公不得不承认自己的过去，也正因为曾是黑社会的一员，他才能通过某种可采取的行动直面未结清的过去。顺带一提，高仓健主演的《夜叉》同样沿用了这样的中心轨迹。

　　大卫·柯南伯格执导的另一部影片——改编自斯蒂芬·金原作的《死亡地带》（*The Dead Zone*，1983），从表面看来，剧情脉络与上述结构大相径庭，但实际上，两者的中心轨迹是一致的。

　　"主人公曾经因为一次交通事故，陷入长期昏迷，醒来后，他获得了一种预知能力。后来，他预见到某个政治家将在不久的将来成为总统，并会导致世界的毁灭。主人公暗杀政治家失败，却偶然得知已经改变了未来，最终再次迎来死亡。"

　　在詹姆斯·卡梅隆执导的《终结者2：审判日》（*Terminator 2: Judgment Day*，1991）中，中心轨迹同样如此。

　　"来自未来世界的救世主，与同为机器人的破坏者相遇了。经过一番恶斗，救世主赶走了破坏者，但他害怕自己也可能出现的反人类倾向，最终选择了自我毁灭。"

　　此外，迈克尔·J.福克斯主演的喜剧电影《好莱坞医生》（*Doc Hollywood*，1991）也采用了同样的中心轨迹。

在《好莱坞医生》中，主人公是一名在好莱坞工作的傲慢医生。因为一些事由，他短期留驻在了偏远的乡村之中。最终，他发现，他应当安身立命之地，并非先前所在的花花世界，而是恢复了平和秩序的新天地（偏远的乡下）。至此，影片迎来了结局。

汤姆·克鲁斯主演的影片《最后的武士》（*The Last Samurai*，2003）也是如此。直至影片结束，他没有再回美国，决意留在日本的村庄里。在哈里森·福特主演的《证人》（*Witness*，1985）中，新天地设置在阿米什人的村落，但主人公醒悟到那并非他的归途，于是他回到了从前居住过的芝加哥。

《好莱坞医生》《最后的武士》《证人》这三部影片都存在这样的结构：主人公曾对某些地区持否定态度并怀有偏见，但当他进入该地区后，他的价值观逆转了。主人公抱定与该地区相同的观点，与自己先前生活的世界的人们进行对抗。

这样的设定，正是西部片中被称为"白人酋长"的故事结构的实际应用，自古至今多次出现。更为贴近原结构的影片，还有科幻电影《第九区》（*District 9*，2009）和恐怖电影《夜行骇传》（*Nightbreed*，1990）等作品。

当然，对中心轨迹的模仿并不一定要贯穿作品全篇。有的作品，仅有前半部分的走向与"旅人的行囊"的轨迹相一致。

丹尼·博伊尔担任制片的影片《惊变28周》（*28 Weeks Later*，2007）中，在故事伊始，由罗伯特·卡莱尔饰演的主人公被一群丧尸袭击，情势所逼不得不抛下妻子独自逃生。其后，他与走散的女儿们重逢，并谎称尽管他全力予以营救，可是她们的妈妈还是去世了。然而，剧情发展到一半时，我们得知，实际上妻子逃过一劫得以幸存，她重新回到了主人公的身边。

在这部影片中，妻子这个角色的作用，等同于《金盆洗手》中的井矢见刑警。

两者都伴同"未结清的过去"再次来到主人公的生活之中，质问着主人公的现在与未来。

上述的实例不过是沧海一粟。

自古至今，无论东方西方，采用同一矛盾轨迹的作品，恐怕不计其数。

特别是在"主人公默默无闻做出英雄壮举的连续剧"中，最后一集的中心轨迹多与前文提及的结构相类似。

《魔法使莎莉》《虎面人》等作品便是其中的典型。

正如前文所述，部分业余作家极度厌恶引用既有的作品。但在我看来，对自己想要描述的内容越是明确的人，越是应当借鉴既有作品的可用之处。

其一，引用其他作品，并不意味着你不能按照自己的思路进行创作。

引用同一结构，你的世界观和创意反而能够更加明确且充分地发挥出来。

在课堂上，我曾让全班学生引用"旅人的行囊"的结构来创作全新的故事。尽管所有人沿用了同一结构，但在内容上毫无雷同之处。换言之，所有学生都完美地创作出了独具创意的作品。

参与这次创作的同学们也纷纷表示，此前因为经验尚浅，写作时难免陷入困境烦恼不已。而在此时，与其写出中心轨迹模糊不清的故事，不如在既有的结构中填充各自的中心思想和主题，这样反而更能乐在其中地进行创作。

但是，上述事实的成立，是建立在经过抽象化得到的结构基础之上的。

如果我只将《金盆洗手》的具体情节发给学生，并让他们据此进行创作的话，恐怕大部分学生只能写出与《金盆洗手》雷同的故事。

这是因为，经过了抽象化的思考过程，不会陷入拘泥于细枝末节的窘境，能够把握大致的脉络走向，进行类推时也就更为灵便。

你不妨也尝试一下，根据"旅人的行囊"进行再创作。

一定能够写出独具特色的全新的故事。

✎ 看清中心轨迹的能力

在这一节中，我将向大家传授从既有作品中抽象出"中心轨迹"的更为简便的方法。

在此，我们将主人公标记为 X，敌对者标记为 Y，环境等因素标记为 Z。提炼抽象化的"中心轨迹"，应当着重关注这三者之间的关系。

例如，将《金盆洗手》中各要素进行标记后，可概括为如下情节：

"X 隐瞒了过去，努力创造了 Z（现在的象征）这样的生活。而此时，Y（过去的象征）出现了，想将 X 打回原形（未结清的过去）。不久之后，Z 的状况逐步恶化，X 为了拯救 Z，承认了自己的过去，并采取行动，驱散了 Y（过去）带来的阴影，同时也失去了 Z（现在）。X 为了寻求全新而真实的自我（未来），再次踏上了旅途。"

这样的概括，较之"旅人的行囊"抽象度更高，因此，以此结构作为剧本企划进行再创作，便容易了许多。

然而，从既有作品中发掘与自己的企划相符的中心轨迹时，有一点需引起重视。

那就是，与自己的企划相近的中心轨迹，不仅仅存在于与自己的企划类别相同的体裁之中。

假设存在一条这样的"中心轨迹"：

"X 为了得到 Z，引导 Y 或是欺骗了 Y。而后 Y 发挥出本有的实力，逆转了他同 X 的关系。X 放弃争取，自生自灭，失去了 Z，与 Y 之间的关系就此被改写。"

这其实就是奥黛丽·赫本主演的名作《窈窕淑女》（*My Fair Lady*，1964）的中心轨迹。

从表现形式来看，《窈窕淑女》是一部歌舞片，而从题材来说，它是一部爱情片。

与其中心轨迹相同的影片，还有吕克·贝松执导的动作片《尼基塔》(*Nikita*，1990)、约翰·卡朋特执导的恐怖电影《克里斯汀魅力》(*Christine*，1983)和戈尔迪·霍恩主演的浪漫喜剧《落水姻缘》(*Overboard*，1987)等。

在 DVD 出租店中，这些影片毫无疑问会被放置在不同类别的货架上。因为这些作品企划的意图也好，故事的目的也罢，全都截然不同。

虽是如此，但这些影片的中心轨迹完全一致，却也是不争的事实。

想要发觉这一点，就有必要养成彻底的抽象化和类推的思维能力。

这些作品的主题不同，因而故事也大相径庭；作品中的世界给观众留下的视觉印象也是千差万别；除作品内容之外的影片预算和规模等等也有不小的差异……但是，在概括中心轨迹时，不要被这些差异迷惑，只需关注中心轨迹的共通之处并进行归纳即可。

至此所举的作品，视角单一，情节线也十分简洁，因此中心轨迹也仅此一条。但是，在作品本身以多视角进行描写刻画，从而推动剧情发展的情况下，就会存在多条中心轨迹同时运行。

蒂姆·波顿执导的《剪刀手爱德华》(*Edward Scissorhands*，1990)便是如此。

片名角色正是身为机器人的剪刀手爱德华，但是故事的"叙述者"并不是他。

故事的叙述者是薇诺娜·瑞德扮演的女主角——金。

剪刀手视角的场景和以他的动向为中心的剧情进展零散在影片之中，容易令人有所遗漏。而金的中心轨迹则与《窈窕淑女》和《尼基塔》完全一致·"X 为了得到 Z，引导 Y 或是欺骗 Y。而后 Y 发挥出本有的实力，逆转了他同 X 的关系。X 放弃争取，自生自灭，失去了 Z，与 Y 之间的关系就此被改写。"

具体来说，金曾受到傲慢的男朋友吉姆（安东尼·迈克尔·豪尔饰演）的挑唆，处处与剪刀手作对，令他十分窘迫。后来，随着对剪刀手了解的加深，金被他心中的温柔打动，改变了对他的态度，在高潮部分甚至背叛了吉姆。而剪刀手为了救金，杀死了吉姆。因此，仿佛搜捕女巫一样，剪刀手被激愤的市民驱逐，再次回到了他的出生地——那座城堡之中。自那以后，每每看到纷纷落下的大雪时，金都会追念也许尚还幸存在人间的剪刀手。

显而易见，金的中心轨迹与《窈窕淑女》和《尼基塔》是相同的。

另一方面，剪刀手视角下的轨迹又如何呢？探索一番你会发现，剪刀手的轨迹与"旅人的行囊"有着相似之处。因此，《剪刀手爱德华》这部影片，可以说是包含了两条中心轨迹的作品。

那么，为什么要设置两条中心轨迹呢？

理由十分明显：因为观众共享了两个人物的视角，所以知晓两个人物各自的想法。但事实上两个人物之间并未互通心意，没有任何进展，屏幕外的观众替他们感到焦急，从而加深了共鸣的程度。

　　这种双轨迹的设定，多见于包括不伦剧集在内的一部分情节剧（两人相爱的这类故事架构）。（其中，最有名的是莎士比亚的《罗密欧与朱丽叶》。先前提到的欧·亨利的另一部作品《麦琪的礼物》，也有着相近的结构。）

　　顺带一提，如果是单相思的设定，那么其中心轨迹必定会有所不同，作品的视角也多会向其中一方人物倾斜。

　　尽量多多涉猎不同类型的影片，多多探索其中的中心轨迹，这样，领悟和收获也会丰富起来。

✏ 即使属于同一体裁，中心轨迹也可不同

　　我偶尔会有这样的感受：有的电影乍看之下十分相似，但实际上并非如此。

　　例如，《壮志凌云》（*Top Gun*，1986）和《铁鹰战士》（*Iron Eagle*，1986）这两部影片，制作时期相近，而且都是讲述了年轻的男主人公驾驶战斗机进行空中战斗的动作片，影片类别自然也相同。乍看之下，这两部作品十分相近。

　　但是，这两部影片有着截然不同的中心轨迹。

　　《壮志凌云》的中心轨迹是这样的："X 是公认的才子，他所在的群体对即将到来的状况 Z 整装以待。Y 与 X 的思想对立，两人经常发生冲突摩擦。X 因为过度自信，犯了致命错误。丧失了自信的 X 离开后，发生了状况 Z，X 所在的团体需要他的才能去解决问题。重新归队的 X 同 Y 一起，打破 Z 的僵局，

重新找回自信，得以脱胎换骨。"

　　顺带一提，凯莉·麦吉利斯在影片中饰演了一位女教官。主人公与女教官有感情纠葛，但这段感情戏对中心轨迹的发展没有直接影响力，因此在上述轨迹的描述中省略不提。与这段感情相关的轨迹可称为辅助情节，关于这一部分详见第 5 章和第 6 章。

　　《铁鹰战士》的中心轨迹则是这样的："X 以 Z 为理想，并深受其影响。X 具有独特的才华，但无奈仍是不够成熟。某一天，丧失了 Z 的 X 遇到了与 Z 形成鲜明对比的 Y，受到了他的指导，增长了自身的才干。在那之后不久，X 又失去了 Y，失掉了前进的方向。为了打破这种局面，X 必须施展自己独特的才能。最后，X 从 Z 和 Y 对他的影响中汲取力量打破了僵局，自身的才能也得到了提升。"

　　《壮志凌云》的中心轨迹是"有才华的人遭遇挫折不断成长的故事"。这一轨迹，多见于背景设置在校园、舞蹈队、体育团队的类型影片中。在这种轨迹的影片里，叙述者的视角位于团体的内部。

　　另一方面，同样是校园和体育题材的影片，《少棒闯天下》（*The Bad News Bears*，1976）和《冰上轻驰》（*Cool Runnings*，1993）的中心轨迹就完全异于其他。在这两部影片中，叙述者的视角不在团队的内部，而在对团队影响深远的外部。叙述者加入团体之中，在他的影响下，原本停滞不前的团体方方面面都活络起来，有所改善。

　　连续剧版《跳跃大搜查线》和影片《五个相扑的少年》等

作品的中心轨迹，可以说同属于视角在团队外部的类型。

　　顺带一提，这样的轨迹，是先前提及的"白人酋长"结构的实际运用，其结构可概括为势力薄弱的一方逐步掌握了主动权，开始进行反击。对于这个问题，在此就不过多探讨了。同一类别的作品，中心轨迹未必全然相同，这一点希望大家能够铭记于心。

　　《铁鹰战士》的结构则更为古典，正是所谓的"男性神话"型的结构。

　　简单来说，"男性神话"讲述的是无名小卒经过一系列的试炼，最终成长为英雄的故事。这一类型的结构，着重描述主人公完成某一个为社会所认可的壮举。深受父亲影响的年轻人，在形同父亲的"导师"（主人公成长的契机多是导师授予了他一样道具，或是向他提示了新的思考方式和信息）的教导下逐渐成长、自力更生的故事，同属于这一类型。

　　《星球大战》等英雄幻想题材的影片多采用与之类似的中心轨迹。

　　在与之相对的"女性神话"中，比起得到社会的认可，更多是讲述主人公通过承认真实的自我而有所改变，有所成长。

　　大受欢迎的《冰雪奇缘》（*Frozen*，2013）主题曲 *Let It Go* 的歌词，正是"女性神话"的真实写照。《灰姑娘》和《丑小鸭》也都属于"女性神话"。

　　大多数面向女性的电影和故事都沿用了"女性神话"的

结构。

更进一步来说，实际上，《蓝霹雳》和《金盆洗手》也是"女性神话"。此外，被认为是终极男子汉的西尔维斯特·史泰龙担任编剧和主演的影片《洛奇》（Rocky，1976）也是"女性神话"。

也许大家会觉得不可思议，但是事实就是如此。

因为，那些影片的结构是共通的：面对与其他人在社会评价和地位上的比较时，主人公感到恐惧、憎恨、无所适从。后来，主人公发现原因在于总是自然而然地压抑自己的想法和行动，最终选择挣脱束缚做回真正的自我，并取得了一定的成果。

"男性神话"的主人公通过直面社会而变化成长。

"女性神话"的主人公直面的对象则是"被压抑的真实的自我"。

"男性神话"与"女性神话"的差异，绝非是因为主人公的性别而产生的。

🖊 抽象化与类推思考

也许有人会觉得前面的内容有些难以理解。

不过，请大家不要紧张。这里并没有硬性要求大家海量观影并加以分析。即使大家真的这样做了，想来增长的也不是编剧的技巧，而是知识的容量。

当然，学识丰富好过一无所知。但是，知识的过度激增，可能会导致智慧的枯竭。因为，知识本身成了制约因素，阻碍思考，甚至让思考的能力止步不前。

知识只不过是为了思考、为了制造智慧而产生的工具，仅此而已。

不管知识如何丰富，如果不懂得使用知识的方法，那便无法进行活用。

不要太过强调"学习剧本"，其实，在日常生活中通过实际体验得到的收获要丰富得多。

在日常生活中，只要稍微注意去多接触形形色色的事物，就会有充分的可能性，使抽象化思考和类推思考的能力得到提升。

简单来说，首先，将事物的结构按照一定的理由分门别类，并加以观察领会，在此基础上，找出这一事物同其他事物的相似性和关联性即可。

而实际上，日常生活中的你在无意识中也是这样行动的。

比如，走在街上感到饥饿时，你肯定不会去全是服装店的街道，而是会去餐厅遍布的街道吧。那时的你，在脑海中分解了街道的结构（抽象化），找到了与你的需求有关联性的场所（类推）。

接下来，你可能会面临日料、中餐、意大利菜的选择。届时你的思考对象会从街道的规模降级到具体的店铺，而整个思考过程并没有太大变化。

接下来需要考虑的就是预算了。高级餐厅、大众餐饮店、便利店的便当……在面临这些选择时，你应当会考虑这些餐饮店的消费水平与自身财力的关系。这些思考过程，正体现了抽象化和类推的思考能力。

"将事物抽象化"，并"从中找出事物的关联性和关系"，这说法乍看之下偏向理论说明，显得冷静无比。而实际上，"抽象化"和"类推"深深地关系到你的世界观和"感情的波动"。

但是，这里有一个小陷阱。因为，你偶尔会在心中听到"恶魔的低语"。

✐ 注意"毫无关联的发言"

在我小学低年级时，班主任是一位年轻的女老师。

对于关注的问题，我总爱打破砂锅问到底，因此，当我在课堂上有什么疑问，或是在学校生活或是日常生活中有什么在意的事情时，会在休息时间向她提问求教。

然而，我深深地记得，大多数情况下，她总是以"这两者毫无关联啊"这样的回答强行打断我的追问，每次我都感到自己的思考被否定了，然后就陷入了沉默。

"没有关联"是她常常说的一句话。

与她的预想不同，她就会说"没有关联"，与她的期待不同，她也会说"没有关联"。

她频繁地说着"没有关联"，来否定学生们的想法和提问。

如今想来，那时的她不过 20 多岁，也许有些年轻气盛，也许她感受到了周围的重压和来自心中理想的教师形象（像是理应如此的盲信和片面）的压力，才会那么草率地回答"没有关联"吧。

但是，即便如此，身为初等教育工作者，接连说出"没有关联"，是有些危险的行径。

在她的影响下，畏首畏尾、不发表自己的意见、不再深度思考的学生（包括我在内）不在少数。

因着奇妙的缘分，我也开始从事教育方面的工作。当学生向我提问时，我时刻提醒自己，尽量不要用"没有关联"这样的字眼回答问题。

因为，即使我认定为"没有关联"，但在提问的学生心中，说不定还在进行着类推，还在尝试找出其间的相关性。

但是，其他人未必会认可自身所找到的关联性。

因为，在找出相关性之前，人对该现象或是事物已经进行了相应的抽象化处理。

关于事物的相关性，本就是仁者见仁智者见智。人不能因为自身没有看出其中的相关性，就断定"没有关联"，否则可能会错失新的发现，那样就太可惜了。

通过了解他人的世界观，也许会发现在自己的世界观下没能发现、没能注意到的相关性。

因此，即便我认为"没有关联"，也会这样回答："嗯，我不是特别清楚，请你再详细解释一下你的想法。"然后，仔细地倾听他的发言。

即便乍一看"没有关联"，但在听过他人的解释之后也许就能发现其中的相关性。这样思考就变得有趣得多，还能开阔视野。这么一想，再没有比这更令人兴奋的事情了吧。

当然，也有人并不这样想。

前些天，我作为编剧参加了某个企划的商讨会。会议长达数小时，与会人员都十分疲惫，雪上加霜的是，从中途开始，协商就一直难以达成一致。

这种情况时有发生。会议室中氛围凝重，过了许久，有个女制片助理诚惶诚恐地说起了自己的意见。

就在那时，作为她上司的男制片人粗暴地打断了她的发言："你说的跟议题无关吧。"她一下子颓靡起来，在那之后，就沉默着一言不发了。

在我看来，她的发言的确没有太大相关性，但是，她可能真的找出了关联所在，或是即将捕捉到那隐秘的相关性。

不可否认的是，顺着她的发言继续挖掘，进一步抽象化她的想法，可能会引发我和男制片人重新类推，引领我们想到新的创意。

坦白来讲，发言总是不得要领的年轻人的确存在（当然在年长的人中也存在）。但是，正因为缺乏经验，年轻人那些稚拙的意见，往往能够给程式化的思考带来新的启发。

在我看来，当人们讲出看似"没有关联"的想法和问题时，比起对方的发言是否真的有无关联，将自身的关注点放在他人的思路上，才是更为重要的。

接下来，是我以老师而非编剧的身份经历的一件事。

我有时会在课堂上讲到一些与电影无关的话题。

在我的认知中，那些话题与电影还是存在关联的，所以我才会在课堂上讲出来。但在他人看来，这些话题的发散，可能就是跑题了（据说擅长类推的人经常举例说明）。

在那种时候，学生们可大致分为两种类型。

有的学生一脸不爽，仿佛在说"又开始跟课堂无关的闲聊了"，继而不再听讲。

有的学生则满脸兴奋，仿佛正等着我开启这些话题一样，探着身子听我讲话。

哪种学生能够有所长进，这一点已经十分明确了。

但是，继续听讲的学生们未必能够完全理解我所感受到的话题之间的相关性。

那么，为什么他们能够成长呢？

因为，他们从我那看似偏题的发言中，找到了与学习内容·的关联。或者，他们发觉到了也许能从中找出关联的可能性。

这些收获，并不是通过知识和信息就能得到的。

他们也许是从听我讲课的经验出发进行类推，并预感到了这种可能性的存在。也就是说，他们对于自身的感情波动是有意识的。

对万事万物的感知，不需要任何知识的支撑，也没有规则和资格的限制。

任何人都不能阻止你进行感知，当然，他们也没有阻止你感知的权利。

因此，对感情波动的感知，可以成为你最强大的武器。

✐ 知识与体验的结合

除了在大学的教学经历，我也曾在面向社会人招生的学校里教过剧本方面的课程。

在那样的课堂里，学生们的年龄跨度十分巨大，上有80岁的老人，下有10多岁的少年。他们的职业和性别也各不相同。因此，这个班级的个性可谓十分丰富。

F是我学生中的一员。她50多岁，曾经从事与报道相关的工作。也许是得益于那30年的职业生涯，她对一切都了如指掌。

因为在过去的工作中采访过形形色色的人，她看人的眼光也十分敏锐。这些构成了她的世界观，也毫无疑问是她的杀手锏。

F为了学习剧本创作，中途来到我的班级。

在我所教的课上，除了每次两个半小时的讲解，还会给学生们布置一些短小的课题。课题内容如下：写一篇超短的剧本。要求时长1分半，1个场景，共3个登场人物。

如果所有的课题都完成了的话，一年下来，能有35~40篇作品。我认为只要掌握了刻画场景的技巧，再长的剧本也不在话下（这个看法只关乎创作剧本的能力，企划构思的能力是另一回事）。

　　超短篇剧本的主题，是根据当天课堂的内容而定的。

　　例如，在讲解了"说明性台词"相关内容的当天，我布置的短篇剧本题目为"那家伙的故事"。实际登场的两人，闲聊着关乎未出场的第三个人的话题。当然，两个人的对话内容不可以是单纯的"信息"，我要求学生们思考第三个人对这两人的影响，再去尝试创作。

　　也就是说，学生们必须表现出这实际上是一个三人登场的场景。

　　再比如说，讲解"内在矛盾的对立"的那一天，课题的题目是"面喜心悲"。要求充分探索主人公的表里，形式仍是 1 分半时长、1 个场景、3 个登场人物。这一项作业要在第二周上课时提交，等到课堂结束后，我会跟每个学生逐一面谈，一边回答学生的问题，一边进行改写的指导。

　　尽管 F 是中途入学的学生，但她立刻加入了尝试创作的行列。而她写出的超短篇剧本，令人感到非常惊喜。

　　她每一次的创作，笔下主人公的职业和立场都很丰富多彩，设定的情景也充满了现实生活的气息。剧本的台词贴近生活，十分生动，水平之高，让人难以想象这是剧本初学者的作品。

　　怎么说呢，读她的作品时，就如同在读纪实文学作品一样，令人惊叹不已。果然，报道相关的工作经历并非虚名。

　　然而，文笔出众的 F 在尝试创作时长为 2 小时左右的长篇课题时受了挫。长篇课题在内容上并无限制，任何题材都可以选用，有趣是唯一的要求。就是这样简单的课题，F 却创作得并不顺利。

F 受挫并非是要求时长较长的缘故。她的问题，在于企划时的构思立意。

构思的方法本就因人而异。至于 F，她最擅长的是从植根于事实的想法出发，进行构思，在我看来，这也是她的优点。

然而，十分讽刺的是，那也是她的短板。尽管 F 聪慧得令人叹服，但她那丰富的有关现实的知识变成了枷锁，限制住了小说创作所需的想象力。

即便想要进行"抽象化"和"类推"的思考，但由于受"内心的限制"所牵扯，都难以有所收获。

F 曾经以现实中的某一事件为基础，尝试创作一个故事。经过了多次努力，仍是陷入了困厄的境地。

我向她提议："这样写如何？"她虽然恍然大悟似的给出了肯定的回应，但是，她对现实的认知阻碍了她的思考。

我再次向她指明："这次的内容企划，是以虚构为前提进行再创作的。"她听到后回答："我知道的。"

然而，她脸上的表情传达了内心的绝望：我明白啊，虽然头脑里清楚地明白这一点，可是，我无论如何都无法跨越现实和想象的界限啊！

接着，我又向她提出了建议："但是，新闻报道这份工作，不是一边怀有'这是真的吗'这样的疑问，一边进行采访的吗？如果利用这种感觉和心态，你觉得如何？"

她回答道："话虽如此，但报道时需要极力排除自身的意见和观点，才能客观地传达给观众。就是因为这样……"

原来如此，确实如此。

在各种尝试之中，课题的提交迫在眉睫。这一现实令 F 更加焦急了，她完全丧失了往常的冷静和灵活性。

在反复的商讨中，我终于从 F 的措辞中看出了一点端倪。

对于我的提议，F 开始以"可是"这样的字眼回应了。

我觉得，这十分棘手。

对于对方的意见和想法，如果只是回答"Yes, but...（是的，但是……）"，那么商讨和头脑风暴就无法实现集思广益的作用了。最为重要的，是回复"Yes, and...（是的，那接下来……）"的态度。

也就是说，面对他人的提议和意见时，应当通过"原来如此。那么，接下来这样做如何？""不错！那接下来这样安排……"等回复，让彼此的世界观摩擦出火花，推动商讨继续进行下去。不仅是对 F，我在课堂上对所有学生都多次强调了这一回复的重要性，大家也都注意到了这一点。

尽管如此，F 还是将"可是"挂在了嘴边。现在回想起来，那时的 F 已经失去了平常心。总而言之，那已经不再是真实的 F 了。

我开始与 F 闲聊起来，也好转换一下心情。我避开了与以往的职场和职业相关的话题，选择了个人生活和家人的话题。

换言之，我选择了更易令人情绪化的话题。

　　我和她的交流渐入佳境，渐渐地谈到了与邻居相处的话题。闲聊中也冒出了许多人物。有着众多小癖好的中年女性接连登场，很是热闹。

　　不愧是 F，很善于观察。

　　但是，她的表述仍然十分客观。我甚至感到，听她讲话，像是在听取采访的报告一样。

　　构思枯竭时，F 仍是依据道理拼命思考，被自我意识所左右，错过了对自身感情波动的感受。于是，我便这样向 F 询问：

　　"最近有没有让你很是恼火的事情？"

　　"让我生气的事吗？……说起来……"

　　她渐渐打开了话匣子。因为对此深感兴趣，我认真地听着 F 的讲述。她看到我这副架势，情绪也逐渐高涨起来，接连不停地发掘出许多有趣的段子。

　　充满感情波动的记忆经由自己的声音输出到外界，再经由耳朵传入脑海之中。

　　通过这一过程，人会连锁反应似的回想起更多的记忆。曾被你认定是不值一提的记忆，被收纳在"忘却专用文件夹"中。而那些实际上如同宝藏一般的片段，正积压在你脑内的桌面上。

　　我大笑不止，听得出神。

　　F 一脸不解地看着我："有那么好笑吗？"

　　当然有趣啊。那些片段不是通过"来自外界的信息"，而是通过"由内在发出的实际体验"和 F 的目光传达出来的。

　　他人所看到的世界，本就十分有趣，而且富有价值（但是，自恋的人无法感受到这一点。比起他人的事情，自恋的人更关注自身）。

聊着聊着，F 在不经意间又戴上了社会面具，重新找回了平衡感。

"实在不好意思，再不谈课题的事情，恐怕就来不及了……"

"不是已经在聊了吗。你已经会写了。"

"……欸？"

在我看来，F 从关于邻居的闲聊起开始类推，已经能够看清与中心轨迹的相关性了。

"现在就开始吧，一定可以顺利地写出来的。"

我向 F 示意，让她放弃此前构思的企划［忘不了听到我这样说时 F 一脸放心的表情（笑）］，再从某部既有电影中找出"中心轨迹"。F 双眼圆睁，十分吃惊。因为，那是迥然不同于邻居闲聊的十分激烈的惊悚片的中心轨迹。

"以此为基础，运用当下的人物关系，试着创作全新的情节。但是，要以喜剧的形式表现出来。主人公要以你为原型，这样做、那样做……"

在此，我向她提示要改编为喜剧，是有其原因的。

在业余编剧中，常常出现这样的倾向：根据自身的经验构思作品时，因为充满了辛酸的体验，心情也变得过分沉重，最终将自己设定为"悲剧的主人公"。实际上，这一倾向是沦为"窗边系"作家的第一步。因为，过度沉浸在消极的情绪之中，会使人深陷内省式的思考而不可自拔。

但是，如果你将与自身的体验相同的状况设置为"他人的事情"，也就是说，将自己从故事中抽离开来，便会产生一种"滑稽"的感觉。通过这一方式，可以将自己辛酸的体验变为小说的桥段，令其净化，并以娱乐的手段使之再生。

这样一来，不但提升了剧本的趣味性，还增强了对作者的治疗效果。

当我说出想到的计划时，F 也开始察觉到其中的相关性。不一会儿，F 开始像这样跟我交流："老师，既然如此，您看这样写可以吗？""这主意真棒！""啊，其实还有这样的片段来着。"她靠自身完成了从"Yes, but...（是的，但是……）"到"Yes, and...（是的，那接下来……）"的转变。

这原本就是 F 的实际体验，我作为从未体验过这些的他人，经过了"抽象化"和"类推"的思考，从中导出相应的轨迹，并向 F 做出提议。而这一次，F 利用自身的世界观，实现了"抽象化"和"类推"的过程，拓展了其中的相关性……

最终，F 完成了比我想象的还要精彩的剧本。曾经难以下笔，在"可是"和"停滞的时间"中彷徨的 F，成功地打破了外壳，迎来自己人生新的高点。

而且，F 创作的作品中，洋溢着她独特的世界观。这世界观并非来源于曾经职业生涯中积累的职业意识，而是为妻为母，作为一名女性的 F 通过宝贵的体验得到的视角。

　　知识与信息确实是必要的。它们在创作剧本当中也是不可或缺的素材。

　　但这些同样可能成为你想象力的牢笼，让思维停滞不前。

　　一旦掉入这个陷阱，人很难凭借一己之力爬出来。

　　可怕的是，越是认真而热衷于学习的人越容易产生那样的倾向。为了逃离对失败的不安和恐惧，他们最终会走向理论武装和信息堆叠的极端。但是，那样的人所创作出的作品，难以打动读者的心，就连创作者本人，也难以享受到写作的乐趣。

　　重要的是，不回避问题的本质，不视而不见，不拖延问题的解决。被逼入绝境时，正是改变自我的绝佳机会。

　　当你感到"不行了！已经没有退路了！"的时候，"反转情势"的可能性多半就潜伏在你的身后，随时待命。

　　但是，要到达绝地反击的关键点，必须对事物进行"抽象化"和"类推"，在看似毫无关联的两者之间找出新的相关性。

　　再者，能够使之成为可能的，并非外界的信息和道理，而是源自内在、发自内心的感情波动。

　　我已强调再三，"感情的波动"，是打破原有事态、开创新局面的有力武器。这一点，还请大家铭记在心（特别是"窗边系"作家）。

　　总之，大家可以多多储备从既有作品中提炼出来的中心轨迹。这些中心轨迹既可以服务于新作品的企划，也可以成为跳出思考陷阱的启发。

　　如果，你认为提炼中心轨迹太过烦琐，或者你对概括出中心轨迹缺乏信心而感到不安，也许另一种方法更适合你。

　　在下一章，我将结合自身的经历，来介绍这种方法。

第 4 章

做场景列表，培养结构能力

那是我高三那年经历过的一件事。

　　作为发展方向调查的环节之一，班主任老师向我询问"将来的目标"，而我坦白地回答道："将来我想成为电影导演！"

　　这是我自小就决定的事情，我也从来没考虑过去从事其他的职业。

　　老师大声笑着，说道："傻孩子！那是只有一部分的天才和狂人才能从事的职业。平凡的你不可能成为导演的吧？还是多考虑考虑自己的实力吧。"

　　虽然我并不认同老师的话，但老师所说的的确合情合理。

　　虽说我在年幼时便擅自决定将来要从事电影方面的工作，但我家不过是一个典型的工薪家庭。那时的我和我的家庭，与电影和电视剧的世界没有任何交集，而我也并没有召集伙伴拍摄八毫米胶片电影的行动力。说到底，关于如何进入电影的世界，电影拍摄的现场是以何种形式运转的，我都丝毫没有头绪。

　　那样的我所能做的，只有作为消费者不断观看电影而已。

　　就连亲近的朋友都来劝我："你一直那样看电影，差不多该满足了吧。也该关注下现实啦。"

尽管如此，我仍是对电影工作魂牵梦萦。

老师的见识虽然高过学生，但他毕竟不是从事电影工作的人。

如果我向老师报告说将来想要成为高中老师，老师根据自身的体验认为我缺乏这样的资质而给予否定的话，也不是不可理解，可是老师从未涉足过电影的领域，凭什么做出如此断言呢？

我心中暗暗思量着，行或不行，一定要实际试过了才知道。

🖉 美国电影的剧本技巧

在我看来，是否适合某一领域，只有专业人士才能够给出判断。我想，既然要向专业人士咨询，资深人士应该更为可靠，于是，我决定去拜访奥利弗·斯通导演。

那时，他刚好作为"美国电影节"（其后的"圣丹斯电影节"）的审查委员会会长在日本访问。我了解到这一点，琢磨着去电影节的会场后再随机应变。

不过，当时的我并不会讲英语（直到现在也不太会讲），我抱着日英词典和英日词典，准备来一场无预约的突击采访。

然而，当真正去到现场时，十分遗憾的是，在官方提问的环节，我并没有找到提问的机会。不死心的我又心生一计。

我思索着，也许这个方法行得通。那天，我身着正装，原本显得成熟的脸庞这下成了优点，令我看起来像是相关业界人士。我就那样偷偷溜进了面向工作人员举办的派对会场［乖孩子千万不要随意模仿，一般情况下这么做会被逮捕的哦（笑）]。

我终于见到了奥利弗·斯通导演本人。当他得知我不是专业人士，而是立志成为电影导演的高中生时，兴趣十足地倾听着我的倾诉。

"老师说，我太过平凡，做不了电影导演，但我并没有放弃这个想法。请问我要怎么做才能实现自己的理想呢？"当我向他询问时，他这样回答了我的问题：

"在回答你的问题前，有一点需要明确，那就是今后不必去听那些不负责任的话。"

比起他那像是外国电影配音演员般的口吻，我更惊诧于他感同身受般的愤慨。不愧是好莱坞一流的热血派导演。

然后，他继续说道：

"如果立志成为电影导演……嗯，首先，你必须完成的任务有三个。第一，能够创作剧本；第二，能够读懂剧本；最重要的是第三点，能够分析剧本。"

"哦，原来如此啊。"

那时的我虽然做了如上回应，但我其实根本没懂。

关于创作剧本这一点还好，能够读懂、能够分析，那到底要怎样做才好？

那时的我，对当时的日本电影毫不关心，一门心思地观看美国电影。

直到现在我也不曾想过去好莱坞工作，或去美国从事电影工作，但当时的我确实最喜欢观看美国电影。

现在回忆起来，仿佛又感受到了当年的激情。

那么，到底怎样做，才能领会到美国电影的剧本技巧呢？

现如今，以好莱坞方法为主要内容的剧本教科书被大量翻译为日文，并在日本出版上市。而在我的高中时代，并没有这样的便利。

当然，那时的市面上有很多日本的剧本教科书。但因为我对日本电影毫不关心，因此，我也不曾翻阅那些国内的剧本教科书。

思前想后，我决定去外文书店碰碰运气。然后，开始搜寻国外的，特别是美国的剧本教科书。

令我惊讶的是，在美国，好莱坞电影剧本教科书十分普遍常见。因为选择太多，纠结过后的我暂且先买了一本。

那本书的书名是《电影剧本写作基础》（*Screenplay:The Foundations of Screenwriting*）①。

作者是悉德·菲尔德。

我立刻赶回家，一边查阅词典，一边仔细地阅读着。这本书上记载了这样一个方法：将既有电影的结构按照上映时间排序，并记录其中的细节。当我看到这一方法时，愕然无比。

"这跟我小学时期的做法不是一样吗？"

_____

① 本书简体中文版已由后浪出版公司出版。——编者注

✏️ 电视中的外国电影剧场

在此，将时间调回更久远的过去。昭和 50 年代中期（1980 年前后）。那时我在读小学。

当今的年轻人也许并不清楚，在我还是小学生的那个年代，并不存在租借录像带这一项服务。

当然，在那时，录像机和刻录电视上播放的电影和电视剧的技术都已面世。但是，录像机价格昂贵，以平民百姓的生活水平实在是难以负担。

而且，在那个年代，基本没有个人收藏电影的观念，也缺乏相应的方式。

也许有人会说，去电影院观看就能解决问题了。然而，那时的我还是个小学生，仅靠微薄的零花钱，能够去电影院观影的机会十分有限。

在上述种种条件的约束下，对我来说，电视中的"外国电影剧场"便成了我观看电影的唯一途径。

外国电影剧场播放的是日语配音版的影片，而每部影片仅仅播放一次（应该是这样）。那时的我集中精力，拼命地观看那些外国影片。这对于当时热爱电影的孩童来说，是唯一能够接触到的学习电影的方法了。

但是，还有一个问题。我家的家教十分严格，在我小学低年级时，每到晚上 8 点，我就必须洗漱就寝。而外国电影剧场一般都是晚上 9 点开始。这样算来，我根本无法看到外国电影剧场播放的电影。

我一遍又一遍地翻看着报纸上刊载的外国电影剧场的节目预告，几乎将报纸都看出洞来。因为看不到电影，我只能幻想着那一天播放的电影的内容，哭哭啼啼地渐渐沉睡过去。

某一天，《2001 太空漫游》要在电视台播出了。我虽然只看过剧照，但却十分期待这部电影。

我端端正正地向父母行了跪拜礼，祈求父母允许我观看那部电影。在"不行"和"求你了"的交锋下，父母终于应允我观看那部影片片头的 30 分钟。只看 30 分钟，虽然不上不下令人饱受折磨，但总归比错过观看这部影片的机会要好些。

播放当天，我满怀期待，内心激荡不已地端坐在电视机前。

浩瀚无垠的宇宙……令人眼花缭乱的科幻世界……我在此刻浮想联翩。

然而，30 分钟眨眼间就过去了。

明明登场的还只有猴子，我却不得不去睡觉了。

"接下来的剧情你们要仔细看呀，明天我会问你们的。一定要看仔细啊。"

第二天清晨。我向母亲询问那之后的剧情。

"后面怎么样了？结局是什么呀？"

"嗯，我有些没看懂啊。"

"……后面的内容你没有看吗？"

"看了啊。"

"没有仔细看吧。"

"我看得很认真啊！"

"仔细看了的话怎么会看不懂！你糊弄我！"

多年后，我的夙愿终于实现，我去看了重新上映的《2001太空漫游》。看完后，我才明白，母亲并没有骗我。

那次以后，我无数次地重复"跪拜礼"的伎俩，但是仍然没能完整地看过一部电影，每次都只能看影片的前 30 分钟，然后无比幽怨地回房间睡觉。

每一次，我都会在第二天早晨缠着母亲，求她复述电影的相关情节。没能完整地看电影的我，只知道影片的最终走向。

"游艇的尾部拖曳着尸体，主人公却毫无察觉。"《怒海沉尸》（*Plein soleil*，1960）

"全体乘客每人都扎了死者一刀。"《东方快车谋杀案》（*Murder on the Orient Express*，1974）

"实际上是地球。"《人猿星球》（*Planet of the Apes*，1968）

……

像这样不完整地"看"电影，真的能够有所收获吗？带着这样的疑问，我所感受到的压力与日俱增。

当我升到三年级时，再也不能继续忍耐下去的我打破了"外壳"，以绝食表示我的抗议。

我的行动坚决地表现出我的觉悟：外国电影剧场的电影，不允许我看到结局的话，恐怕我会做出更出格的事！

　　我与父母的激烈争吵，最终以我的胜利画上了句号。我可以自由自在地收看晚上 9 点的外国电影剧场了！〔这种欢欣雀跃，对于当下通过网络和 DVD 就可以无限观看电影的年轻人来说，恐怕是无法想象的……（笑）〕。

　　从那以后，我接连不断地收看外国电影剧场的影片，动作片、悬疑片、恐怖片、科幻片、喜剧片、爱情片等等。我对影片类别没有偏好，也不会在意影片的娱乐性和艺术性。我能完整地观看外国电影剧场的影片了！仅仅是这样，我就很幸福了。

　　随后，我不再满足于单纯的观看，开始使用录音机对外国电影剧场的影片进行录音。

　　我向父亲借来了录音机，站在电视机前一动不动地抱着录音机等待电影开始。我用因紧张和兴奋而不断颤抖的手指，小心翼翼地按下录音机的按钮。

　　因为不知道线路的连接方法，我屏住呼吸录下的录音带中，仍是混杂了许多噪音和呼吸声，播放时听起来很是吃力。

　　即便如此，我仍然感到十分满足，不知不觉中，录音的电影已经有十几部了。我反复听着那些录音，回想着那些只看过一次的场景，再次回味那些影片的韵味。这才是小学时代的我不为人知的乐趣（有时我会想，真的没有其他乐趣了吗？还真的没有了）。

　　渐渐地，为影片录音，也不能令我满足了。

　　"我想更近距离地接触电影！""我想吸收更多的电影知识！"

抱着这样想法的我，最终将录下的电影转换为文字记录。

这一句台词出现时，画面中发生了什么，哪个角色采取了怎样的行动而将剧情推动到下一个场景……凭借录音带的声音记录和自己的记忆，我按照场景展开的顺序逐一整理笔记（但是，我不会记录过于精细的情节。我记录的是每个场景以何种状态开始，由何人引发何事，如何结束，仅此而已，长度不过一两行）。

当时我完全是无意识地做出了那样的选择。现在想来，这种行为正是"场景列表"，如其字面意思，它是"场景提纲"的反向过程。

写场景提纲，是指在创作剧本时，将剧情按照场景或片段一段段写下来。

即使是专业编剧，也无法做到将突然闪过的灵感一气呵成地写成完整的剧本。

因此，作为创作的准备，编剧们会大致将剧情整理成一个提纲，再逐一发挥，补足内容。

例如，剧本可分为"起、承、转、结"四部分，也可以分解为"发端、矛盾、危机、高潮、结局"五个部分来逐一创作。像这种程度的提纲被称为"大梗概"。

随着分割范围的缩小，不同程度的内容提纲可称为"中等细分梗概""精细细分梗概"。到了"精细细分梗概"的程度时，就接近于剧本的形式了。

反过来，做场景列表，是指一边观看既有的影片，一边将故事每一阶段的片段记录下来。其中包括了状况、人物、行动、人物关系和情节展开的变动等等。做场景列表时，能够学习到故事结构的编剧技巧。

总之，那时的我，因为没有录像设备，只能一边听着录音，一边（无意识地）记下影片的场景列表。

✎ 做完场景列表后的发现

因为那段时间高频地做了大量场景列表的笔记，我隐隐约约发现了一些现象。

那些有趣的电影，存在着超越类别和故事情节的相通之处。

每过 30 分钟就会发生一些小插曲。从影片中间部分开始发生逆转。在后半部分剧情急转而上之前，状况曾经一度令人十分绝望……

那正是悉德·菲尔德所言及的"范式"，也就是所谓的三幕法的基本结构（当然，这样高深的理论对于当时的小学生来说，自是不得而知）。

那时候，我在东京 12 频道（现在的东京电视台，以下统一表述为东京 12 频道）看到的，虽不是核心电视台黄金时段所播放的那种制作精良的电影，但那些并非一流的、有些怪异但效果奇佳的美国制作电视影片，带给了我巨大的收获。

例如，在《高速路之惊魂时刻》（*Smash-Up on Interstate 5*，1976）这部电视电影中，一开场就是高速路上发生激烈撞击的事故场面。从观众的角度来看，完全不清楚谁是卷入事故的牺牲者，只是感叹事故场景极尽夸张。

而在下一幕，镜头一转，场景回到了事故发生的 43 小时之前，通过其后遭遇事故的人们的视角，来描述他们的日常生活。

然后，影片在最后再次回到了片头的事故场景，而在那时，起初观众所认为的无名的牺牲者，已经变成了有名有姓、有血有肉、有着多彩人生的形象了。

通过影片中间部分的内容，我们了解到了他们的为人和人际关系（对我而言，他们已经成了我认识的人）。正因如此，在看到结尾的时候，我们的感触已经截然不同了。

看完这部影片的我，内心的郁闷难以排遣，一夜无眠。

现在回想起来，这部影片之所以打动人心，只不过是运用了回溯式的剧本结构。

但是，谁都可能遭遇的"高速公路事故"这一主题的设定也堪称绝妙，不仅令这部作品深深地印在我的脑海里，还对那之后的我的思考产生了重大影响（看了这部作品之后，我在看电影时，不禁会去思索登场人物背后的故事："这个人，在影片的故事开始之前，过着怎样的生活呢？"）。

有的作品通过对登场人物栩栩如生的刻画，改变了观众对电影的体验和感受；而有的作品，反而通过描写复杂的、难以被简单理解的人物形象，改变了观众对现实世界的体验和感受。我也曾观看过许多后一类型的作品。

《罗莎莉的奇异复仇》(*The Strange Vengeance of Rosalie*，1972)正是这样的一部作品。

主人公是一名中年男性，他开着车，行驶在美国的乡村道路上。在途中，他让一名搭车旅行的 10 多岁的美貌少女上了车。故事就从这里开始。自称罗莎莉的少女是白人与印第安人的混血儿。主人公一直将她送到了家，但不知为何，那里并没有人。

随后，主人公突然遭到钝器打击，昏了过去。第二天早晨，当他醒来时，他发现自己被绑在床上，动弹不得。

当然，殴打和捆绑他的，都是罗莎莉。她说"我太寂寞了，我们一起生活吧"，便将主人公囚禁了起来。深感恐惧的他一找到机会就尝试逃跑，了解到他意图的罗莎莉十分愤怒，用斧头敲断了他的脚踝。

顺带一提，这部影片制作于 1972 年。而斯蒂芬·金创作《危情十日》(*Misery*)是在 1987 年，因此，他极有可能看过这部影片。

就算如此，《罗莎莉的奇异复仇》与《危情十日》……

难道不需要再"抽象化"一些吗？（不过，《危情十日》的这个"Misery"可不是角色的名字①）。

---

① 《罗莎莉的奇异复仇》中的角色名称"罗莎莉(Rosalie)"和《危情十日》的英文名"Misery"在日文发音上分别为"ロザリー"和"ミザリー"，十分相似。同时，《危情十日》中的主人公所写的小说名字便是*Misery*，该小说主人公的名字也叫"Misery"，作者可能在文中开了一个人名的谐音玩笑。——编者注

回到刚才的话题上来。

其后，罗莎莉和主人公开始了诡异的共同生活。主人公的任何反抗，都会遭到罗莎莉的暴力反弹。"我太寂寞了，我们一起生活吧"这句话虽然不像是谎言，但是看来罗莎莉并不知晓如何温和地与人相处。于是主人公为了不激怒罗莎莉，开始装作丧失了逃跑意志的样子。

罗莎莉的扮演者，是日后饰演《虎胆龙威》中主人公约翰·麦卡伦的妻子的邦妮·比蒂丽娅。她那年轻又烂漫可爱的表情，令人印象十分深刻。不过，比起这一点，在我成为高中生后，观看《虎胆龙威》时，首先想到的是：哇！罗莎莉来了！约翰，你要小心，小心被杀啊！

在电影后半部分，摩托小流氓的出场，打破了主人公和罗莎莉生活的平衡。然后，又经历了许多事，罗莎莉差点被小流氓强奸，但她最终杀死了他。

主人公趁此机会成功出逃。他开着车，驶向了国道。然而，当他看到路边孤零零呆坐着的罗莎莉时，不忍心弃之不顾，重新返回了困住他的那个地方。

两人的共同生活重新开始……不久之后，发现小流氓尸体的警察逐渐逼近了罗莎莉。

最后一幕。被逼到绝境的罗莎莉，手指向主人公，对警官说："警察先生，是这个人！是他杀了人！"

影片就此戛然而止。

看完这部影片后的一段时间里，我的脑海里一直萦绕着罗莎莉最后的指证。

"她为什么要那么说呢？她不是喜欢主人公吗？她明明说过，因为寂寞，想要一起生活……"

在学校里，我也无法专注地听老师讲课。因为太过在意罗莎莉，根本无暇顾及课堂内容。

现在想来，那时的我应当从更多角度去深入理解该片。然而那时的磁带和笔记已经遗失不见了，想要确认已是不可能的事情了（因此，我强烈希望那些时间久远的电影能够 DVD 化）。总之，那时着实苦恼，最后得出了这样的想法：对于他人，并非简单的接触就能了解透彻的。本来，每个人的成长环境不同，看待他人和事物的目光自然不尽相同。

就在这样不停思考的时候，我突然有了重要的发现。

或许，作者原本的目的就是让我们看完电影之后，产生各种各样的猜想。

这样的时刻，才是"进一步享受影片的时刻"，不是吗？

在那之前，我一直以为，电影在上映结束后就会彻底消失。

正因如此，我才想方设法地录音，记笔记，想将其保存下来。

然而，无论怎样反复录音和记笔记，都无法得到一部完整的电影（实际上，尽管现在的我拥有数百张 DVD，但在我看来，电影是绝不可能为人所占有的。DVD 并不是影片本身，只是印制了影片的塑料片。即便是能够成百上千次地重复播放 DVD，电影最终还是在眨眼间的观赏中融合在我内心里的）。

也就是说，影片本身并没有实体，它依附于观众心中的回想而存在。一想到这点我就十分忧惧。

总之，若一部作品轻而易举便能令人感受到悬而未决，即使观影结束，这部影片仍在我心中继续上映着，我清楚地记得自己还会发出"哇！电影真的太有趣了！"这样的感叹。

相反，如果影片自始至终能够让人预测得八九不离十，看完电影后，观众只会留下"好像比较有趣"这样似是而非的模糊记忆，对于具体情节也并没有深刻的印象。因为，影片给人的感触不深，难以引起观众的反复回味。

这两种影片我都喜欢，不过，若是两者选择其一，我更偏好能够在内心留有回响、"扰乱人心"的电影。

✏ 电影与感情的波动

自那以后，每当我做场景列表时，我都能够清楚地感受到自身会对哪种影片的哪些场景有反应，开始意识到自身感情的波动。

例如，《魔女嘉莉》（*Carrie*，1976）的那个著名结局。

在普罗姆发生了大量人员伤亡的惨剧之后，幸存的女孩子去给嘉莉扫墓时，本应死去的嘉莉突然把手伸出了墓地，令人惊吓不已。

而在结构相同的《13号星期五》（*Friday the 13th*，1980）的结局中，大量同伴被杀害之后，幸存的女孩独自登上了小船，而在她背后，孩童时代就已经死去的杰森突然浮现在水面之上，也是十分惊悚。

　　当然，《13 号星期五》的这一结局，不过是对《魔女嘉莉》的模仿。本来，当"在不该出现的地方突然冒出了不该出现的事物"，无论是谁都肯定会受到惊吓。

　　从这一点看，两部作品中惊吓他人的手法，算不上上乘。

　　但是，比起以上桥段的安排，当时的我对于在恐怖场景后的下一个场景，印象更为深刻，感情也有所波动。

　　《魔女嘉莉》中，在看到墓地里突然伸出的手并受到了惊吓之后，画面立刻切回到了那个女孩子自己的房间。躺在床上尖叫着坐起身的她，意识到刚才的体验不过是一场梦境。但是，即使被急忙赶来的母亲安慰着，她仍是感到不安，抽抽搭搭地哭泣着。影片就在此结束了。

　　《13 号星期五》中，杰森从水面突然出现之后，场景转换到了病房。警察一边看护着幸存的少女，一边告诉她，事故现场并没有孩童（杰森）的遗体。"那么，他还在那个地方……"影片就在这样令人不安的节点戛然中止。

　　乍看之下，这些结局，或是单纯的梦境，或是对精彩的"恐怖场景"换种说法进行"再总结"，但两者暗含着十分关键的共通点。

　　那就是，这两个结局无一不是描写"survival guilt（幸存者的愧疚感）"的。对真正感受到其中冲击的人来说，在那一瞬间，内心的时间停止了，不仅如此，这种冲击也将会为其今后的人生留下挥之不去的阴影。

即使影片所描述的故事和设定并非"事实"，但它仍然可以刻画现实中存在的"真实"。这正是我从该类型影片中所学到的重要的观点。

当然，那时的我年龄尚小，无法用理论说明那种发现和体验（了解到"survival guilt"这个词语，也是之后的事情了）。但是，对于这两个类似的场景，我确实捕捉到了感情的巨大波动。

实际上，无论是《魔女嘉莉》还是《13号星期五》，在看过之后的一段时间里，那些场景都一直在我的脑海里循环往复，这让我十分苦恼（对于这些场景发生之前的"恐怖场景"，虽然在看到的瞬间，给了我巨大的冲击力，但是那种惊吓立刻就消散了。因为那样的场景只是"点"，而不是绵延的"线"）。

能够轻易地体会到这种感觉，我自身的感受性也许是原因之一，但我认为，更重要的原因在于这两部作品都是十分容易预先推测的电影类型。

所谓类型片，是指主题、构成要素、主人公的性格、情节线的轨迹等方面被设定了通则的娱乐性影片。

恐怖电影、科幻电影、动作片、悬疑片、推理片等，都是其中的典型，以爱情和情感关系为主题的情节剧和爱情喜剧，也属于类型片。

另一方面，所谓的"人生剧"之类的影片，基本上不被认定为类型片，多被称为"非类型片"或"软性故事（soft story）"。

在此，我希望大家不要误解的是，类型片之中，并不是不会出现对"人的故事（矛盾）"的描写。

当然，也并不是说刻画"人生剧"的电影就更为优越，而类型片就落了下风。类型片虽然更为通俗，但是这并不一定意味着"低俗"（当然，低俗的内容也确实存在）。

接下来，回到类型片与预先推测的话题上来。

以恐怖片为例。当观众看到影片类型为恐怖片时，内心就做出了"这是恐怖片，当然会很恐怖啊"这样的预先推测，随后带着这种预测，开始观看电影。这一前提（先入观念），使得恐怖场景效果倍增，同时也鲜明地突出了与其他并不惊悚的场景之间的落差。类型片与观众自身互相"呼应"，增大了观众感情的振幅。

这一点，比起人生剧之类的非类型片，刻画出人的那些微小纤细的感情也许反而更加容易。这一发现，令当时的我受益匪浅。

另一方面，我认为从某种程度上来说，由于非类型片中每个场景所刻画的感情振幅都十分有限，因而不太容易让低龄观众注意到［事实上，拿兰达·海恩斯执导的电视电影《关于阿米莉亚》（*Something About Amelia*，1984）来说，我体会到它的精彩之处，已是初次观看后很多年的事情了］。

✎ "出乎意料"才更有趣！

从刚才开始，我就一直在讲一些不太为人所知的电影，也许别人会认为我是个小众电影的狂热爱好者，但事实上并非如此。

核心电视台黄金时段的外国电影剧场中，播放的多是有名的作品和大受欢迎的娱乐剧集。这些我也是看了不少的。

不过，因为那些影片颇有名气，我会事先搜集相关信息，再进行观看。这也使得我内心深处常常感到"不按照某种方式观看就会有遗憾"这样的紧张感或是压力感。

"这可是一部名作，怎么能不为之感动呢""大家都说这部影片很有趣，我也得抱以期待才行"，我也曾经感受到过诸如此类的强迫性观念……

进一步来说，那些强迫性的观念，总给人以这样的感觉：你个人的感觉和审美一点都不重要，重要的是要忠于"一般常识"，要顺从"社会普遍"的评价。当我感受到这样的观念的时候，备感拘束（这样说有些夸张，但事实也确实如此）。

而东京 12 频道播放的那些未在影院上映的影片，则大大不同。

当时是没有录像机和网络的时代。如果在日本不公开上映，那么相关的信息便无从入手。当天播放的电影是什么内容、谁的作品等等，直到电影开始才会一一揭晓。

当然，电影评论家和电影爱好者的看法我一样无从知晓，我认为也没有了解的必要。不做事前了解，反而给人以惊喜：
哇！按照自己的想法看完了这部电影，感觉真棒！

　　要了解那些未公开上映的电影，唯一的信息来源便是报纸
上预告栏刊载的片名。

　　《佛罗里达劫持案：震惊！人质竟是世界级的美女！！》
《恐怖星期天》《恐怖高速路：瞄准美女记者的神秘黑影》等
等，这些片名大多包含煽动性极强的副标题。那时的我，只能
从这些片名来推测影片的内容，再进行观看。

　　当然，并非所有的影片都极具趣味性。我也时常觉得，
"这部片子好像跟预想的不一样……"。不过，每当出现这种情
况时，我基本会认为问题出在自己身上。

　　毕竟，制作影片的都是专业人员，从片尾的演职员表来
看，参演的演职人员人数众多。影片并非由导演以一己之力完
成的，正因为参与其中的众多专业人士都认可影片制作的整个
过程，电影才得以制作成片，得以发行到遥远的海外，与国外
的居民见面。从这一点来说，世界上多数人都能够欣赏影片本
身的"优点"。

　　是不是我的看法有所偏颇，是不是因为盲信和片面而忽视
了影片的重点，是否换一个角度就能发现影片与众不同的魅
力……这让看法不同于大多数人的我，养成了看完电影的当天
一边反复回味一边入睡的习惯。

　　在反思之中，我逐渐意识到，"与预想的不一样"这一想
法或许本身就存在问题。在观看他人按其自身喜好制作的影片

前，我擅自做出预想，期待影片符合自己的设想。在预想的那一刻，我就犯下了过错。意识到这一点的我，感觉有些愧疚，有时还会暗暗自责。

我的性格中存在自我评价低以及自我嫌弃的倾向，这可能影响到了上述思考的走向。结果，某种"思考模式"就这样被构筑了起来。

坦白地说，我不过是在观看影片而已，为什么一定要这样折磨自己呢？我时常发出这样的感叹，但同时我意识到了，"思考模式"也有其优点。

在这种"思考模式"下，无论观看怎样的电影，我都一定能发掘出其中的魅力。

这也使得在我眼中，一部电影的优点比缺点更为突出，而这样思考的我，观影时也更能享受其中。

当电影与我个人的预想和期待有所出入时，我并没有因为"无趣"而舍弃这部影片，也没有将这部电影从记忆之中移除，而是抱着"疑问"更加仔细地观看影片。这对于那时的我来说，也许是最为宝贵的财富了。

"这部电影看上去有点怪怪的啊！""为什么会这样发展呢？""莫非导演有什么特别的企图吗？"等等——建立起这样的思考（思辨）体系，在我看来是十分重要的。思辨的思考体系，对我现在的工作（特别是剧本医生的工作），可谓是大有裨益。

也许有人会认为，我小时候就已经懂了这么多，长大之后，剧本创作想必很快就上手了吧。但遗憾的是，我的剧本创作之路，同样坎坷而艰辛。

我当时所做的事情，仅限于从外部分析理解他人所拍影片的结构。而这一点，与"从内部出发，凭借自己的力量创作剧本"，在本质上毫无关联。

当然，分析既有电影并不是在做无用功，但对于创作优质剧本来说，也并非必要条件。

在高中时期，我得到了奥利弗·斯通关于剧本分析重要性的指点，阅读了悉德·菲尔德创作的理论书籍，在某一刻幡然醒悟。在醒悟之前，我并没有察觉到，小学时代自己所做的事情就是剧本分析，也是对剧本的学习。实际上，在那些行动之中，我也并没有实际接触到"剧本的本质"（至少是剧本创作的本质）。

确切说来，那只不过是观众对于电影的稍有技术含量的享受方式罢了。

✏ 光剑与原力

当我在课堂上讲起场景列表时，曾被学生要求道："那么，请您给我们举一两部电影，只要做了场景列表之后就能有所收获的那种。"

我希望大家能明白一点：像这样一味追求正确答案的想法，并没有意义。

因为，业余编剧的最大武器，便是"忠于自我"，即便将他人所说的正确答案奉为圭臬，也并不能令人有所成长。

因此，每当学生问我应当选择怎样的影片做场景列表时，我都会这样回答："请你选择令你的感情跌宕起伏的影片进行尝试。"

无论是太过有趣而令你想要探索其结构的电影，还是无聊至极令人焦躁而促使你想要一探原因的影片，都可以成为你练习场景列表的素材。

正如同第 1 章中我所提出的问题一样，只要充分利用个人情感的喜恶来架构内容，就一定会有更深刻的理解和领悟。

前一章我也曾有所提及，知识对于感知来说，并不是必要的。

知识和信息，或许蕴含了理性地说服对方的力量，但这两者难以用感性来打动对方。

在情感上难以被认可，它就无法成为真正意义上的武器。

有的学生这样向我反馈："老师您说的那些我明白，但是有没有能够快速上手的武器呢？"当我反问"具体来说是怎样的武器"时，他们大抵会说是"可以模仿的模板"或是"结构"。

这样比喻或许不太贴切，但他们所要求的武器，大概是《星球大战》中光剑这样的存在。

光剑五光十色，威风凛凛地挥舞起来的话，很是潇洒帅气。

然而，每个专业编剧都有专用的光剑，而且，每一位都是久经沙场的大剑豪。

　　缺乏实战经验的业余编剧，倘若以还算上乘的光剑作为武器，结局大抵有两种：或是剑折，或是方法不当而误伤自己。

　　若是继续沿用这一比喻的话，那么可以说，我所重视的教育并非是将光剑交给学生，而是磨炼他们的原力。

　　当然，能够立刻上手的武器（编剧技巧）更易懂也更华丽，与之相关的课程和指导书也更受欢迎。

　　但从长远来看，不依赖于他人所发掘出来的"形式"，而是选择从潜藏在我们每个人内心深处的、独一无二的人生和经历中获得"情感"，这情感才是唯一的宝藏，才是无往而不利的武器。

　　不仅如此，若是你能坚持历练内心中的原力，有朝一日得到光剑时，才能更进一步发挥它的威力，增加你的胜算。

　　……你怎样想呢？

　　话虽如此，但在一定程度上，光剑也是必不可少的利器（笑）。

　　接下来，我将向大家介绍一下，我在做场景列表过程中发现的几件"可立刻上手的武器（编剧技巧）"。

✏ 攻势反转的场景

　　推理片一直是聚集了大量人气的影片类型。

在这类影片中，最大的看点在于像福尔摩斯和波罗那样的名侦探破解谜题时的一幕。

谜题解开的一刻，观众情感得到升华，因此，在剧本的结构方面，高潮部分也理所当然要配置解谜的场景。

而有的作品，其重点并不在于解谜，而是将中心轨迹的前半部分作为谜题的构成要素，细细描摹。

在这种类型的作品中，中间部分通常会暗藏对占据了前半部分篇幅的谜题的解答。此外，在创作该类型的作品时，必须事先确定作品后半部分所要讲述的内容。

倘若忽略了这一点，仅仅粗略地准备了谜题的布局和解答，就冒失地开始创作，则可能会陷入作品看点仅有推理要素的尴尬境地。

结果，谜题布局的部分过分拖沓，导致成形的作品与原本的计划相去甚远，不得不启用与高潮设置解谜场景那种"电影本身的表现目的就是为了解谜"的作品相类似的结构。

而这两种类型的作品本就各有侧重。因为作者对解谜过程的准备并不充分，结果给观众留下了"解谜过程过于稀松平凡"的印象，损耗了影片最初的立意。这样的结果，完全是架构失败而导致的。

正因如此，前面提及的"事先确定后半部分内容"这一点才十分重要。

另一方面，如果敲定了后半部分的内容，大致确定了故事展开的过程，又会面临怎样的问题呢？

在这种情况下，整体情节即使在设立大纲的阶段能够成立，但真正到了剧本写作的过程中，中间部分的"谜题解答"和其后的发展轨迹，仍然面临着崩塌的可能。

也就是说，作品的前后部分之间，缺乏用以连接的桥梁。

在业余编剧的作品之中，时常会出现此类问题。

为了杜绝此类问题的产生，避免前后内容的衔接太过生硬，专业编剧常常在作品的中间部分，插入"某个场景"。

我将这类场景称为"逆转攻势的场景"。

它具体表现为，在前半部分受制于神秘因素而处境被动的主人公，到了后半部分主动出击，推动剧情的发展。

在观看外国电影剧场播放的，制作于 1979 年的加拿大恐怖电影《夺魄冤魂》（*The Changeling*）时，我第一次注意到了"逆转攻势的场景"这种设定。

在《夺魄冤魂》这部作品中，前半部分剧情的推动力，源自"主人公新搬入的房子里接连发生了一系列怪异现象，诡影重重"。

当剧情进展大致过半时，"幽灵的真面目和目的"终于浮出了水面。

后半部分中，主人公察觉了幽灵的目的，却在危险与诡秘的泥淖中越陷越深。

当电影播放到 62 分钟后，故事发展到了"逆转攻势的场景"，既承接了前半部分，又开启了后半部分的剧情（《夺魄冤魂》这部影片时长 107 分钟，严格意义上来讲，这一场景并不能称为中间部分，但从故事展开的角度来说，这一段内容的确起到了承上启下的作用）。

下面，是从当时外国电影剧场的录像（日语配音版）中摘录的相关部分，是一段对话。对话的双方，是住在迷雾重重的鬼屋中的中年主人公约翰，和协助他进行调查的房屋中介女职员克莱尔。

街上的某家餐厅（白天）

正逢午餐时间，餐厅里的食客熙熙攘攘。约翰走进餐厅，四下张望起来。
克莱尔已经坐在了座位上，正等着约翰的到来。
约翰坐到克莱尔的对面，拿出一份文件。

约　翰
我在图书馆找到了卡迈克尔议员在选举
时公开的履历表，让人复印了一份。

克莱尔（接过文件）
哦。

约　翰
你那边有什么新进展吗？

克莱尔

这是当年计划将那栋房子改造为博物馆时，某个人写的规划书。(递出资料)

约　翰 (翻阅资料)

1899年至1906年间，理查德·卡迈克尔一家曾居住在这里啊。这个理查德，正是议员的父亲。议员的母亲在生下他后就去世了。(指着履历表)这里也记载了这一段……你看看议员生病经历的那一部分。

克莱尔 (读出声来)

独子约瑟夫·卡迈克尔在3岁时，曾患有萎缩性关节炎……

约　翰

再往后看。

克莱尔

……为了去位于瑞士巴塞尔的疗养院接受特殊治疗，约瑟夫在父亲的陪伴下，于1906年10月去了欧洲。后来，约瑟夫在第一次世界大战结束后(惊讶状)才回到了美国。

约　翰

你弄明白这是怎么一回事了吗？儿子约
瑟夫体弱多病。因此，他被父亲杀害并
隐秘地埋藏起来。孤儿院里某个与他同
岁的孩子被选为替身，对外宣称治病被
送到了瑞士。

克莱尔（露出恍然大悟的表情）

约　翰

更巧的是，那期间战争爆发了，那个替
身在瑞士一直待到18岁，1918年才回国。
谁都不知道他是个冒牌货。就连他一改
往日病弱的样子，变得健步如飞，其他
人也只是认为那是治疗的效果。

克莱尔

……约翰，你说议员知道事情的真相
吗？杀人啊替身啊那些事。

约　翰

不好说……

克莱尔

不过，做父亲的为什么要杀死自己的亲
生儿子呢？

> **约　翰**
>
> 理查德·卡迈克尔的妻子名叫艾米莉·斯宾塞，是大富豪H.D.斯宾塞的独生女。H.D.斯宾塞在1905年就去世了……（突然发觉状）也许，解开这个谜题的关键就藏在遗嘱里面。我去档案馆找找遗嘱的复印件。
>
> **克莱尔（点点头）**
>
> **约　翰**
>
> 还有，卡迈克尔应该从斯宾塞那里继承了一片牧场。我们要找一下那个牧场，还有水井。
>
> 说罢，约翰匆匆离开了。

　　以上的摘录，乍一看只不过是一个仅有台词说明的平淡无奇的场景，但实际上，这是一个"逆转攻势"的场景，是从前半部分发展到后半部分的转折点。

　　看似是单纯的"点"，却开启了剧情的新走向。

　　借由这样的场景，读者得以理解接下来主人公行动的重点，对后面剧情的期待也会相应提升。

　　1995 年的美国电影《恐怖地带》（*Outbreak*）中"逆转攻

势"的场景，与之情况类似，在此一并摘录。以下摘录源自DVD日语配音版。

这一场景在电影第53分钟左右出现（电影全长为129分钟）。

《恐怖地带》是一部惊悚动作片。在影片的故事中，一种传染力和破坏力都是埃博拉出血热数十倍的病毒蔓延在整个美国境内。这部影片正是营造了这种情形下的恐慌氛围。

摘录的部分，描绘了身为科研人员的主人公山姆与同为科学家的妻子萝比、同事凯西以及部下索尔在临时研究室交谈的场面。

临时研究室（白天）

　　电脑屏幕上出现两张细胞照片。
　　山姆、凯西、萝比死死盯着屏幕。
　　坐在电脑前的索尔对着画面操作起来。

索　尔

　　细胞变异了。（指着一个细胞）这是从金宝体内检测到的细胞，与在扎伊尔提取的细胞是一样的。另外这个是在松溪提取的。乍一看是一样的，但是……（对画面进行操作）放大，再放大一些。你们发现了吗？

　　放大的对比画面。两个细胞十分相似，仅有细微差别。

萝　比（指着屏幕）

这里，还有这里。

索　尔

嗯。

凯　西

蛋白质变异，细胞寿命延长了。

山　姆

简直像流感一样。凯西，传染路线的分
析有结果了吗？

凯　西

新病毒是在亨利体内变异产生的，在电
影院里扩散到了观众身上。

山　姆

新病毒来源于哪里？

凯　西

嗯……（看了资料得到确认）他在医院
接受血液检查时，接触到了病毒携带者
鲁迪·阿尔瓦雷斯的血液。

山　姆

鲁迪又是在哪里感染的呢？

凯　西
不知道。他一句话都没留下就死去了。不过，鲁迪是因前一种病毒导致死亡，而将亨利置于死地的是变异的新病毒。但是，这病毒突然变异的时间间隔未免太短了。这意味着……（脑海中闪念顿起）身为宿主的动物同时携带了这两种病毒。

山　姆
有这种可能……那鲁迪和金宝有什么关联吗？

凯　西
目前还不清楚。

山　姆（苦苦思索）
……

萝　比（浏览手头的资料）
……等一下！鲁迪是宠物店的店长！

山　姆
宠物店？！

萝　比
是的。

山　姆

刚刚发现的吗？

萝　比

我刚反应过来。

山　姆

要是宿主动物在的话，就能验证凯西说
的"携带两种病毒"的假设了。

萝　比

我去一趟宠物店！

山　姆

索尔，你去分析下新病毒。

索　尔

是！

山　姆

凯西，你检验下血液样本！

凯　西

好！

山姆快步跑出研究室。

坦率地说，电影中的上述场景制作不算精良。特别是作为逆转攻势契机的"宠物店的信息"，引入方式十分草率，情节上也太过巧合。

像这种"勉强生硬的引入方式"，会迫使导演和演员承受很重的负担，这对整部影片最终呈现的效果是十分不利的。（从这种勉强的引入方式中，仿佛能够听到编剧在哭喊着："我也明白这样的剧情难以成立，但无论如何，拜托大家通过演技和剪辑让它成立起来吧！"）

不过，我们暂且不讨论这种不当的引入方式。

比较敏锐的读者可能已经发觉，上文中列举的两个场景，与专业编剧惯常使用的"某种手法"十分相似。

没错。电视上播放的时长两小时的悬疑剧中，10 点过后会插入一段"整理信息的场景"。上述两个场景的结构，与这一场景的结构完全一样（但是，使用这一结构的理由和目的是截然不同的）。

在晚间 9 点至 11 点播放的两小时悬疑剧中，每当过了 10 点，就会插播一些形式固定的信息整理画面。

这些场景多是由这样的画面组成的：身为主人公的警察们将画着被害人关系图、贴着证据照片的白板放在身前，梳理着事件的内容，就悬而未决的各个疑点展开讨论。

在这里插一句题外话，从严格意义上来说，两小时悬疑剧其实并不算"悬疑剧"，而应当归属在"解谜（推理）"的类型之中。

　　因此，"整理信息的场景"的意义，在于为高潮部分的"解决谜题的场景"做出提示和铺垫，向观众暗示重要的信息和线索。

　　而设置"逆转攻势的场景"，是为了向观众传达这样一条信息：在接下来的时间中，前半部分甚为重要的悬疑要素已变得微不足道；抛弃理性的思考，将自身的情绪托付给剧情，跟随剧情起落即可（这一提示听起来不太靠谱，但实际的作用确实如此）。

　　这两种场景之间的似是而非，还需大家理解。

　　附带一提，在《比弗利山超级警探 2》（*Beverly Hills Cop II*，1987）第 62 分左右上演的场景，也算是小规模地使用了这样的写法，其本质与上文所举的两个例子是相同的（本片时长 103 分钟）。

　　但是，作为"逆转攻势的场景"来说，这部电影中的相应片段所发挥的作用并不彻底。该片段仅仅将剧情略微牵强地引到了其后一组时长六分半、内容为追捕强盗的连续镜头上而已。

　　但请大家注意，这一片段的结构与"逆转攻势的场景"在本质上是十分相近的。

　　下面是该片段的摘录。主人公阿克塞尔警探与同事罗斯伍德及塔格特三人潜入坏人家中，拿到了写着可疑坐标的便条。以下摘录描写了得到便条之后的场景。

比弗利山警署室内机房（白天）

拿到便条的阿克塞尔三人走进机房。

阿克塞尔
总之，要先摸清这个坐标地点的情况。

罗斯伍德
如果，那里什么都没有呢？

阿克塞尔没有作答，坐在电脑前，输入了坐标的相应数值。

屏幕上显示出地图，坐标对应的地点呈现红色，闪烁起来。

阿克塞尔（读出声来）
格莱格瑞大街9752号。

罗斯伍德
那是城市金库。

阿克塞尔
那是什么？

塔格特
那是银行进行现金寄存的联邦储备银行。

> **阿克塞尔（茅塞顿开）**
> 首字母是CD，下一个目标就是这里！

　　我看这部电影时，正读高中一年级。说句实话，"这场戏也太过敷衍了！"这样的观影感受时至今日仍然记忆犹新。既然便条上记录的不是复杂的暗号而是单纯的坐标，那么即便不在电脑中输入，也依然能够确定坐标所指地点的门牌号。主人公对于坐标地点是城市金库这一事实的察觉，无非是时间上的早晚问题罢了。城市金库的英语表达是"City Deposit"。阿克塞尔等人追踪的强盗们，总会习惯在犯罪现场留下写着"A"或"B"等字母的信封。便条上的坐标指示了城市金库，而城市金库的英文首字母恰好是"CD"，所以阿克塞尔断定城市金库便是强盗们的下一个目标。虽然阿克塞尔猜中了对方的计划，但是过程并不严谨，难以称为"推理"。而且，主人公之所以能够猜中，还应"归功"于那些强盗。他们将简单易懂的坐标堂而皇之地写在纸条上，可谓是草率至极。

　　综上所述，这是一个十分敷衍的"逆转攻势的场景"。但它发挥了应有的效用，引出了接下来一段颇有分量而又精彩十足的片段，吸引包括我在内的大多数观众投入后面的剧情之中。

　　在我看来，如果电影中缺失了这一场景，前半部分和后半部分的剧情轨迹就会因缺少衔接而断裂开来。观众观影时的思绪会被这种违和感牵制，以至于难以沉浸到接下来的动作场景中去。关于这一点，我还有一个十分有趣的发现：即便一个场景的完成度较低，只要它发挥了应有的作用，那么对于整部作品的负面影响便微不足道了。

除了上面介绍的几部影片，运用了"逆转攻势的场景"的电影不胜枚举。如果能够对这类电影进行分析并加以活用，在进行到容易陷入瓶颈的剧情阶段时，就可以得心应手一气呵成了。

虽说使用这样的方法有点耍小聪明的嫌疑，但在创作娱乐电影的剧本时，有时的确会存在趁势展开剧情的需要。

因此，希望大家务必多多探索各种电影中与之相类似的场景，总结规律，参考应用。

最后，传授给大家一个创作"逆转攻势的场景"的窍门：在这一场景中，要包含主人公突破自我的要素。然后，为了衔接后面剧情的轨迹，将主人公发起行动的瞬间或是主人公下定决心的瞬间作为结尾结束这个场景。

✏ Double Tap（双发快射）

"窗边系"剧本中往往存在这样一个问题：给出信息的顺序，缺乏明确的意图和目的性，即便到了重新修改的阶段，也只不过是做些简单的顺序调整。

片段之间关联性淡薄，没有催生出推进故事发展的连锁反应，是导致上述现象产生的原因。这一原因，也可以解析为各个片段未能形成明确清晰的剧情轨迹。剧情轨迹不明晰所造成的弊端，在于影响轨迹发展的片段无法给观众留下深刻的印象。由于能够激发出决定性情感波动的剧情散布在数个割裂开来的场景之中，读者和观众的内心便难以产生追随剧情发展的感觉。

在读者和观众内心中植入剧情的感情基调之前，将场景和信息打散，这样的做法本身就会对剧情整体的解读带来不可忽视的障碍。

因为，对于这些在单个场景中出现的作者毫无深意的描写和无用的信息，读者和观众会想要从中找出对于理解整个剧情至关重要的信息和相关性。

对无用信息的关注所带来的紧张感占用了读者和观众的注意力，使他们忽视了对后面剧情展开的关注。

剧本存在的意义，在于通过一个故事，使读者度过一段有价值有意义的时间，而绝不能令读者虚度人生的宝贵时光。

对于这一点，很多业余编剧都缺乏足够的认识和自觉。我希望，大家在此时此刻能够重新认识到这一点的重要性。

为了预防上述问题的产生，接下来我将为大家展示一种思考方式。

我将这种方法称为"Double Tap"（双发快射）。

Double Tap 是美国军事术语，是一种为了彻底杀死目标而连续发射两发子弹的射击方法。运用这一思路，在两个连续的场景中刻画同一种情感，便可强化观众对于剧情轨迹的印象。

现在，假设存在这样一条"中心轨迹"：

年轻人 X 在年老的 Y 手下做事。Y 富有人情味，为人坦率疏朗，但在事业上缺乏深谋远虑。对于 X 来说，与 Y 共度的时光十分轻松愉快，但 X 对未来隐隐感到不安。因为，X 在事业上怀有想要成就的"某个梦想"。X 认为，如果继续跟随 Y，实现梦想的可能性并非为零，但实现之日遥遥无期，成功的概率也十分渺茫。

有一天，竞争对手公司的社长 Z 对 X 发出了邀请："如果你来到我们公司工作，你一定可以实现自己的雄心壮志。"X 的内心开始动摇。Z 与 Y 是截然不同的人，他在事业上直觉敏锐，总能高效快捷地取得成果。但是，他缺乏 Y 那样的人情味，在处理人际关系时理智至极，毫无温度。X 经历了一番苦恼纠结，抛弃了意气消沉的 Y，来到了 Z 的公司。时光流逝，X 自认为通向梦想的路途已是一条康庄大道，然而，X 在一次意外中发觉，他被 Z 利用了。X 离开了 Z 的公司，无所适从。"事到如今，也不好再回 Y 的公司了，想回也回不去了……"虽然 X 这样想着，但 Y 重新接纳了 X。洗心革面的 X 几经波折，同 Y 一起，成功地挫败了 Z 的诡计。

因为上述中心轨迹完全没有具体细节，也许诸位很难理解这是一个怎样的故事。

但是，这个故事的具体内容并不重要。无论围绕着怎样的主题展开，上述轨迹作为一个故事（矛盾）都是完全成立的。

接下来，我希望大家能够注意到这个故事的巨大转折点——有一天，竞争对手公司的社长 Z 对 X 发出了邀请："如果你来到我们公司工作，你一定可以实现自己的雄心壮志。"X的内心开始动摇。

为了加深读者对于影响轨迹片段的印象，请大家以转折点那一段为起点，尝试构建 A、B 两个连续场景。

连续场景留给观众的印象，将会对接下来的剧情展开产生直接影响。在此，事先确认受到影响的展开点的位置，是十分重要的。

在上述故事梗概中，受到影响的展开点对应的自然是"X经历了一番苦恼纠结，抛弃了意气消沉的 Y，来到了 Z 的公司"这一部分。因为，这一段所包含的两个片段构成了"原因和结果"的关系。

按照常识可以判断，在这两部分（原因和结果）之间应该存在数个到十个不等的场景。下面，以这一判断作为前提，继续我们的探讨。

首先是场景 A。

在 Z 将自身与 X 的关系向前推进（即招揽到自己公司）的情况下，我们假定 A 场景的终点为"X 感到斗志昂扬，但内心之中并不坚定"。

那么，接下来的场景（即场景 B）应当怎样编排呢？

我们先来看一下反面教材。如果以典型的"窗边系"作家的想法进行创作，可能会变成下面这样。

在 A 场景中，"主人公 X 受到 Z 的邀请，一时斗志昂扬，但内心也时有动摇，怀疑自己的决定是否正确"。而在紧随其后的场景 B 中，"X 怀着摇摆不定的心情回到家中，伫立窗前陷入了沉思"。

在这一例中，场景 B 仅仅是对场景 A 中最后的感情做了延伸处理，不过是单纯的"重复"而已。由于场景 B 没有完成对场景 A 感情明确有力的"强化"，"加深读者对于影响轨迹的片段的印象"这一目的也以失败告终。因为，加深读者对于影响轨迹的片段的印象一旦失败，故事的"中心轨迹"也将中断。

为了拯救这个案例，接下来我们尝试使用一下"Double Tap（双发快射）"这个技巧。

在场景 A 中，我们依然采用"主人公 X 受到 Z 的邀请，一时斗志昂扬，但内心也时有动摇，怀疑自己的决定是否正确"这一设定。

在场景 B 中，虽然说"主人公回到家中""最后站在窗边苦恼地思索着"这样的设定有些束手束脚，但我们暂且保留这一部分。

在开始创作 A、B 两组场景时，不必急于填充细节内容，可以先从大体框架的搭建入手。

场景 B 以"回到家的 X 内心摇摆不定"这一内容作为开始。后面的内容，设定为"虽然内心有过动摇，但最终昂扬的心情压过了内心的忐忑，X 打算给 Y 打电话进行告别"。

在这里，如果将情节一下子推进到"真正的决裂"，那么这一部分剧情的展开就会显得过于急促。"X 经历一番苦恼纠结，抛弃意气消沉的 Y，来到 Z 的公司"会对后面有所影响，按照常理，到这一部分为止，中间必须填充数个展开剧情的场景（否则苦恼纠结的时间间隔太短），所以，在此设定一个原因，让"打电话告别"这一行为以失败告终。

至于告别失败的结果，如果设定为"主人公 X 内心的动摇愈加剧烈"，会产生怎样的效果呢？

也就是说，通过制造主人公 X 的情感波动，给观众留下"轨迹有所变化"的深刻印象。

接下来，让我们更加具体地思考一下。

原本，当场景 A 进行到"X 和 Z 的交流往来"这一步时，应当采用连续场景加以描述的是"以 X 为中心轴，同 Z 以及和 Z 形成鲜明对比的人物之间的关系"（至少专业编剧一般会这样考虑）。

那么，与 Z 形成对比的人物是哪个角色呢？不言而喻，自然就是 Y 了。

即便是先前提及的失败案例，场景 B 中也确实存在了"X 因为 Y 的关系而苦恼"这样的设定。所以，失败案例中的场景 B，也算得上是"采用了同 Y 相关的场景"。

但是，那充其量也只是仅在 X 内心中发生的活动。如果是小说创作，在叙述部分加入 X 内心的矛盾，或许能够创造出相应的令人激动的场面。但是，剧本创作是无法进行"内心描述"的。

实际上，这一场景最终呈现出来也就只剩"在窗边苦恼着的 X"了。而剧本创作更有效的写法是突显 X 内心的苦楚。

下面，我们假设这样一个场景 B：X 回到家中，振奋得意的心情压过了内心的动摇。在 X 即将拨打同 Y 告别的电话的那一刻，对这一切还一无所知的 Y 突然前来拜访 X。

这样一来，X 那刚刚坚定的去意再次动摇起来，他不得不隐藏离开 Y 的想法，假装没有发生任何事。

由于对他有恩有义的 Y 的现身，X 想要表达去意的行为（打电话）被打断了，因而 X 的内心再次动摇，抛弃 Y 的罪恶感和纠结难择被进一步强化了。

这样的设定，使得"内在矛盾"得以"突显"，X 的想法和心理活动也更加明晰、易于理解了。

此外，如果想要利用 X 的善良，进一步强化"感情"，还可以将后续情节编排如下：对 X 的心思毫不知情的 Y 与平素不太一样，显得有些脆弱。他找到 X，向 X 寻求帮助。

接下来，我们假设，因为 Y 的出现而动摇的 X 思来想去，最终还是决定向眼前的 Y 郑重地告别。

就在 X 想要辞别的那一刻，Y 一反常态地说着泄气话，或是前所未有地赞赏 X，抑或是 Y 喝醉了酒，异常兴奋，向 X 大喊大叫着"我想跟你一起实现梦想"。

在这种情况下，X 的辞行变得愈加困难。这样一来，后续的真正进行辞别的部分也得以强化。

　　倘若想要对主人公内心的动摇继续煽风点火，即继续予以逼迫的话，还可以将突然拜访 X 的 Y 改为 Y 和他的家人。

　　如果事前设定主人公和 Y 的家人关系融洽，X 在维持道义的前提下的确是难以辞别的。

　　再进一步，如果更加精心地设计场景 B 的"终点"，还可以突出强调 X 的焦急不安。

　　为了突出 X 的焦虑，首先可以想到的方法，是令毫不知情的 Y 在完全信任 X 的状态下退出这一场景。

　　这样，场景 B 的后半部分，较之场景 A 的后半部分，能够塑造一个内心更加动摇和纠结的主人公，并保持这样的主人公形象直到该场景结束。

　　在不引起质变的前提下使情感强化，"营造印象"也会相应地变得明确起来。

　　如果 Y 的家人也在场，那么利用他们的存在做些文章，也是颇有效果的。

　　蒙在鼓里的 Y 和家人离开了 X 的家。

　　在回程中，只有 Y 的妙龄女儿有所察觉，回过头去。于是，她看到了不堪内心的负罪感而站在窗边陷入沉思的 X 的背影。

　　女孩子在 X 那异于往常的背影中感受到了不安。场景 B 就此结束。

　　在上面设定的场景中，"视点"从主人公 X 转换到 Y 的女儿之后，整个场景才走向结束。这样的编排，使得女儿这一角色享有与观众相差无几的信息，即便后面继续插入单独的场景，场景 B 激发的情感也并不会脱离"中心轨迹"。随后女儿这一角色的动向将带动新的展开，进一步强化整个故事的"中心轨迹"。

因为，观众对 Y 女儿今后的动向产生了兴趣，并从中产生些许不祥的预感。他们会带着兴趣和推测看完场景 B（观众会清晰地将这一场景的最后一幕记在脑海中）。

至此，场景中的片段终于连接起来构成了一个轨迹，"情感方面的印象加深"才得以完成。在接下来的场景 C 中，即使改变视点，编排新的片段，也不会显得突兀。因为由 A、B 构成的连续场景所形成的轨迹，充分发挥了"伏笔所应有的加深印象"的作用，并不会受到后面穿插的片段的影响。

"X 经历了一番苦恼纠结，抛弃了意气消沉的 Y，来到了 Z 的公司"这一构成因果关系的后续轨迹也将极其自然地形成并铺展开来。

之后，只需绞尽脑汁精心设计，为轨迹的开始寻找一个合适的时间点即可。

以上便是典型的"Double Tap（双发快射）"的使用方法。虽然这并不是十分高明的实例，但是我希望大家能够感受到，它和先前所举的"窗边系"的失败范例在剧本质量上有着根本的差别。

这里提示一点，A、B 连续场景中的 Double Tap，还可以应用于存在以下人物关系的编剧企划中：

- 在善良的丈夫和外遇对象之间摇摆不定的主妇（情节剧）
- 游移在警视厅干部与黑社会组织老大之间的卧底搜查官（偏向悬疑风的友情故事）
- 夹在被害人遗属与加害者之间的侦探（社会人性剧）
- 摇摆于纯朴的恋人与狡猾的 AV 导演之间、囊中羞涩的女大学生（根据角色设定，正剧或喜剧风格皆可）

总而言之，A、B 连续场景中的 Double Tap 适用于主人公有可能做出背叛举动的情境。

像这样出于登场人物的关系而自然引出的情境不胜枚举。尽可能地涉猎各种影片，将其中的情境作为编剧的知识储备加以理解，对写原创剧本必定十分有益。

关联型叙事法

最近，有看过《星际迷航 2：暗黑无界》（*Star Trek Into Darkness*，2013）这部电影的学生向我咨询："我想写出像它那样的剧本，会不会很难？"

当时我还没看过这部电影，于是赶忙借来观看了一遍。看过之后，我的结论是，想要创作出那样的剧本并不困难（这并不意味着任何人都可以简单地编写出《星际迷航 2：暗黑无界》

那样的剧本，只是它在剧作方面的结构并不复杂而已。希望大家不要误解我的意思）。

首先，关于向我提问的学生所提及的"那种剧本"，我们先来明确一下它的含义。"那种剧本"，内容应当十分紧凑，由接二连三的片段插曲推动情节发展；每一个配角都拥有十分出彩的场面，各领风骚且旗鼓相当；主线故事始终契合中心轨迹，情节上有张有弛。

我将这种手法称为"关联型叙事法"。这种手法对于编剧的天赋与才能没有任何要求，是一种任何专业编剧都能轻松驾驭的古典编剧方法。

但是，"关联型叙事法"在使用上存在一个大前提：整个故事中必须明确地存在具有推动力的中心轨迹。

那么，我们来概括一下《星际迷航2：暗黑无界》的中心轨迹："X 与 Y 知根知底彼此信赖，但是近来发生了些许磕绊。之后，在拉拢人心上能力极强的 Z 出现在他们身边，造成了 X 与 Y 关系的破裂。结果，与 Z 接触过于密切的 X 失去了原有的能力。Y 再次认识到了 X 的重要性，与 Z 对峙并将他驱逐出他们的组织。最后，X 恢复了原有的能力，并与 Y 重归于好。"

不必多说，看过电影的朋友们肯定明白，X 对应的是柯克舰长，Y 是史波克，Z 是可汗。

一部分悟性敏锐的读者也许已经发觉到了这一点：《星际

迷航 2：暗黑无界》的中心轨迹与典型的情节剧的中心轨迹是相同的。

"夫妻二人经历了轰轰烈烈的恋爱，走向了婚姻的殿堂。原本恩爱有加的两人最近却冷淡下来，不再亲昵。这时，一个性感美女出现在他们的生活中，丈夫不禁心猿意马。丈夫对于这段外遇的投入越来越多，导致夫妇关系产生了裂痕。随后，丈夫发现情人是个十分可怕的女人，但是为时已晚。丈夫失去了名誉和地位。尽管不能理解丈夫的外遇，妻子依然深爱着丈夫。她将丈夫的情人修理了一番，而丈夫对自己的所作所为有所反省，回到了妻子的身边。"

显而易见，《星际迷航 2：暗黑无界》的剧情框架与上述中心轨迹相差无几。

"关联型叙事法"的实际运用，存在以下若干个关键点。

首先，X、Y、Z 的中心轨迹绝对不可受阻中断。这一点是最大的前提。

然后，配合中心轨迹的进度，为 X 和 Y 设置"多个"不得不清除的障碍。这些障碍，可以是需要 X、Y 独自面对、分头处理的，也可以是两个人共同面对的。而且，这些障碍的难度至关重要，应当将其设定到"倘若无法克服这些障碍，那么中心轨迹就难以推进"的程度。

此外，这些障碍的解决方法还需超出 X、Y 的能力范围。由此，再设定若干能够扫除障碍的拥有特殊能力的配角。配角们解决相应的问题后便随之退场。而当配角需要克服障碍时，给予配角成长的空间，这样的轨迹无须太长，有成长的过程即可。

　　换言之，每当中心轨迹上存在的某个障碍被消除，配角们自身需要应对的问题也得到了解决（在《星际迷航 2：暗黑无界》中，苏鲁临时承担起舰长的职责，乌胡拉使用克林贡语对外交沙等等，都是这一点的表现）。

　　此处有一点需要大家重视：倘若讲述配角们成长过程的小插曲与中心轨迹毫无关系，那么，剧情会有所偏离，剧情进展也会过于缓慢。

　　翻来覆去地重复这一点，也许大家会觉得厌烦。但是，还请大家不要忘记，一个个障碍的清除是用来推动中心轨迹发展的。

　　然后，如果在中心轨迹发展中出现了新的障碍，推出一个能够克服困难的配角，设置一个较短的轨迹安排他成长并解决问题，再使之退场。循环往复，直到结束。

　　仅此而已。

　　每个配角的轨迹都只是为了服务于 X、Y、Z 的中心轨迹而存在。对于这些短小的轨迹，我们需要设计得不偏不倚，不过于浓墨重彩，并使之依附于中心轨迹。只要在创作中注意到这一点，"关联型叙事法"运用起来就轻而易举了。

　　也许有人不相信"关联型叙事法"能够如此简单上手，但事实上这种叙事法就是这样简便。

　　如果说"关联型叙事法"存在一定的问题，那就是看过那部电影的多数人会抱有这样一种思维定式：因为是好莱坞出品的大型科幻动作片，预算充足所以才能让如此紧凑的情节得以实现。

对于陷入这种思维定式的人来说，可能很难在自身的能力范围内设想一个能够成功运用"关联型叙事法"的编剧企划案吧（实际上，无论一部影片在类型和预算上存在怎样的差距，应用"限制型叙事法"都是完全可能的）。

总之，在看过某部电影之后，如果想要创作出同样的剧本，不要受影片的视觉效果和主题牵制，只要梳理出剧本的结构就可以了。

然后，将这个结构最大限度地抽象化，全力发挥自身的类推能力，完成对这个结构的再架构。

通过这种剥离出剧本结构并进行再架构的过程，你能够吸收剧本中大部分的编剧技巧，能够灵活利用这些现有资源来编写属于自己的剧本。

但是，当真正到了编写自己的原创剧本的时候，是否要借鉴现有剧本的结构，就取决于诸位的想法了（请原谅我一直在反复地强调）。

还有非常重要的一点，请大家务必理解透彻：当你想要借鉴某部作品的编剧方法进行创作时（不仅限于"关联型叙事法"），题材类型和故事情节方面的差异，并不是灵活运用编剧方法的障碍。最主要的障碍，在于中心人物的关系、角色之间的平衡性和中心轨迹是否与借鉴目标相类似或符合。

本来，在编写剧本之际，选用的编剧手法就必须要契合剧本企划的整体方向（这种方向性并非指题材类型和故事情节，而是指人物关系与矛盾的轨迹之间产生的共通性）。而过于执着于"想要写出像那部电影一样的剧本"这种想法去生搬硬套，也仍然无法在创作上得到什么进步（我在工作中倒是经常会遇到提出这种要求的客户）。

🖊 做场景列表的具体方法

我经常被问起这样一个问题：场景列表究竟要详细到哪种程度？

对于画面上所播放的内容，哪些有必要保留，哪些需要舍弃，提问者常常觉得茫然无措。

简而言之，在做场景列表的梳理时，只要记下剧情以及场景的要点就足够了。

我之所以能够较为自然准确地把握场景列表的"度"，也许是得益于根据录音而非录像来整理内容提要的习惯。

在听录音整理内容提要时，因为缺乏通过视觉获取信息的渠道，所以能够集中精力听取剧情和场景内容，完全不会因为对于镜头影像的过度关注而影响对于整体内容的把握。

在刚刚接触场景列表时，大家不必照搬我的经验，可以一边看 DVD 一边暂停记下场景的相关信息。当然，选择和曾经的我一样尝试只听录音，或许也很适合你。

但是，在第一遍观看影片的时候，最好不要记任何笔记，而是作为观众仔细观看，尽情地通过视听享受影片。因为，记住第一次观看时的感受至关重要。如果不重视第一次观影的体验，那么，等到做场景列表时，对于哪个场景表达了怎样的感情就毫无头绪了。

时至今日，我仍时不时地做一些场景列表的练习，并将它当作一项兴趣爱好。在实际操作的过程中，能够清楚地意识到某个场景归属于哪个角色，是十分重要的。

换言之，在做场景列表时，这场戏的叙述者是谁，这场戏以哪个角色的视点展开描述，都是需要探查清楚的（当然，在一场戏中视点也可能会有所变换）。

一边有意识地分析场景的叙述者和叙述视角，一边做场景列表，就能够逐渐看清编剧的意图了。满足观众的方式，以及为了满足观众选取的情节内容、情节顺序、情节提示方式等等，也都会明晰起来。

这样一来，你就能真正体会到编剧的想法和目的了。

机会难得，在这里向大家展示一下我以自身惯有方式对一部作品内容的梳理。

虽然我做过场景列表的电影数量十分庞大，但是因为本书中多次提及《蓝霹雳》，那么，我便选定《蓝霹雳》作为场景列表的范例。具体内容详见本书卷末，还请大家慢慢审阅、参考。

顺带一提，我所做的场景列表，是按照时间线顺序，以区分视点（主人公、敌对者、协助者及其他）的方式来梳理场景内容的。

　　如果只是单纯地一条一条按顺序整理，那么整理出来的内容看上去便像是一篇文章。这会令人很难体会其中场景间的联系，以及编剧为了酝酿观众感情所做出的精心设计。

　　而且，倘若按照这种方式做场景列表，你会不由自主地将其处理为文章的概括总结。

　　而场景列表不需要像一篇精良的文章那样完美，因此，请大家将场景列表当作一篇能够读懂、便于理解的笔记来进行记录。

　　到这里，有关剧本编写的话题暂时告一段落。接下来的篇章，将围绕 script doctor（剧本医生）的工作内容展开。

第 5 章

剧本医生的工作方法（前篇）

Script doctor 一词，指的是诊断剧本并给出治疗方案的医生。

在好莱坞，剧本医生一直都是十分普遍的职业；而在日本，包含我在内，从事这一职业的人寥寥无几。

不过，最近几年我遇到不少想要成为剧本医生的年轻人。这一变化的背后，是好莱坞模式的剧本指南书被大量引入并翻译传播的现象。此外，我曾在多次参演的 TBS 广播节目《Lime Star 宇多丸周末随机播放》中谈及"剧本医生"的工作，而这档节目的音源在互联网上广为流传，可能对于这种变化的产生也带来了些许影响。

在这一章中，我将主要记录剧本医生的业务内容以及我自身的一些工作方法，希望对将来有志于成为剧本医生的朋友能够有所帮助。

✏ 剧本状态不佳

首先，大家要了解最基本的一点：大家平时看到的电影、电视剧等所有商业性质的影像作品，并非原原本本按照编剧随性写出的剧本来进行拍摄的。

　　从最初完成的"初稿"（第一稿）到最终进入实际拍摄的"定稿"，其间一定会经历被称为"rewrite（改写）"的修改过程。

　　而且，初稿本身也并非一蹴而就。

　　首先，要完成初稿的基础——构思。构思与电影宣传单或是 DVD 盒子内侧印刷的剧情简介截然不同，不可混为一谈。

　　剧情简介没有必要体现出严谨的时间脉络，为了促进对 DVD 的购买或者租赁，剧情简介的首要任务是引起消费者的关注和兴趣。因此，剧情简介只需涵盖能够帮助消费者更直白地理解故事的要素和中心轨迹即可。

　　然而，在构思中，时间线十分重要，具体片段的内容是根据剧情展开顺序进行编写的。构思完成后，编剧以外的全体工作人员能够通过构思，了解到登场人物身上发生的故事以及整个剧本的具体构成，从而获得关于剧本的共同认识。

　　而为了开发出合适的构思，制片人与编剧需要进行无数次的商讨。每一次，编剧都要写出若干个可行的构思，然后进行修改，再同制片人讨论。在周而复始的商讨中，剧本的内容和方向才逐步确定下来。

　　完成构思这个步骤后写成的就是初稿。

✎ 推进修改的方法

　　完成初稿后，就要开始修改的工作了。

　　剧本的修改也是在编剧与制片人之间无数次的商讨（剧本

会议）中推进完成的。在这一阶段，编剧与制片人的商讨可以是二者一对一进行讨论，也可以是一名编剧与多名制片人共同商讨。

所谓制片人也只是统称而已，他们也有各自的立场。这些制片人分别来自电影公司、制作公司、电视台、广告代理公司、出资公司、演员经纪公司等。

此外，在有些情况下，除负责项目的主制片人之外，执行制片人、协助主制片人的助理制片人也会一并参加商讨会。

如果是以导演为主导立项的影视项目，导演会在修改阶段初始出席商讨会；如果是非导演主导立项的项目，导演将在修改过程中参与商讨。

临近拍摄期，负责现场的制片统筹、选角指导、导演助理也会加入商讨会，确保剧本内容更为明确具体。

经过无数次的商讨和推敲修改，剧本才能够逐渐丰满，日臻完善。话虽如此，但并非所有的修改都是为了打磨出更完美的剧本。

无论是制作电影还是电视剧，无不需要投入大量资金。

例如，深夜播放的 30 分钟电视剧，一般花费都会超过 500 万日元；而在影院播放的电影，其预算则高达数亿乃至数十亿日元。

可想而知，预算越高，越难凭借一家公司去筹备全部预算所需资金。

其结果，就是一个影视项目需要多家公司众多人手共同协作完成，因为彼此立场不同，利益不同，在制作过程中状况有变的事情时有发生。项目的规模越大、预算越高，需要参与工作的人手就越多，对于剧本编写的要求也越复杂。

　　所以，修改剧本的一部分目的，其实是为了应对上述情况的发生。

　　除了上述情况以外，因为某些原因，制作预算出现缩减，导致不得不修改剧本设定，或出于赞助商的要求剧情展开有所调整等等，也是促使编剧修改剧本的原因。

　　根据选角情况，编剧还有可能不得不将登场人物改写为与设定截然不同的角色（我曾写过一部以年近三十的女白领为主人公的电视剧剧本，但在开拍前，出演人员有所变动，对方希望我将主人公改设为十几岁的年轻男子。我为此对剧本大修了一番）。

　　编剧不得不应对诸多情况，根据商讨的结果不断修改完善剧本，使之逐步成形，越来越接近定稿。对于专业编剧们来说，大大小小的修改工作已经成为他们工作的日常。如果做不到这一点，那就说明尚未达到专业编剧的水准。

　　剧本的修改已然受制于诸多因素，而修改工作本身也时常陷入瓶颈，剧本本身可能也会停滞不前。至于原因，各自情况虽然有所不同，但有一点是共通的：随着项目的追加条件不断增加，剧本本身也会愈加复杂起来。在这些因素的影响下，剧本就可能出现问题，导致"身体状态不佳"。

从"外部的视点"客观分析这些状态不佳的剧本的问题点，给出能够打破僵局的建议或者帮助，有时还会直接"实施治疗"（修改），这些便是剧本医生的主要工作。

✏️ 不署名合同

在日本的电影和电视剧中，"剧本医生"这一职位不会出现在片尾演职人员表中。因为，剧本医生所签署的是不署名合同。

即使除去不署名合同的因素，"剧本医生"一职一般也不会被记名在内。对于不熟悉影视圈相关规则的普通人来说，不了解这一点正在情理之中。

那么，在美国，剧本医生是否会出现在片尾字幕中呢？事实上，在这一方面，美国和日本并无太大差别：在美国，剧本医生也基本不会被包含在演职人员之内。即使被记入其中，也不会以"剧本医生"的职位出现，而是被表述为"创作顾问"或"剧本顾问"。

无论是在美国还是在日本，剧本医生鲜见于片尾字幕说明了一个问题：剧本医生一职，身处幕后中的幕后。

顺带一提，在美国电影中，"script supervisor"经常出现在演职员表中。然而，script supervisor 并不是剧本医生，而是指"场记"。希望大家不要误解这一点。

下面，我们回到正题上来。在日本，为什么剧本医生的知名度并不高呢？

在我看来，造成这一现状的原因有二：一是并非所有公映的电影都有剧本医生的参与，二是剧本医生参与的影视项目未必会成片公映。

普通观众所接触到的影片，其实只是众多影视项目的冰山一角，其背后是数量庞大的、未能成功上映的影视企划。

在竞争激烈的影视圈，每时每刻都有大量的影视企划立项并进入开发阶段。

而剧本医生的工作多集中于开发阶段，即仅有编剧与制片人进行剧本创作的阶段（有的项目中，导演也会参与这一阶段的工作）。

但这些企划中的多数将因为各种各样的状况而胎死腹中。正是因为这样的原因，甚至连业界人士都罕有知晓"剧本医生"这一职业的。至于剧本创作接近尾声时聚集起来的一众演职人员，对于剧本医生的存在恐怕更是一无所知。

剧本医生虽是一个充满谜团的奇怪职业（笑），但是正如前文提到的那样，在日本，仍有几个人正在从事剧本医生这一职业。据我所知，大概有七人。

当然，这并不意味着，这七人会参与所有的影视项目。

在日本，考虑聘用剧本医生的项目本来就十分有限。因此，靠仅有的七名剧本医生，难以普及大众对这一职业的认识，更无法培育、提携后进。

时常有人问我：究竟是中意于"剧本医生"的哪一点，才会从事这样一份"小众"的工作呢？接下来我就向大家讲述一下，自己是如何走上剧本医生的道路的。

🖉 成为剧本医生的契机

那是我成为编剧三年后的事情。当时我参与了某制作公司主导的一个大制作电影的企划。那是一个准备投入巨额预算、称得上是赌上了公司命运的企划。每周，我都会与担当主制片人的 G 碰面，进行剧本方面的商讨。

由于这一企划没有原型作品，需要自主创作剧本，我和 G 的首要任务是构思出丰富紧凑的情节。

所幸我们在剧本的方向性上很快达成了一致，构思经过大约四次修改后便达到初稿要求了。其后两周时间里，我整理内容，编写并递交了初稿。然而，就在那时，形势突然急转直下，进展受到了阻碍。

当初，G 在情节构思阶段曾提出了明确的方针。但初稿完成时，G 却改了口风，说着"我去向上级确认一下"便匆匆结束了商讨。

G 所提及的"上级"，并非他所在制作公司的上司，而是一个对电影制作一无所知、形同赞助商的人。从工作的分类上，他可以被称为是一位出品人。

"我去向上级确认一下"这句话多次出自 G 的口中，意味着 G 和"上级"就剧本内容可能没有达成一致意见。

自那以后的商讨中，总会出现与上一周全然不同的要求。

而且还不是细枝末节的改动，而是根本的方向性的调整。

　　本来，在情节构思方面已经获得了形成初稿的许可，那么按照常理，剧本的方向性、具体展开和角色等方面不存在问题，才会进入编写初稿的阶段。然而，制片人一方提出的要求，却是要颠覆现有的一切设定。

　　也许是"上级"改变了想法，又或许在一开始他没有认真审阅便草草通过了对情节构思的审核。必定是这两个原因之一，导致了制片人前后矛盾的举动。

　　面对这样的情势，我果断地提出重新构思剧本情节。

　　但是，制片人 G 表示"没有重新构思的必要"，希望在保持剧本现有的状态下进行细微的调整。

　　或许，G 是体谅我才会如此考量。他可能认为，耗费心力写好了初稿却要重新构思，等于辜负了我的付出。

　　诚然，如果重新构思情节，初稿的编写就化作了无用功。然而，考虑到实际状况，舍弃已有的初稿，从情节开始改动才更为合理，也能更快速地解决问题（当然，对于弃用初稿一事，我并不是放弃了抗争，只是考虑到实际情况，实在是别无他法）。

　　后来，我们依然定期商讨，进行剧本修改的工作。然而，在这一过程中，制片人 G 却不再明确地表达自己的意见了。因为，即便我按照他的意见进行了修改，每次也都会收到他"上级"否定的答复。

最终，G便只能给出十分暧昧不清、可以任意解释的意见了。

一方面，G的"上级"仍然同从前一样，没有仔细阅读构思，面对剧本都是在想当然地随意"指示"。

另一方面，G对于上级的指示从不予以解读，而是原原本本地传达给我。我接到指示后，只能按照要求修改并再次提交。同一个过程就此没完没了地反反复复。

在这一过程中，整个剧本设定开始崩塌，初稿中逻辑清晰颇有生气的剧情要素被逐一删除弱化。同第一次通过的剧情构思相比，整个剧本所讲述的已经是一个完全不同的故事了。

这样的工作持续了近八个月，距离第一次见面已经过去了一年的时间。在那期间，我在毫无酬劳的状态下持续工作着（顺带一提，这样的情况在日本影视业界是十分普遍的，并不是这次的问题所在。通常来说，编写剧本的酬劳是在所有工作全部结束后，即印刷终稿后进行支付的），为了赚取生活费，我不得不同时兼职参与其他公司的影视项目。显而易见的是，工作量翻倍激增。那段时间，我饱受身体和精神的双重疲劳，对于制片人G那模棱两可的态度，内心中也生出了怀疑。

然而，编剧的工作本就是写作。只要对方不断提出新的需求，编剧就不得不做出应对，也应当去应对。

某一天，我请G去小酌一杯，想听一下他的真实想法。在酒精的作用下，G变得十分直率，滔滔不绝地倾诉着内心的想法（其实也是被我灌的）。

G 说："我是希望剧本按照先前的方向（也就是我写的初稿）进行下去的，可是上级的意见变来变去，实在是太为难了。"

这样看来，G 也是深受其苦啊。

觥筹交错间，他开始热情地讲述年轻时作为电影青年的经历。为了理想而激情燃烧的那段岁月，频繁出入二三轮影院的那段岁月……看着目光闪闪追忆着过去的 G，我受到了他的感染，因为修改剧本而积累的疲惫感也消散了许多。

看到那个样子的 G，我想为他做些什么。

G 的上级的确难以应付。可是，如果我能够按照他的期望，写出他认同的剧本，G 应当就不会痛苦了。为了将 G 从眼下的困境中解救出来，我重振精神，干劲满满。

因为，在这一年多的时间里，G 与我齐心协力推进项目进行，我相信他是十分可贵的伙伴。

不久之后，与 G 在同一家制作公司上班的熟人（我朋友和他在同一家公司就职，也是十分巧合）联系到我。关于还在进行的项目，他说听到了一点风声。

听完友人的叙述，我简直怀疑自己的耳朵。制片人 G 向同事们讲述的，完全是另一套说辞。

"上级本来就不看好那个项目。跟进那个项目，我也是很不情愿的。项目推进起来那么费力，一点干劲都没有。好想做点什么，让那个项目快点结束。"G 不仅说过这样的话，还声称自己无视了上级多次提出的改写要求，企图制造出"因为编剧无能，才会翻来覆去地修改，以至于公司不得不放弃这个企划"的最终情况。

简而言之，G根本不是为了达到上级的要求，而是为了迫使上级放弃那个项目，从中作梗，指挥我重复毫无意义的修改。

听了朋友的叙述，我没有感觉到愤怒，只是觉得有些伤心。迷失了前进方向的我，选择主动退出了那个项目。

附带一提，这家制作公司没有支付我一分钱的费用。在那一年多的时间里，尽管我设计了大量情节，编写了剧本，但是，制片人G说："既然没有形成终稿，就算不上完成了工作，因此我方并没有支付酬劳的义务。"

我的上述经历中，存在若干个问题。

首先，G的上级直到最后都没有出席过剧本商讨会。因此，我没有机会亲耳听到他对于剧本的真实想法，也无法直接向他询问确认。我对于上级想法的了解，全部来源于G的转述。

其次，在项目启动的初期阶段，（尽管我做出了相应的提议）当上级对于情节构思的想法与现有构思存在极大出入时，我没有重新创作情节构思，可谓是判断失误。

然而，这件事当中最大的问题在于，尽管制片人G所站的立场不允许他给出具体的方向性的指示（这一点因为受到项目性质的限制，没有解决办法），但他依然持续地提出模糊不清的相关指示。

从朋友关于G在公司言行的叙述来看，制片人G的人品似乎也有些问题，但究其根本，整件事恐怕是深受日本特有的"相互试探"和"通过推测进行交流"等消极影响的产物。

时光如梭，转眼到了 2002 年的秋季。

某一天，我约了认识的电影制片人 H 共进午餐。她提到自己手上有个立了项的企划，然而剧本的编写并不顺利。

似乎是因为反反复复的修改，项目剧本变得复杂起来。此外，询问之下我发现负责剧本的编剧也是我认识的人。"这两位看样子都十分困扰，不知道能不能帮帮他们呀。"我一边这样想着，一边静静听着她的倾诉。而后，H 嘀咕了一句："要是日本也有剧本医生就好了……"

我回想起参与上文提到的那个项目时的痛苦经历，不禁想象，倘若那时有剧本医生出谋划策，情况会有怎样的变化呢？

倘若有剧本医生一同参与项目，他应当不会像 G 及其上级那样意见多变或是指示模糊不清，而是目的明确地提出相应的问题及修改方法，从客观角度出发找到合理的解决方案（当然，要实现这一点，需要参与者在项目想法上取得一致。因此，即使有剧本医生参与项目，当时的状况也仍然有可能毫无改变）。

即便有这样的可能性，我仍然认为，剧本医生的存在是十分必要的。

在日本，不仅有制片人 G 和眼前的制片人 H 的困境，实际上还有众多需要剧本医生出场的情况。尽管如此，为何剧本医生这一职业在日本并未普及呢？

　　当时盛行这样一种观点：美国强调效率与务实。在这样的社会环境下，任何人都能够持有各自明确的想法，并且能够直白地表达自己的意见。然而，在日本却是另一番光景。在日本，人和人之间相互试探着，通过推测进行交流的方式仍占主导，受到这一文化影响的人们在交流时，重点都放在了对彼此想法的试探上。在这样的风气下，重视逻辑性和合理性的剧本医生的工作很难成立（除了日本文化的影响外，与曾经电影制片厂全盛时代的日本电影黄金期相比，现在的影视项目作为单独个体更为独立，也正因如此，项目的参与人员在项目结束后几乎毫无交集。这一点也影响了剧本医生这一行业在日本的普及）。

　　诚然，好莱坞与日本的影视界存在诸多差异。

　　在日本，由编剧推销企划的提案宣讲会体制并未普及，也几乎不存在由数名编剧共同编写剧本的工作模式（黑泽明剧组的逸闻已经是许久之前的事情了）。此外，编剧薪酬支付的时间节点、各类合同的签署方式、修改工作的推进方式、项目时间表的解读方式等等，两国业界的结构及运行模式本身也存在极大差异。

　　"这样啊……所以还是不行吗？"我心中这样想着，又无意中想到，"嗯……为什么'所以不行'来着？"

　　日本不是好莱坞，所以业界结构不同，这是理所当然的。

　　那么，不是好莱坞，难道就不能制作影片了吗？当然事实并非如此，在日本，同样不断有大量的影片走向市场（顺带一提，现在日本全年的影片创作数量，排在印度、尼日利亚和美国之后，位列第四。近来，位列第五位的中国有赶超上来的趋势^①）。

我的脑海中生出了这样的想法：或许，正是因为日本业界以往尝试照搬好莱坞模式，才屡屡碰壁。如果剧本医生这一行业能够形成与日本人的思维方式及当下日本业界结构相符合的工作方式，也许就能获得成功，从而在日本得到普及。

如果要打造具有日本特色的剧本医生，应当如何去做呢？

美国文化与日本文化之间，最具决定性的差别是什么？
我们不妨就从真正的医疗角度来分析这个问题。
如果将美国的剧本医生看作是秉承了西方医学传统、擅长外科手术的角色，那么日本的剧本医生就应当是中医的形象吧。也就是说，面对生病的手臂，是否存在不去利落地切下再装上假肢，而是更偏向自愈的、将患者的生命力从内而外激发出来的方法呢？又是否存在能够将东方医学思维运用到剧本编写技巧中去的方法呢？
"在日本，剧本医生这一行业难以成立"这一想法本身就存在问题。之所以说出这句话，其背后隐含着这样一种可能性，那就是只盯住了日本人的思维方式和日本影视界的"阴暗面"，自动忽视了"优点"的存在。
这或许是因为，"模仿好莱坞才是正确的""日本也应当推

----

① 此为本书日文版出版时（2015年）的数据。——编者注

行好莱坞化"等等"偏见"和"片面"，在多数人的脑海里过于根深蒂固了。

　　如果将"因为日本推崇推测试探的文化所以行不通"的想法，转换为"推测试探的文化有它独特的优势"，将抵触的思维反过来加以活用呢？如果是在肯定日本人看待事物的方式、日本人独有的工作方式的基础上开展剧本医生的工作呢？

　　将注意力从业界整体上移开，去关注作为个体的项目以及参与其中的个人，着眼于寻找一种共同的感受，这样的工作方法是否会有成效呢？

　　在我思考上述种种问题时，我不再设想"要是日本也有剧本医生就好了"，而是渐渐产生了"日本没有剧本医生，我来开启这个先例"的念头。

　　于是，我向面前的制片人 H 毛遂自荐起来："我来做剧本医生吧。"听罢，H 反问了一句："欸，你能做到吗？"我立即答道："嗯，我能做到。"虽然并没有什么证据能证明我做得到。

　　不过，当我真正着手去做时，工作进行得出乎意料地顺利，H 对此赞不绝口。

　　自那以后，经由客户的介绍，订单逐步增加，发展到了现在的规模。

　　尽管业界的运作体系与当时相比并未有太大变化，但是，对剧本医生的需求是的确存在的，确切地说，这项需求是逐年增加的。

✏ 对署名的盲目信任

为了完成更高质量的修改，剧本医生也经常会提出具体的想法。

在多数情况下，这些想法是以制片人的名义提出的。然后，相关责任编剧根据这些想法修改剧本。虽然关于这一点常常会有人替我打抱不平："可是，实际上这些都是三宅先生的想法啊。这个项目也不会有您的署名，对此您一点意见都没有吗？"说实话，对于这样的做法，我毫不介意。

剧本医生并不是为了自我炫耀和寻求他人肯定而工作的，工作的成果才是重中之重。因此，是否能够署名无关紧要。

我作为一名编剧，也是一样的想法。

例如，在与其他编剧共同创作剧本时，署名的先后顺序经常成为大家争论的话题。

实际上，确实有人十分在意署名顺序。毕竟，署名在先看起来更具权威。

而我对于署名顺序并不感兴趣，如果共同创作的编剧看重署名，我会请对方在前面的位置署名。如果对方对于署名顺序也不甚在意，我们就愉快地通过猜拳来决定。（笑）

当然，作为专业编剧来说，署名也是要担负责任的。我并不是对署名本身不感兴趣。

因为，通常来说，看到"编剧：三宅隆太"这样的署名时，多数普通观众会认为这部电影应该是原原本本按照剧本完成拍摄的。

无论在参与项目的过程中遇到了怎样的问题，我都无法对一位位观众解释"实际上剧本的内容不是那样的，只是因为拍摄中的种种状况不得不做出调整"，况且，就算做出了解释也没有任何意义。"有署名权的工作"，就意味着编剧需要将上述情况考虑在内，并有了心理准备之后再参与其中。

不过，正因为署名意味着承担责任，如果听到有人评论"电影内容与剧本出入太大"，或是有人补充说"台词有问题，角色和世界观设定都要崩塌了"，我可能会提出要求不署名。

这并不是因为剧本内容被擅自更改而怄气的表现，仅仅是作为作者对于内容不再承担责任而已。

至于共同创作剧本时，哪一部分更为经典，哪句台词出自谁手，"那种场景可不是我创作的"等等问题，在我看来都实在不值得争论。

我对署名这件事本身就不是很信任。

前不久，某本杂志上刊登了一位颇有名气的电影评论家为某部电影撰写的影评。其中有这样一句话："那个场景的台词实在精辟。真不愧是某某（编剧的姓名）。"

但是，实际上那些台词并非出自署名的那位编剧之手，而是我认识的一位编剧向制片人提议而追加上去的。

这其中的真相，只有参与制作那部电影的人才知晓。

有的影迷在评价电影时，经常会这样评论："那个场景的拍摄手法极具某某导演的个人特色。"但那是否真的是那位导演的想法，就不得而知了。那种拍摄手法，可能是摄影师在现场提出的建议，也可能是摄影助理在摄影师去洗手间的时候悄悄向导演给出的提议。又或许，这个提议竟然来自化妆师，这种可能性也并非没有。因为无从得知想法产生时的具体情形，所以，旁人并不知道事实真相如何。

因此，如果在盲信署名的情况下谈论一部电影，多半是没有结果的。

讲到这里，我有预感会听到"既然这样，那岂不是无法评论电影了"一类的言论。但我提到这些只是想要提醒大家，署名就是这样一种存在，并不具备特殊的权威性。

也正因如此，时常有人对我这样说："明明绞尽脑汁提出了那么多想法，却没有剧本医生的署名，这样真的没关系吗？风光全被他人占尽了，真的没有不甘心吗？"对此，我真的并不在意。

通过提出自己的想法，使得剧本生动有趣起来，就足够了。

再者，如果在片尾字幕中出现了"剧本医生"这样意义不明的署名，观众看到后产生"喂，这是什么呀？""剧本医生是什么职业？"的疑问，岂不是破坏了整部电影的余韵。（笑）

比起功劳的归属，作品质量的提升更为关键。这一事实十分重要。事实上，尽到了剧本医生的职责，制片人会心怀感激，也许编剧并不知晓剧本医生的存在，但剧本医生的想法将以制片人意见的形式传达给编剧，编剧根据意见进行修改，从结果来看剧本内容有所改善，这对于编剧来说也是一件值得开心的事情吧。

但十分遗憾的是，有一些制片人和编剧会利用剧本医生不署名这一点，做出一些忘恩负义的举动。

例如，曾经有个企划选用了新人编剧。因为是第一次接手那样有分量的工作，新人过于紧张，在创作上毫无进展，结果慌了心神，在商讨会上哭了起来。那段时间里，我一直向他提出各种各样的建议，帮助他尽力完成了剧本的创作。然而，作品完成后，他在接受电影杂志的采访时，却做出了独揽功劳的回答。

对于他的行为，我并没有特别生气，只是感觉有些遗憾，同他恐怕再没有继续来往的缘分了。

我认为，剧本医生是一个"帮助他人"的职业。

有的人同我并不投缘，有的人视我为不可缺少的工作伙伴，有的人使我不由自主地想要去帮助他。在我看来，珍视与后两种人相处的时间更为欢乐，对不对？

下面，我们将话题转到剧本医生的具体工作内容上来。

✎ 初诊的流程

剧本医生的工作流程大致可分为两个阶段：初诊和其后修改工作的援助。

并非所有的项目都会经历这两个阶段，有的案例仅仅经历了初诊阶段就顺利走向完结。

有的则经历了单一或多种协作方式，为了完成项目持续了数年时间。这一工作所需的时间长短视项目的具体条件而定，无法一概而论。

接下来，先向大家说明一下初诊的具体流程，基本可分成四个阶段：

（1）与客户进行受理面谈

（2）通读剧本（草稿）

（3）分析评价表和分析报告的撰写及提交

（4）与客户的第二次面谈

到这里，初诊的阶段结束。

剧本医生同实际生活中的医生一样，并不会通过主动靠近对方，询问对方是否身体有恙的方式来寻找客户。剧本医生的工作，是从客户前来委托的那一刻开始的。

我们这一行称呼那些前来委托的人为客户。

客户是制片人的概率高达 90% 以上。偶尔也会有导演发起委托，但至少我没有接到过来自编剧的委托。

这倒不是因为编剧耻于向剧本医生寻求帮助，而是商业影片运作系统中的种种缘故造成的。

当商业影片项目处于企划开发阶段时，编剧擅自将剧本带给外部人员传阅，或是同外部人员谈论剧本内容，都是十分严重的违规行为。

企划开发阶段中的剧本所有权不为编剧独有，而是共同归属于推进企划开发的影视公司、电视台、影视制作公司等单位。

当然，有些项目的企划开发始于编剧向制片人推荐了自己撰写完成的剧本。

还有一些项目，是由编剧向制片人推荐了一本颇合心意的原著小说，两人达成一致，决定将小说影视化，然后制片人出面同出版社和原作者交涉，取得影视版权后，再由推荐小说的编剧编写剧本而立项的。

无论哪一种情况，编剧都看似占据了主导权。但是，即便企划的成立是由编剧推动促成，当企划开发启动的那一刻起，剧本便不再是编剧的私有物品了。这一点在业界是得到了广泛认可的常识。

影视公司同电视台、各制作公司的制片人，或是负责相关项目的自由制片人共同开启项目的企划开发，是近来企划开发最为普遍的模式。

无论是原创企划，还是原著改编企划，基本都会导向这样一种企划开发方式。换言之，在大多数项目中，编剧都是在随后的阶段才参与进来的。

那么，编剧参与项目的节点，具体在哪一阶段呢？

一般来说，在制片人主导下启动企划的阶段（制片人向上司等提出企划案，并获得了开发许可），或是制片人使用较为充裕的企划开发资金，自立企划的阶段，制片人根据企划内容探询并选定合适的编剧。当双方对彼此以及项目充分了解之后，编剧将正式加入项目中。

随后，制片人与编剧直接面谈，首先就剧本的大致方向进行商讨。编剧则根据商讨的结果撰写并提出情节构思。然后制片人与编剧再次会面商讨，编剧再对情节构思进行修改。这一过程会多次反复，直到情节构思顺利完成。

有时，这一过程会持续数月之久。特别是在原创企划项目中，情节构思的类型和内容需要经过数十次的写作修改，这样的过程十分普遍（我作为编剧，也常常经历这一过程）。

经过无数次的修改，情节构思的方向确定下来。根据制片人的判断或是编剧的要求，确认情节构思的工作告一段落，可以编写剧本之后，编剧着手初稿（第一稿）的写作。

然后，经过一段时间（项目的规模、上映时间、编剧的创作节奏、时间进程表以及其他诸多情况决定了这段时间的长短）初稿完成后，制片人与编剧再次进入会面商讨修改的循环，直至第二稿以及后续修改的完成。

✐ 修改的各种理由

现在，我们假设这样一种情况：为了向各投资方筹集制作预算，尽早抢得豪华的演出阵容（是否有明星出演将极大影响资金筹集的结果。不过，并非所有的企划都是如此。这里请大家将其作为单独的例子进行理解）。

此时，制片人会将完成创作的剧本带给演员事务所的负责人、社长，有时还会给演员本人，请他们通读剧本。

在这种情况下，演员一方也可能会提出对剧本的想法。如果接纳了那些想法（前提是那些想法具备采纳的价值，或是综合地评判后，在认为有必要接受要求的情况下做出判断），制片人就会相应地对编剧提出一些新的修改要求。

主要登场人物的戏份可能因此而有所增添或删减，有时，主要登场人物的性格特点和行为动机都不得不做出变更调整。

此外，企划开发过程中的"时代"和"世情"的变化，也可能导致较大篇幅的修改。

例如，因为地震引发了海啸，那么在高潮部分主人公将遭受水攻这一展开便需要修改（即便企划与地震和海啸并无直接相关性，因为可能会令观众们联想到现实中发生的灾难，所以需要做出改动）；如果现实中发生了街头歹徒随机杀人事件，那么故事主线中的犯罪行为就必须改为其他类型的案件。如同上述两个事例一般，因现实社会环境的缘故，导致剧本相关要素需要做出修改的情况十分常见。

而在电视连续剧中，广告占有重要的一席之地。因此，在选定赞助商的阶段，剧本内容的修改简直是家常便饭。

例如，如果选择汽车制造商作为赞助商，那么，在主人公遭遇车祸这一场景中，就应当将肇事车辆从汽车改为摩托车（当然，这一修改会对主人公的人物形象以及前后场景带来影响，有时甚至会导致整个故事的大幅修改）；如果赞助商是手机制造商，那么在剧本中就应避免主人公扔手机的场景的出现，杀人犯索要赎金所使用的通信工具也应从手机改为有线电话（这种改变也会对剧本多多少少产生一些影响）。

对于如何修改这一问题的判断，并不是由编剧独立进行的。制片人需要对这个问题做出适当的判断，并对编剧追加相应的修改要求。编剧则根据追加的要求做出必要的修改。

对于这一点，业余编剧也许会感到十分惊讶。

为剧本大赛创作的应征作品或是自发创作的剧本，都不会受到上述的种种约束。

能够随心地进行创作，也许更符合你对剧本本身的认知。

然而，在创作商业影片的剧本时，前文列举的种种情况下的修改，都是理所应当的应对举措（至少在当下的日本是这样的）和最低限度的考量。

想必有人会认为，修改是十分麻烦且棘手的工作。如果用"负面就等于缺点"的思维来看待修改工作的话，的确如此。

相反，如果能够看到"正面，也就是优点"，那么便能发觉修改工作的意义。

一边采纳制片人和赞助商的修改意见，一边尽力维持剧本原有的趣味性，甚至是巧妙利用那些烦琐要求的束缚，将剧本修改得趣味横生。事实上，这样的修改工作挑战性十足，令人兴奋，也蕴含着只有专业编剧才能发掘的、作为商业作品的剧本所独有的趣味。

如果在修改阶段产生了彻底厌倦的情绪，那么，成为专业编剧或剧本医生的念头还是趁早打消吧。

由于近些年的顺从性问题，不断涌现出编剧被迫适应制作方提出的种种规定的案例。不过，我个人属于限制越多创作激情越强烈的类型［说不定我有受虐倾向（笑）］，反而相当享受那样的状况。我认为绝境即是机遇，因此，在对方提出了十分过分的要求时，我反而更易破除自我意识的束缚，出其不意地打开想象的封口。

✎ 剧本医生的委托方法

剧本医生接到的委托，既可能来自有过多次合作经历的客户，也可能来自初次见面的人。

初次见面的人是怎么找上门来委托工作的，这一点虽令人感到疑惑，但他们大多是通过我担任讲师的大学和研究生院、剧本学校的行政处，或是我作为编剧所属的日本剧本作家协会的行政处联系过来的。

除此之外，因为日本影视圈看似宽广，实则人脉关系较为单纯，所以也有些未曾谋面的人是凭借熟人之间的门路，直接向我发送邮件或是拨打电话进行委托的。

接到委托后，要做的第一件事并不是通读剧本（草稿），而是应当先与客户进行受理面谈。

受理面谈是咨询业的专业术语，简而言之即是"诊断"的意思。通过面谈，剧本医生需要了解清楚客户的烦恼和咨询内容，明确对剧本的分析和改进是否具备可能性，探索今后剧本改进的方向性。从另一个角度来说，受理面谈对于客户而言，也是判断剧本医生是否能够胜任这项工作的机会。

在这一阶段，有一点必须注意：当客户前来委托剧本医生时，他们大多精神疲惫焦躁，被逼迫到这样一种处境，即修改工作进行得并不顺利，一片混乱，同时又进入了企划项目的紧要关头，为了接下来的工作必须做出决断，且刻不容缓。

总而言之，需要委托剧本医生，也就等于事态极为紧急（至少在日本是如此）。

接下来，我们来逐一分析初诊的四个流程。

（1）与客户的受理面谈
（2）通读剧本（草稿）
（3）分析评价表和分析报告的撰写及提交
（4）与客户的第二次面谈

🖉 与客户的受理面谈

在受理面谈中，重要的是看清客户一方所存在问题的本质。换言之，剧本医生需要问清客户的"主诉（主要症状）"。

项目成立的经过是怎样的，为何选用那一位编剧，情节构思是怎样组合构造的，形成初稿的阶段，修改的方向以及修改工作何时陷入混乱，等等，都是需要了解透彻的问题。

　　此外，制片人与编剧之间关系如何、现在是否相处融洽等等其他有关项目进展状况的问题，同样需要在分析剧本之前询问清楚。

　　另外，了解清楚项目的实际负责人是谁也是十分必要的。

　　比如，时常会发生这样的情况，客户被上司任命为项目的主制片人，却因为诸多状况而导致修改工作陷入混乱的状态。

　　在这种情况下，虽然对于我来说客户是主制片人，但在今后的合作过程中，他可能无法独自掌控事情的进展。在工作正式开始之前，剧本医生应当了解这一事实（虽是主制片人却并非实际负责人，这一点同先前提及的制片人 G 的情况十分相像）。

　　另外，同客户进行受理面谈之前，需确认此次面谈是否是官方性质的。

　　这是我过去在某次工作中领悟到的经验。那一次，委托人是个就职于某制作公司的年轻制片人（当时我们是头一次见面）。我以为会在对方公司进行面谈，没想到对方将面谈场地约在了远离公司的某个咖啡厅。

　　约在咖啡厅倒也无可非议，但在面谈时，我发觉他的举止有些异常。通过他的言谈，我可以肯定，关于这次会面他并没有告知其他同事和上级。

　　他也许是这样打算的：先约我进行面谈，如果感觉我能够帮助他们解决问题，便向上司提出引进剧本医生的建议。

　　这件委托的背景是，他与某位编剧一起参与了一部电影的企划开发，然而剧本的修改遇到了一些问题，不太顺利。因此，他被上司严厉地责骂了一番，而他仍然没有想出有助于顺利修改剧本的提议，可谓进退两难。

　　所以，当他注意到"剧本医生"这个看起来有些可疑的职业之后，就试着联系了我。他担心这件事被上司知道后会招来一顿责骂（因为剧本修改不顺利而被上司责骂这件事已经成了他"思考模式的前提"），对于聘任剧本医生参加项目而产生的额外费用，也让他深感不安。

　　与我见面之后，如果认定我并不能帮助他们修改剧本，就打算只帮我付掉茶水费，委托的事便只字不提了。

　　总之，他是在试探我。

　　结果，当我们实际交谈过后，他像是重新找回了勇气。因为接触我的方式有些卑怯，他为此郑重地表示了歉意。

　　不过，坦白地说，我对此并不在意。他不过是精神上承受了太大压力，才做出那样的举动。反倒是他的遭遇，唤起了我帮助他人的情绪，令我想要主动地为他做些什么。

　　会面后，他说："我回去向上级试着提一下引入剧本医生的建议。"后来，他与上级制片人同我进行了第二次受理面谈，面谈的结果便是让我作为剧本医生参与他们的项目。（那个项目最终完成了，并顺利地拍摄成了影片。真是可喜可贺！）

　　此外，项目负责人以外的制片人有时也会参与面谈，他们的主要任务是"试毒"。

这样一来，我就成了被面试的一方。

造成这种现象的原因有两种：一是客户过度担心项目相关内容的泄露（也就是说，他们认为有必要确认我是否可疑），二是客户担心费用问题（偶尔会有客户担心我漫天要价，或是在委托成功结束后收到额外却又"必需"的费用支出要求）。

🖉 剧本医生不是魔法师

在日本，剧本医生在大众的认知里仍是一个谜一样的职业。

委托剧本医生到底需花费多少？委托剧本医生真的能够改善剧本质量吗？剧本医生难道拥有能够令陷入混乱状态的修改工作瞬间顺利起来的、如同魔法师一般的能力吗？如此等等，都是人们对于剧本医生这个职业所抱有的疑问。

受理面谈中对方派出了"试毒"的人物，也就意味着他们可能是以如上所列举的眼光看待剧本医生的。

我当然不会违背职业道德泄露项目的信息，也不会要求支付巨额的酬劳。

不过，我也并不是魔法师。

说到底，打破修改工作的混乱困境的不是"魔法"，而是剧本医生切实的技术与援助。

如果想要得到令人满意的结果，客户（与编剧）关于打破现状的想法是否足够迫切，是否做好了付诸行动的准备——这些才尤为关键。

而且，客户有必要了解一个事实：无论最终结果是好是坏，那都只不过是未来诸多可能性的其中之一。

即便剧本医生分析过剧本后指明了相应的改进方法，仍然无法保证修改工作一定会顺遂起来。

没有经过实践，便无从得知最终的结果。

在我看来，剧本医生的工作到底是无用功，还是必要且有意义的工作，取决于客户改变现状的迫切度和沟通状况。

✎ 受理面谈的意义与重要性

作为委托人，客户对剧本医生的期待多与"修改工作"有关。

"剧本治疗"涵盖了多种治疗方法，切入点也绝非仅有一个。然而，大部分初次委托剧本医生的客户并不理解这一点。

诚如先前提及的"魔法师"的传闻一样，客户期望剧本的相关状况能够快速好转起来，而剧本医生又看似能够轻而易举地开始对剧本的诊断和治疗，在这种情况下，剧本医生的工作便对客户产生了一种颇具传染性的吸引力。

剧本医生应当充分阅读剧本，注重与编剧的沟通，加深与剧本和编剧的共鸣，在此基础上，找出剧本分析和治疗的切入点，并思考这一选择的理由之后，再启动对剧本的治疗。我一直尽量避免反其道而行的工作方式，但实际上，我也曾忽略过这些事前准备，不假思索地开始剧本医生的工作。

这绝不是良好的工作习惯，甚至可以说充满了风险。

作为剧本医生，为了摸清剧本产生问题的根源，选出更能改进剧本修改工作的解决方法，我在初诊阶段安排了两次面谈。

如果剧本医生和客户双方能够共同明确具体的"治疗计划（针对修改工作的改进方法）"，客户就能够比较直观地明白治疗中发生变化的过程了。因为，确认了今后工作中双方共同协作的方向和理由，客户也就能够预估治疗的进展情况了。

倘若双方能够共同将剧本治疗的目标作为关注的"焦点"，齐心协力设定剧本治疗的具体计划，剧本医生和客户的合作关系会进一步强化，实际的治疗效果也会进而得到提升。

此外，当剧本医生与编剧渐渐开始面对面地共同对剧本进行治疗（修改）时，如果能够充分花时间去了解编剧的个性以及剧本（草稿）的方方面面，编剧也会发觉自己所苦恼的问题得到了他人的理解，从而能够感受到剧本医生对自身独特性的尊重。

这种体验本身就是一种治疗，还能够加深客户一方对剧本医生的信任，提高客户乃至编剧对剧本改善趋势的"期待感"。

这种期待感，不仅能够促使项目的工作人员产生有关"立志于未来"的积极情绪，还能让大家在之后的剧本商讨会上能够更加轻松地畅所欲言，更能发散思维，进行逆向思考。而这些变化有助于项目的顺利完成，可以说非常重要。

对于"立志于未来"这种较为抽象的说法，有些人会产生些许违和感。

　　然而，当剧本医生接到委托时，客户也好编剧也罢，无不是被困在了"过去"，对于"未来"不再怀有希望。这样的处境，极易诱发客户和编剧的"盲信"和"片面"，在多数情况下，这也是造成视野狭隘的原因。

　　正如我先前提及的那样，90% 的客户都是制片人。

　　在进行受理面谈时，部分客户会产生这样的不安：大家会不会将剧本修改工作失败的原因归咎于我？

　　也许大家会感到奇怪，如果这是编剧的想法，那倒不足为奇，可是为什么制片人也会产生这样的想法？

　　正如前文叙述的那样，修改工作是在无数次剧本商讨中推进的。那么，制片人为剧本修改指引的方向以及提出的修改要求，或多或少会对修改工作产生一定的影响。

　　既然参与了剧本治疗，那么，剧本医生理应站在编剧的一方。但在此之前，剧本医生要有这样的觉悟：要一边立足于客户（制片人）的视角，一边同时推进整个剧本的治疗工程。

　　此外，在与客户和编剧的面谈中，剧本医生应格外关注他们反复申明的"用词"和"态度"。

　　对于这种"用词"和"态度"，他们自身也许有所察觉，也许并不自知。暂且不提这一点，总之在大多数案例中，对方的"用词"和"态度"中隐藏着问题的本质。

　　此时，重要的不是对对方谈话的内容吹毛求疵或是一一记录，而是应当面对对方，设身处地去感受。

无论面对的是客户还是编剧，如果不能理解对方内心的想法，即使做再详尽的笔记，也难以领会他们语言表达之外的信息。

因此，倾听的态度对于这一阶段的工作是十分重要的。

✏️ 倾听的方法

掌握有效的倾听方法，需要遵循相应的规则，所以也有必要进行相应的训练。但在掌握这些技能以前，首先要了解一下必须遵守的应知事项和绝对不能触犯的禁止事项：注意自身倾听和回应的方式，不能挫伤对方表达想法的积极性（这一点与第3章提到的"毫无相关性的发言"是同一回事）。

有些人对剧本医生抱有这样一种印象：长篇大论地引述相关理论，是剧本医生必须掌握的技能。但这其实完全是误解。

因为客户并不期待剧本医生对存在的问题点进行解说，他们所期许的，是剧本医生能够帮助他们解决棘手的问题。

这种情形，考验的是剧本医生倾听的能力而非表达的能力。

大多数人对于"会话"抱有片面的认识，以为会话是一种表达自身意见的情境。因此，比起倾听他人的话语，大多数人更喜欢也更关注自我的表达。

但是，如果将注意力集中在说这一方面，那么，当对方在讲话时，便无法认真倾听对方的言论，而是利用对方发言的时间来思考自己接下来要阐述的内容。在这种情况下，自然没有精力去听取并辨别对方的用词以及言外之意。

因为己方没有给出足够的回应，对方也会陷入同样的心理状态，双方互相只讲不听，没有实质的交流，只有轮番叙述的独白。而这种场合真正需要的，是对话。

✐ 目光不要朝向自己，而要投向对方

在进行受理面谈时，如果剧本医生感受到了客户对自身的不信任感，那么接纳这种感受是十分重要的。

如果可能，可以创造条件同客户坦诚地交流一下；如果觉得难以启齿，也没有什么问题，日后花些时间解释一下，多数情况下都能够得到解决。在这个阶段，如果因为客户的不信任而慌乱，反倒是不合时宜的反应了。毕竟，客户感受到你的慌乱之后会更加担心，更难表露真实的想法。

像"想要被他人认为是优秀的剧本医生"这样类似"自我注目"或"自我怜悯"的情感，毫无疑问会成为思考和分析的障碍。

客户原本是为了解决问题才会聘用剧本医生的。如果剧本医生对客户怀有接纳自己的期望，那么这种想法会真真切切地传达并影响到客户。

如果是我的话，倘若客户表现出对我的不信任或是不满，我并不会生气或郁闷，而是会稍做想象：看样子，这一位对我

有些不信任和不满意。具体是怎样的感觉？这些不信任和不满，具体针对的是我身上哪一方面？

这样的做法并不是对客户的阿谀奉承，而是因为这种想象有助于尽快找出解决问题的方法。不必为了打消对方的不信任感而刻意做出机敏周全的回答，而是应当换位思考，想象揣摩对方的心理活动，最大限度地贴近对方的心理状态，尽力与对方产生共鸣。

在我看来，这才是"倾听"应有的态度和思考方式。

受理面谈结束后，终于要开始面对剧本（草稿）了。

然而，正如前文提及的那样，多数客户最担心剧本相关信息的泄露，因此，在接收剧本稿件时，应当慎之又慎。

有的客户会通过电子邮件发送稿件，有的客户则会将稿件打印出来，亲自递交或是通过邮递寄送。

如果客户一方的要求十分严密，剧本医生甚至可能拿不到稿件，需要去到客户指定的地点，当场阅读剧本并立即开始剧本的诊断。

因为通读剧本后必须对整体做出判断，所以剧本医生必须集中精力全力以赴。当我遇到这种情况时，我会为这项工作预留一整天的时间，不再安排其他事项。

✏ 剧本（草稿）的通读

面对草稿时，发现草稿存在的问题（产生的结果）固然十分重要，但那些问题产生的经过（过程）同样值得重视。

多数情况下，希望得到立竿见影的解决方案（比如能够解决全部问题的修改方案）的客户会下意识地判定：对于剧本的修改和完善，编剧已经无能为力了。

打破客户的这一偏见，也是剧本医生的工作之一。

剧本医生不仅要关注剧本存在的问题，还需找出隐藏在问题背后的、编剧所陷入的"思考模式（即思考的怪癖）"，提出相应的改善方案，进而避免"编剧被无理地定义为没有才能"这一事态的发生。

当然，有些客户只关心剧本问题点的发现和相应的解决方案。

作为剧本医生，当然要满足客户的这些需求。

然而，剧本医生不应忘记，编剧是剧本的创作者。编剧"感情的波动"切切实实影响着剧本的内容。剧本医生既要理解客户急于解决问题的迫切心情，也应体谅陷入了困厄处境的编剧。

这种体谅，并非出自对编剧的担心，而是出于剧本治疗的内在要求。因此，给予编剧足够的关注和体谅，对尽快找出问题的本质和应对方案也有所帮助。

自我意识与语言节奏

暂且不提业余编剧创作的笔力青涩的剧本，专业编剧的作品，通常会带有一定的语言节奏。

语言节奏，是作者的呼吸，是作者心理的起伏，更是作者的主张。因此，当编剧在创作中遭遇瓶颈时，语言节奏的不和谐必定会出现在作品相应的篇章之中。作者自身的不安、不满或是迷茫往往是导致语言节奏紊乱的原因。

剧本医生在通读剧本时，绝不可忽略那些语言节奏的错乱。

简单来说，突然出现了笔画复杂的词语或形容词，文学性过强的描写，异常整齐的文字等等，都是较容易分辨的语言节奏的紊乱。

在这些现象的背后，可能是作者在刻意地敷衍，也可能隐藏了作者的某些主张。

也就是说，那些失去了节奏的语言，极有可能是作者留下的需要注意的信息或是求救的声音。

发现这些编剧自我意识的流露并不是什么难事。

然而，那些问题更为根深蒂固的剧本，却鲜有作者自我意识的表露，它们看起来十分自然，在行文中也很难找出作者内心迷茫的痕迹，辞藻笔法的逻辑清晰，井然有序。这样的故作镇静，意味着编剧可能已经在心中进行了自我设限。

但是，既然剧本的修改工作已然混乱到了需要剧本医生帮助的地步，能够保持平静心态的编剧恐怕并不存在。

对于乍看之下没有问题的剧本，反复阅读反复品味，反而会渐渐丧失捕捉到作者内心细微的动摇和感情的波动的机会。

因此，初次阅读草稿时的态度便至关重要起来。

🖊 阅读草稿的准备

阅读草稿时，必须做好相应的准备工作。

首先，关闭手机电源，关掉即时通信工具，创造一个注意力不会被分散的阅读环境。

然后，确认草稿页数，推算大致的影片时长，并尽可能带着时间概念去通读剧本。

在阅读过程中，全神贯注地阅读，不可先入为主，也决不可翻到前面重新阅览，这一点非常重要。如果一味翻来覆去地通读某一部分或是全篇，剧本医生可能同客户以及编剧一样，陷入同一个陷阱。

而且，在最初的阅读中涌现出的自身感情的波动可谓转瞬即逝，即使重复阅读剧本，也难以获得第一次那样的感受。

因此，剧本医生应当敏锐地捕捉并感知初次阅读时的感情波动。在接下来的工作中，这份感知会成为不可忽视的助力。

为了保持对感情波动的敏锐感知，在阅读剧本的过程中，采取过度的批评观点和分析审视的态度都是不可取的。

通读时中立的程度，决定了后续工作的成败。

在初次通读的过程中，绝不可思考针对剧本存在问题的修改方案。

"发现问题"并不是难事。问题往往会自然而然地浮现出来，而且，在后续工作中，仍有足够的机会去发现问题。

"发现优点"，才是初次通读剧本时的重点。

这样做并不是为了肯定编剧的工作。实际上恰恰相反。

　　编剧的能量和热情聚集在哪一点？这种能量和热情是在哪里发生了断裂？这样的断裂又是出于怎样的原因？

　　为了找到这些问题的答案，就必须发现剧本的优点。

　　为此，剧本医生有必要以和编剧保持共鸣的状态去体验和领会。

　　所谓共鸣，并非要剧本医生带着同情或偏爱的目光去阅读剧本，而是要求剧本医生在通读过程中，去感受编剧的意气昂扬与低沉失落、迷惘与焦躁。

　　第一次通读草稿时，只需用笔做下记号即可。无须记录太过详细的想法或是评论。

　　与中心轨迹息息相关的片段于哪一幕开启？从何时开始脱离轨道或是停滞不前？角色心理在何时产生了变化？引人入胜的瞬间是哪一刻？场景在何处发生了断裂？在第一次阅读时，关注上述问题并做出标记便足够了。

　　采用这种记录方法的话，无须记严密翔实的笔记，而是可以一边阅读一边随手画下红色标记（务必保持通读的意识，不要阻断自身感情的波动）。

　　通读一遍过后，开始记笔记。

　　在这一阶段的笔记中，我不会记录对草稿的批评、分析或是相应的修改方案。

　　而只是记录初次阅读时体验到的自身的感情波动。

　　这些的笔记，也将成为后续剧本治疗工作中的重要准则。

此外，我还有这样一个工作习惯：通读草稿后，将内容一字一句地重新输入一遍。仅有打印版草稿的情况下自是如此，即便收到了文档版草稿，我也不会复制粘贴，而是选择一字一句地输入全文。

将草稿按照我自己的印刷版剧本格式输入，更便于读解和分析剧本内容。而更为重要的一点是，通过亲自输入全文内容，能够更直接地体验执笔编剧的语感，也更容易捕捉到作者感情的波动和思考的怪癖。

于我而言，在阅读草稿时，不仅要找出剧本的问题点，还要领会编剧那些无法付诸文字的感受。

其中，当剧本属于非类型影片中作家个性特别鲜明强烈的"人生剧"或"软故事"范畴时，剧本医生"共鸣的态度"尤为重要：对于编剧内心的震动犹疑与笔下语言背后的潜台词，以及乖僻的描写中潜藏的非语言信息，剧本医生应当处处留心并细心体会。

软故事中的多数作品并没有沿用类型作品特有的创作规则，而是深受作者人生观和剧本世界观的影响。

场景提示的内容流露了人物怎样的想法？角色的言行是否是真心实意的表达？是否无意识地隐藏了真实的想法？

剧本医生应当通过追寻上述问题的答案，去剖析编剧所经历的"感情波动"的历程。

当工作做到这一步时，终于可以推进到下一个阶段了。

下面的内容，将围绕分析评价表的填写展开。（分析评价

表附于本书 334—337 页，请诸位先翻至分析评价表稍做浏览，再返回到下文的阅读）

✏️ 分析评价表（报告）的撰写及提交

填写分析评价表，旨在摸清草稿的现状以及存在的问题。

如果以实际生活中医生的工作做比喻，这部分工作大概近似于病历的填写。

在正式填写之前，首先要将空白的分析评价表通过邮件发送给客户，并请客户填写"委托原因"一项。

这一项的填写必须在正式分析之前完成。因为，客户委托的原因指示了分析的注重点，同时也是客户一方的主诉。

✏️ 为何主诉是必要的？

为了工作的顺利进行，剧本医生有必要要求客户指明自己的目的。

听到"这个剧本要怎么改呢"这样泛泛的提问，剧本医生也会感到无从下手。

目标悬而未决，为达成目标而采取的行动自然无从谈起。

如果事前并没有明确目标，就无法聚焦重点从而摸清问题的本质。

在这种情况下，剧本医生易将主观判断以及个人喜好带入工作之中。然而，无法剔除主观判断和个人喜好的诊断和治疗没有任何意义和价值。

一百个编剧，就有一百种想法和修改方案。

剧本医生并不等同于新加入的编剧。对于剧本医生来说，在尊重编剧及其劳动成果（草稿）的基础上，探索改善剧本的具体方法，才是他们更重要的职责。

当客户完成"委托原因"一栏并发送回来后，就可以开始填写分析表了。

下面是分析评价表的具体内容（有志于成为剧本医生的读者，请务必参考下文内容）。

标　题

在这一栏中，填写企划的标题。如果已经确定了相应的英文标题，那么英文标题也需要填写入内。如果尚未确定英文标题，则无须填写。

有些客户在进行委托时，并未告知企划的标题。这种情况可以不做填写。

如果企划的题目只是暂时拟定的，在填写这一栏时需要注明"标题（暂定）"。

此外，有些企划的工作十分绝密，在填写时可能需要用由数字和字母组成的暗号或代号来代替实际的标题。

拍摄日期

　　这一项的填写视项目进行状况而定。接受委托时，如果客户一方已经大致有了头绪，便如实填写；如果尚未确定则无须填写。

共同制片人（候补）

　　如果有客户以外的制片人参与项目，则根据自身掌握的情况尽可能填写该项。不同项目中共同制片人的情况也有所不同，有的是多名制片人来自同一家公司，有的则是多家公司各有一名制片人参与项目。

　　有关共同制片人的具体情况与直接委托人的立场也有关系，不过，如果共同制片人一同出席过受理面谈，彼此之间应当已经交换过名片，理应不存在弄错姓名的可能。如果剧本医生掌握的信息并不充分，这一栏可以留空不填。

制作投资公司（候补或预定比例）

　　这一栏的填写同样视项目进行状况而定。如果剧本医生不了解相关信息，应当直接询问客户。此外，预定比例指投资额度的百分比。

上映日期

　　同样视项目具体推进情况而定。如有，填写进去即可。

委托人姓名或公司全称

　　此处所说的委托人，是指直接委托剧本医生进行剧本分析的客户。在这一栏中，需记录委托人的姓名及其所属公司的全称。

如果客户是自由制片人，需要在其姓名后标记"自由制片人"，并记录项目进行期间对方挂靠的公司名称。

委托原因

正如前文提及的那样，这一栏的作用类似于"病历"，是客户的"主诉"，需要在分析剧本之前由客户方填写。

具体内容可参考下文：

本企划由剧作家兼小说家×××（姓名）担任导演，旨在打造基于原创剧本的高品质影片。本次企划的首要意义，是最大限度地发挥作家的才能与个性，但在此情况下，影片只能满足特定观众的事实不容忽视。因此，就以下几点问题，敬请赐教：（1）作为未曾读过原作的观众，对于本作品的第一印象如何？对于作品的主题有怎样的理解？（2）剧本如何改进？特别是从观众情感升华的角度来看，有何修改意见？

现阶段影片时长约两个半小时，这一时长限制了单日放映次数，也影响了影片的上映。为了增加单日放映次数，需要对草稿内容进行删减，确保影片正片加片尾演职人员表的时长不超过1小时50分钟。因为主要演出阵容已经确定，不可删减主要角色的戏份。此外，尽量不要改动高潮部分的内容。在保持主要角色戏份和现有高潮部分剧情的情况下，如何缩减40分钟的内容？敬请赐教。

既定要素

在这一栏中，填写演出阵容、赞助商等方面的已经确定的信息。

　　如果项目启动之初已经拟定了演出阵容，便有可能已经确定了主演人选。在这种情况下，主人公戏份的可修改变动程度及范围，成了修改工作中不得不面对的问题。剧本医生也需要根据这一点来改变修改剧本的方法。因此，在开始修改工作之前，应当明确演出人员的相关信息。

　　而赞助商的存在，也可能对剧情的展开产生深远的影响。

　　假设某个企划的出资方是音乐领域的一家公司，该公司提出的条件如下：在影片中，不仅要使用该公司旗下音乐家的音乐作品，还必须将该音乐家的现场演出场景设定为影片高潮部分的背景。在这一案例中，现场演出的场景自不必说，与该场景息息相关的情节轨迹可能也无法删减或修改。这样一来，剧本医生就不得不换个角度制定修改方案了。

　　总而言之，当查明问题所在时，为了更合理地决定内容的取舍，为了明确能否只修改创新元素，必须罗列企划中的"既定要素"。

进行状况、阶段

　　这一项需填写与制作（项目进行阶段）状况有关的信息。

　　项目是处于开发阶段，还是已经进入前期筹备阶段（员工专用办公室已经成立，导演组完成了相应的取材和调查，制作组开始选取外景等等，各方面进入实际准备的阶段），又或者尚处于内部推进的企划初期阶段（尚未开始正式开发的阶段）。项目所处的阶段不同，诊断剧本的原因和方法也随之存在差异。

　　剧本医生应当在受理面谈阶段向客户询问清楚项目的具体进行阶段。

原著相关信息

　　如果是原创企划，此项填"无"或者"原创企划／无原著"。

　　如果有原著，则需记录原著的体裁：小说、喜剧、网络日志等等。作者名以及出版社名也要一并记录在内。如果是翻拍的企划，还需要填写原影片的标题以及对此拥有著作权的公司名称等内容。

　　此外，是否已签署原作权利的相关合同、合同具体的更新日期等问题，也应在事前向客户确认清楚。

　　当然，这些信息对于剧本的分析治疗并没有太大影响。但是，日后客户可能会将剧本医生填写完毕的分析评价表拿给出品人和赞助商过目。届时，原作权利延长的可能性等问题，是与制作预算和项目时间进度表紧密相关的。出品人和赞助商同样有必要了解一下这些要素（后续修改工作的具体方法可能也会随之改变）。

编剧姓名

　　这一栏中记入编写草稿的编剧的姓名。如果是多名编剧共同执笔的剧本，那就填写所有参与执笔的编剧的姓名，各位编剧姓名的排序沿用草稿封面上的顺序。

　　或者，假设前三稿由编剧A执笔，但A已经离开了项目组，同时，提交的草稿是第七稿，撰写第七稿的则是编剧B。

在这样的情况下，A便不被认可为共同编剧，只需填写B的姓名。

但如果客户希望将A和B作为共同编剧记名，那便按照客户要求填写两个人的姓名。

如果编剧是以笔名开展编剧的相关工作，这一栏自然是填写笔名。

有时，客户在向剧本医生进行委托时，并不会透露编剧的姓名（通常是因为编剧极具人气，而项目的保密工作又十分严密）。

在这种情况下，这一栏可以留作空白，或者考虑到日后出品人和赞助商可能会阅览分析评价表，可以记下"分析者（也就是作为剧本医生的我本人）未被告知编剧姓名"等类似的文字。出品人等往往会担心项目的机密信息是否泄露给了身为局外人的剧本医生，如上文一般填写正是为了消除他们内心的不安。

形式、类别

如果剧本医生接到的委托是分析某个电影剧本，那便填写"电影剧本"；如果分析的是"戏剧剧本"，便填写"戏剧剧本"。此外，根据项目的进行状态，剧本医生分析的还可能是梗概、情节构思、企划书等等。这一项请视具体情况填写。

草　稿

这一栏中记录草稿（剧本）所处的阶段，需要写明是第几稿。

除了"第几稿"的记录方式，还存在"准备稿"和"讨论稿"两类草稿。在一些预算较高且视觉效果和动作等特殊要素较多的企划中，"讨论稿"会较早地被印刷出来，然后分发给相关工作人员（CG负责人）和专门的公司（动作指导等所属的公司）。因为，针对某些内容的修改，需要得到专业人员的确认和验证（即便内容上没有问题，也可能存在根据场景提示的描写和表达进行拍摄，结果超出预算的情况）。

页　数

在如实填写草稿的页数之前，确定草稿撰写的格式更为重要。

当客户委托剧本医生分析剧本时，多半还没有到形成印刷版剧本的阶段。剧本医生收到的大多是文档原稿状态下的草稿（因为已经形成了印刷版剧本，就意味着剧本已经得到了上面的认可。但在一些案例中，委托人会提供印刷版的准备稿，而非正式定稿）。

在日本的影视项目中，为了使平时撰写的内容格式符合最终印刷版剧本的要求，一般会从A4纸的一侧开始纵向书写，左右双联页中内容的排列为"30字×34行"（印刷版中的一页是双联页的一半，有17行）。

版心上端输入"○"，并以此为第一格。场景提示从第一格下数8个字的位置开始写起，如果一行写不完，第二行仍是从第一格下数8个字的位置开始，每一行的起始位置相同。

台词所属的角色名从第二格开始书写，一行台词（包含人物姓名）不超过29个字。台词长度超过一行时，另起一行并空4个字开始写起。

　　顺带一提，台词中的人物姓名须占三格（比如"长谷川"或"二之宫"这样的姓氏无须改动，"三宅"这样的姓氏需要两字之间空一字，写成"三　宅"）。

　　还有一点需要说明一下：在这种格式下，一个双联页在影片中的时长按90秒计算。

　　这些规定，是受到广大业界人士认可的。

　　不过，不同的影视公司和电视台，对于格式的要求也会有些许不同。在这种情况下，剧本医生需要对照公司所给的格式（严格来说，应当是公司指定的印刷厂所使用的印刷版剧本的格式）进行页数的测算。

　　就我个人而言，当我收到电子版草稿时，我会在开始分析前，先自制"30字×34行"并且包含版心和格线的文档格式（接近一般通用的印刷版剧本的格式），将草稿内容输入其中之后计算实际的页数，再填写这一项的数据。

类　型

　　这一项也十分重要。偶尔会有这样的案例：客户设想了某种影片类型，但草稿的内容并不符合该类型的要求。结果，在翻来覆去的修改中，符合影片类型要求的特定要素要么被遗漏删减，要么原本就并不充分。

　　当被委托的案例属于上述类型时，可以在这一栏中写入"悬疑剧（人生剧）"。

情节概要

　　这一栏的填写，是为了确认企划是否存在用两行文字就能说明的"简单而又坚固的重点"。

例如，斯皮尔伯格的《E.T.外星人》（*E.T.: The Extra-Terrestrial*，1982）可以概括为如下两行文字：成长于单亲家庭的孤独少年遇到了被遗弃的外星人，并同它缔结了友情。少年为了送外星人回去而努力，两人发誓友谊地久天长，最终告别了彼此。

影片类型、目标和企划卖点明确的所谓"高概念电影[①]"，其"故事的主轴"都能够像上文那样进行概括。

这样高度概括的两行文字，便是"情节概要"。

另一方面，如果是以作家个性较强、内容情感更为内敛的人生剧为主体的"软故事"，其情节概要既可能多达10行，也有可能1行文字就能完全概括。当需要分析的对象属于"软故事"时，品味草稿的内容，加以细致的分析，提取概括出情节概要——这些步骤都是十分重要的。

此外，像《天地大冲撞》（*Deep Impact*，1998）这样的群像剧和像《广播新闻》（*Broadcast News*，1987）这样以"插曲"为中心的作品，其情节概要也往往被过度地简单化（概括在1行内）。在我看来，那些高度概括的情节概要并没有传达出草稿整体的神韵和魅力。

但是，为了抓住推动故事发展的主轴，仍然有必要将故事的"轨迹"概括为简短的情节概要。

当然，这并不意味着故事不够单纯明快便不足以立项为企划。有的剧本便立志于打造混沌而复杂的世界观。

[①] 指具有视觉形象的吸引力、充分的市场商机、简单扼要的情节主轴与剧情铺陈以求大多数观众的理解与接受的电影。——编者注

　　然而，这种混沌与复杂必须用明确的轨迹去表达。如果以模糊不清而复杂的轨迹表现混沌而复杂的世界观，那么这部剧本一定会以失败告终。概括情节概要时的重点，在于确认剧本（草稿）的展开是否以行动或事件的联系得到了彰显。

　　当然，"情节概要"是否正确地记录了当下草稿的状态这一点，也是十分重要的。

　　在分析的过程中，即便认为"草稿本身是失败的，就目前设定的人物关系来看，情节概要原本应当这样概括"，剧本医生也绝不可按照"理想的情节概要"来记录。

　　如果通过"理想的情节概要"与"当下既有的情节概要"这两者的比较，能够更顺利地提出相应的修改方案，剧本医生可以在附页的分析报告中阐明"理想的情节概要"，或是将其记录在评价一栏之中。如果贸然将"理想的情节概要"直接记录在这一栏，客户阅后可能会产生"情节概要不存在问题"的误解。

时代和地点

　　在这一栏中，记录草稿中所描绘的时代和主要地点。

　　时代可根据实际情况填写，如现代、过去等。

　　如果一部草稿中前半部分的时代背景是现代，中间阶段是昭和30年代（1955年—1964年），后半部分描写了未来世界，那就简洁地记录一下不同阶段的时代背景即可。时代与地点这两点要素，与制作经费和项目的根本有着密切关联，因此，剧本医生有必要在初次面谈阶段对时代和地点的要素加以明确。否则，将直接影响到剧本医生能否提出确切的修改方案。

例如，在分析剧本的过程中，剧本医生发现"事件发生的地点"的结构是导致剧本创作陷入僵局的要素：地点的设定使得故事的展开过于迂回曲折，故事也从而变得复杂起来。在这种情形下，剧本医生自然会在评价栏和附页的报告中指明"地点的问题"。然而，出于企划的立足点或是项目在政治层面上的理由，也存在地点的设定不容更改的可能性。

在这种情况下，就需要逐渐在头脑中构思一些其他的解决方案了。下面是"地点"对剧本产生了负面影响的一个实例。

在众多模仿《虎胆龙威》（*Die Hard*，1988）的作品之中，有一部名为《突然死亡》（*Sudden Death*，1995）的电影。

这部电影讲述了这样一个故事：一座巨大的体育馆中正举行着冰球比赛，而体育馆的贵宾包厢（副总统在其中观赛）被恐怖分子占领控制了。

主人公是体育馆的安保人员。这部影片的中心轨迹便是主人公"孤军奋战"，最终解决了这一事件。

既然影片中事件发生的地点是容纳上万观众的体育馆，那么场馆中理应配备了大量的安保人员（况且副总统亲临现场，安保措施理应更加严格完备）。

然而，在《突然死亡》中，出场的安保人员只有主人公一个人。

这样的设定，可以说是出于剧情的需要。如果现场还有其他数量众多的安保人员，主人公就不必以一己之力去对抗恐怖分子了。

　　看到这里，诸位可能会产生如下想法：既然出现了这样的矛盾，那么更换"地点"的设定不就可以解决问题了吗？但是，项目组的工作人员恐怕并不想改变"正举行冰球比赛而观众席上人山人海的大型体育馆"这一"地点"的设定。

　　如果本应存在的安保人员在场，主人公就不能"孤军奋战"；如果没有其他安保人员，又不符合常理。结果，编剧选择了忽略这一点，自始至终不去触及这个问题。

　　然而遗憾的是，多数观众在观影过程中就发觉了"紧急情况下安保人员没有出动"这一矛盾。因为，主人公本身就是一名安保人员。

　　也就是说，影片之中出现了一个根本性的矛盾：影片拍摄时避免触及安保人员的内容，而实际上影片镜头的焦点一直都是安保人员（主人公）。

　　既然如此，改变"主人公是安保人员"的设定呢？

　　改变主人公职业的设定的确可以消除这个矛盾，但是，又会引发新的矛盾：正因为熟知体育馆内部复杂的结构，才能游刃有余地同众多恐怖分子进行斗争。如果主人公不再是安保人员，这一轨迹就失去了成立的根本。

　　这样的窘境可谓地点设定失误产生的弊端。

　　话虽如此，换个角度思考，这一现状也并非无可弥补。

　　假设主人公发现了些许异样，想要向场馆的安保人员求助。然而，主人公却发现，恐怖分子的手下已经混进了安保人员之中。如果这样改写，就能够营造出紧张的氛围：尽管场内有众多安保人员，但是敌我难分。

在这种情形下，主人公无法随意地向安保人员举报并寻求帮助。即便假设主人公有熟识的安保人员在体育馆内工作，但因为存在对方被恐怖分子收买的可能性，主人公仍然不能轻举妄动。

在这一案例中我们发现，不能根据作者的想法去推动主人公孤军奋战，而是应当制造相应的状况，迫使主人公走向孤军奋战的道路。在我看来，这样修改，不仅能解决原本存在的逻辑矛盾，还能推动影片的故事轨迹多层次发展。

主人公的背景

在这一栏中，应从"ON状态下被描写的范围"和"OFF状态下观众能够理解的范围"两方面出发，厘清并记录故事开始时或主人公初次登场时的理念、想法和立场。

"ON"指的是戏里具体片段表现出来的状态，"OFF"是指虽戏里没有以片段的形式直接表现出来，但在"内里"的的确确进行着的状态。

例如，在约翰·卡朋特导演的影片《血溅十三号警署》（*Assault on Precinct 13*，1976）中，有一名颇具魅力的犯罪者，名叫拿破仑。在影片开始时，拿破仑已被逮捕，囚禁于监狱之中。

通过周围人物的对话，拿破仑的过去逐渐浮上水面：他似乎曾经犯下过极恶的罪行。然而，实际上他犯了什么罪、如何被逮捕等详情仍处于"OFF"的状态。

而在翻拍版的《血溅十三号警署》中，相当于原作中拿破仑的人物名叫比绍普。他的罪行以及被逮捕的原因和经过都通过片段的形式明明确确地表现出来了。也就是说，这一版中人物的过往经历，是以"ON"的状态呈现给观众的。

通过这样的创作手法，翻拍版中人物的背景更加明晰，观众也更易理解剧情，但同时也丧失了原版中"角色的神秘感"。

暂且不论这两种表现方式孰优孰劣，希望大家能够注意到，根据"ON"与"OFF"状态的选择，"背景"的意义将随之发生确确实实的变化。

优质剧本（无关影片类型）会对主人公的成长和变化进行细致入微的刻画，这种刻画是否借助台词来表现，这一点暂且不论，这些优质剧本中的刻画呈现如下一种倾向：将其他登场人物和环境作为"对手"，通过主人公与"对手"之间如同辩论一般的互动，逐渐寻问出主人公的"背景"（例如，主人公面临某种困境，在这种境况下，主人公究竟能否坚持自我、达成目的呢，由此剧情随之展开，主人公采取了打破僵局的行动，随后再次出现否定主人公的行动、逼迫主人公的状况，而主人公又一次克服了苦难……互动便是以这样的形式推进下去）。

另一方面，"背景发生转变"的作品也同样存在。

例如，主人公原本表现出来的是A背景。然而，随着剧情展开，"不为观众所知的信息"慢慢显露，主人公的真正背景是B这一事实逐渐明晰起来。

这便是所谓的"不可信赖的口述者"的创作模式。推理剧中常常运用这一模式，类似"事实上主人公才是真正的凶手"这类剧情的展开便属于其中一种。

在上例中，主人公有意识地隐藏了自身的前提，而在有的作品中，主人公对自身的前提则毫不自知。拙作《黑百合小区》中的主人公二之宫明日香（由前田敦子小姐饰演）这类角色便属于后者。

如果作品中主人公的背景并非一成不变，那么剧本医生应遵守剧本中信息提示的顺序，首先记录A背景，然后以注释的形式记录向B的转变。这样的记录方式能够帮助剧本医生较为轻松地发现"在背景为B的情况下，存在矛盾的片段和内容"。

中心问题

中心问题，是指通过台词、剧情展开和片段等时不时地浮现在观众心头的中心疑问。这一栏的存在，主要是为了确认剧中是否充分地提示了应当引起观众关心的问题。在多数情况下，中心问题正是对高潮部分诸多关键悬念的发问。

比如，"主人公是否能够打败来自未来的杀人机器人？""主人公能否平安地回到原来的世界？""主人公有没有成功向女主角告白？""万一陨石真的撞击了地球，主人公一行能否幸免于难？""真凶到底是谁？"等等，剧本医生应以这种方式找出中心问题并进行记录。

角色弧

角色弧，是指主人公经历的或是应当探询经历的"个性弧线"，也可以称为角色"变化的轨迹"。在填写这一项时，不要拘泥于具体的片段，尽量保持语言的简练和明确。

主　题

　　这一栏记录故事讲述的主题。这里的主题仅指剧本的主题，而不是指作者自身的主题。整部影片传达的作品世界中的伦理与信息也包含在其中。

　　此外，主题不一定与"推动故事发展的母题"一致。

　　以电影《洛奇》为例。《洛奇》中的故事母题不过是拳击，而这部影片的主题，却包含了"落败者如果不自我放弃，仍然能够对自己抱有信心地活下去，因此，人应当永不言弃"这样超越了职业与立场的具有普适性的信息。

　　顺带一提，如果令主题的要素和意义先行，可能会对剧本产生负面影响。主题可能会被过度表达，也可能会被忽视，而作者却容易产生主题刻画十分深刻的错觉。

　　以上几种情况，都是编剧对于主题的"深思"过于强烈，最终陷入"盲信"的例子。

　　由此可见，主题的概括，对于帮助发现此类问题具有至关重要的意义。

主人公的姓名、年龄、职业

　　在这一栏中，需记录主人公的全名。至于年龄，假设主人公在影片中自始至终都是18岁，便记录为18岁；如果影片中主人公经历了孩提时代到暮年的时光，可以记录为"8岁、18岁、70岁"等。如果主人公曾从事过多种职业，剧本医生应酌情记录主人公的职业情况。在影片中主人公职业转变过于频繁、无法一一记录的情况下，只需记取最为主要的职业。

主人公的动机（外在、内在）

　　在剧情发展中，主人公期望达成的事情或必须解决的事情，以及情节构思上的动机等等，都应当记录在这一栏中。通过具体行动和片段表现出来的动机记录为"外在动机"，而"内在动机"则是主人公内里的动机，即便没有从属的特定片段，"内在动机"也会依附于"外在动机"。

主人公的目标（外在、内在）

　　这一栏记录主人公的目的和目标。而这一内容与主人公的动机是一一对应的。例如，在《星球大战》中，"买到了隐秘地保存着死星设计图的二手机器人"赋予了主人公卢克外在的动机，由此，卢克树立了"成为义军飞行员以出战迎敌，破坏死星"的目标。

主人公面临的具体障碍与矛盾

　　在这一栏中，记录主人公连贯行动中面临的障碍以及由此产生的矛盾。如果存在多个障碍及矛盾，就按照重要程度从高至低的顺序尽可能地罗列。

✎ 关于电影结构

第一转折点

如果将剧本大致分割为三幕，那么三幕的时间分配通常为1：2：1。以120分钟时长的影片为例，则第一幕占30分钟，第二幕用时60分钟，第三幕则为30分钟。

第一幕向第二幕发展的部分为第一转折点，第二幕与第三幕衔接的部分是第二转折点。

所谓转折点，是指在故事展开上引发了巨大转折的片段。

以《回到未来》为例。主人公通过时空穿越来到了30年前的世界，这是《回到未来》的第一转折点。主人公的父母在影片后半部分的舞会上接了吻，这里便是第二转折点。这两个转折点，都可以说是对后面剧情发展影响深远的片段。在填写这一栏时，请确认草稿中是否存在这样的转折点并加以记录。

此外，还需记录转折点所在片段的页码，以方便后续工作中查证各转折点在全片中所占的时长。

中间点

中间点大致位于剧本的中间部分，是整个故事中的折返点。

在哈里森·福特主演的《亡命天涯》（*The Fugitive*，1993）中，中间点情节是主人公乔装打扮一番后潜入医院，并拿到了断臂男的病历资料。正因为有这一片段，主人公由逃亡者转变为追踪者（换言之，故事开始反转）。这一点也印证了这一片段是整部影片的中间点这一事实。

而在以苏联入侵阿富汗为题材的美国影片《入侵阿富汗》（*The Beast of War*，1988）中，中间点的片段描述了苏联坦克兵科韦尔琴科与长官发生冲突而被弃于荒漠之中的情节。这一片段，开启了后续剧情的发展：在此之后，他被阿富汗游击队囚禁起来，但因为知晓苏联军队的去向而幸免于阿富汗人的屠杀。他与游击队一同行动，对抛弃自己的长官穷追不舍。

以上这一类影片，关于中间点情节的描述确切而明晰，因为相关片段提示了"故事轨迹的反转"，所以这样的中间点并不难发现。

然而，并非所有的草稿都存在明确的中间点（本来就是因为草稿存在问题，所以才会寻求剧本医生的帮助）。因此，当相关片段仅仅是一个对于故事轨迹没有影响力的、单纯的"点"时，尽管此处并不存在应有的反转或是转变，但如果剧本医生判断出作者明显地尝试将这一片段作为中间点，那么剧本医生应当在这一栏中列举出这一片段，并写上这样一句话：但是，这一片段机能低下，并不明确。

第二转折点

请参照"第一转折点"一栏。

通过找出并记录第一转折点、中间点和第二转折点，剧本医生能够确认各点在剧本中的位置是否恰当、是否有效地发挥了应有的效用。

高潮部分与矛盾的解决

　　在填写这一栏时，应以主人公的动向为中心记录"具体的事件"。如果草稿中只有不曾体现在剧情展开或是不曾以片段形式被描述的"内在的高潮部分"，也只能将这样的"内在的高潮部分"记录在这一栏中。当然，只存在"内在的高潮部分"的剧本，本身就潜藏着巨大的问题。

　　无论何种情况，在填写这一栏时，都应尽量保证内容的具体性和语言的简洁性。

✏ 关于配角

敌对者的姓名、年龄、职业

　　此栏中需记录阻碍主人公达成目标的人物以及与主人公对立的人物的姓名、年龄和职业。

　　当剧本中存在多个敌对者时，需记录最为核心的（功能性最为显著的）人物的相关信息。

　　以《星球大战》为例，这一栏中应当记录达斯·维德的相关信息，但无须填写塔金总督、冲锋队员1、冲锋队员2、塔斯肯突击队员、在酒吧挑起事端的猪鼻男等非主要敌对角色的信息。

敌对者的动机与目标

　　需要在这一栏中记录敌对者的动机与最终目标。此处仍以《星球大战》为例：存储了帝国军重要机密——死星简图的机器人逃走了，需将其抓回以防死星秘密的泄露，这便是达斯·维德的动机；在义军的攻击中死守死星则是他的目标。由此可见，达斯·维德和主人公卢克的动机与目标完全是相互对立的。在记录这一栏的信息时，还能通过比较敌对者和主人公的动机与目标，来确认是否构成了"对立"的关系（是否形成"对立"可能会影响剧本中矛盾的强度）。

敌对者面临的具体障碍与矛盾

在这一栏中，剧本医生需简明扼要地记录敌对者在其主要行动中面临的障碍以及由此产生的矛盾。如果存在多个障碍及矛盾，同样按照重要程度由高到低进行记录。

协助者的姓名、年龄、职业

在这一栏中填写帮助主人公达成目标的人物的姓名、年龄和职业。如果存在多个协助者，依旧选取核心人物进行记录。在《星球大战》中，主要的协助者是欧比-旺·克诺比。在《洛奇》中，助手米基则符合核心协助者的条件。

在此顺带一提，在影片《洛奇》中，主人公洛奇的恋人艾黛丽安并不属于真正意义上的协助者。因为，她并不想让洛奇参加比赛，并且实际上也做出了相应的举动。

不过，这个角色仍然是值得观众喜爱的角色，她仍是主人公洛奇的伙伴。但是，在剧本创作中，艾黛丽安这个角色的作用是动摇洛奇战斗的意志，同时她也帮助洛奇停止了无谓的动摇，令其做出了应有的决断（令他打破束缚）。

艾黛丽安这一角色，起到了同《金盆洗手》中的旗坊和《蓝霹雳》中的莱曼古德相类似的作用。

　　从这一意义来说，如下解释也是成立的：《洛奇》中表面的敌对者是冠军阿波罗，内在的敌对者则是艾黛丽安与洛奇自己。艾黛丽安的"温柔体贴"同洛奇自身"内心的脆弱"，滋生了妨碍他变化、成长的因素。

　　而在《蓝霹雳》中，主人公的前女友属于协助者。尽管这一角色和艾黛丽安的设定都是主人公的恋人，但这两者在故事上所起的作用却不尽相同。

　　剧本医生在分析剧本时，应注意不要局限于角色的设定，而应更加关注角色在整个剧本中的定位和作用。

协助者的动机与目标

　　这一栏中需记录协助者的动机与最终目的，记录方式和规则与主人公和敌对者相同。

协助者面临的具体障碍与矛盾

　　此项的记录方式与规则类同主人公面临的具体障碍与矛盾和敌对者面临的具体障碍与矛盾。

次要情节

　　这一栏需要记录与主线情节无关的次要情节，以及由主线情节派生出来的次要情节。在记录时，应尽可能地写下所有次要情节。

　　剧本中次要情节的数量并非定数，而是因作品有所不同。在《回到未来》（*Back to the Future*，1985）这部影片中，"穿越到过去的主人公为了平安地回到未来而做出了种种努力"构成了主要情节，而"年轻时的母亲爱慕上了自己，主人公不仅要避开母亲的情意，还要设法撮合母亲和父亲的结合"这样的剧情便属于次要情节。

此外，在有些草稿中，并不存在明确的次要情节。

在缺少次要情节的情况下，如果剧本的第二幕过于拖沓，或剧情展开十分平淡薄弱，原因多半在于主人公的动机和目标不够明晰，或是配角缺乏魅力。

整体评价

在这一栏中，需用简洁的语言分条概括并列出草稿的"优点"和"缺点"。在记录时，无须顾虑客户的感受和反应，必须确保内容清晰明确。

具体详尽的评价应当另行记录在《评价报告》中，在"整体评价"中只需体现大致的相关结论即可。

这一栏存在的目的是提示草稿中具体的问题点，而不是用以表明剧本医生的意见。

因此，在评价中应尽量避免"我认为""我感到"等主观性较强的表达方式。如果存在较为关注或是怀有疑问的点，可以记录在附页的报告中。因此，在这一栏中，应避免涉及并非确信无疑的内容。

在填写评价时，必须从有逻辑性的观点出发，以断定的语调概括并论述"客观的事实"和"富有说服力的结论"。

此外，如果剧本医生在阅览草稿的过程中发觉到了编剧的兴趣点（饱含热情）和不关心的点（没有热情，冷漠平淡），也应当记录下相关的内容。

　　比如说，相较于其他类型片，恐怖片、推理片和动作冒险片等，都有类型片必须遵守的特定严格规范。

　　然而，为了避免令那些高概念企划沦为普普通通的作品，许多项目起用了并不精通类型片剧本的软故事派编剧。

　　这种尝试，倘若成功奏效倒是皆大欢喜，如果不成功，恐怕剧本撰写的工作会在反反复复的修改中陷入僵局。

　　曾经有过这样一个案例：类型片的中心轨迹和主人公性格特征有其特定的创作规则，某编剧对此颇感拘束。久而久之，该编剧逐渐忽视了应当遵循的规范，擅自创作了非类型片风格的配角的行为走向和软故事性的次要情节，并沉迷其中。结果，初步完成的草稿一片混乱，剧本创作陷入了困境。

　　当剧本医生发现此类问题时，应在评价中明确地指出，并在附页的报告中深度分析问题的相关情况。

有无相互性

　　在这一栏中，需记录草稿的时代性，企划设想的目标观众群，以及故事相关设定是否符合当今时代及其理由。如果不探明在当下制作这部影片的意义，便有可能查找不出草稿中存在的问题。在填写这一栏时，需要剧本医生跳出剧本创作的层面，从审视整个企划的角度来看待问题。

　　例如，如果选择现在上映《电车男》这部影片，想来也不会引起太大反响吧。追寻一部作品为何必须在当下完成并上映的理由，或是认识到正因为当今这个时代才有必要迎难而上，选择过去时期的主题等等，是十分必要的。

因为秋叶原事件的发生，有关无差别杀人犯出场的内容就必须修改或删减。类似这种情况的出现，也应当记录在这一栏中。

另一方面，在有的案例中，虽然企划的视角符合时代特征，但是片段的编排方式、人物的言行、描写的堆砌方式等等或是过于陈旧或是与时代特征不符。此类情况，属于剧本创作上的问题。

这种情况的发生，既可能是出于单纯的剧本创作方式的失误，也可能是由于人选的失误（编剧的资质与项目要求不符）。如果是人选上的失误，还极有可能影响到接下来的项目进行。导致这种情况发生原因的不同，决定了发起修改的理由也会存在相应的差别。为此，剧本医生必须精读草稿的整体乃至细节内容，用心地做出明确指示。

对编剧的评价

无论草稿的作者是经验丰富的资深编剧还是新人编剧，在填写这一栏时，剧本医生都应当评判编剧作为作家的写作能力，并判断对方的能力是否符合企划的要求。

当然，剧本医生不得以个人喜好或主观想法进行判断，而是应当从草稿中摘取明确的事实和具体的问题点作为佐证，进而进行论证评价。有时，剧本医生还需研究编剧在其过往作品中体现出来的种种倾向，或是尽可能地寻找编剧已出版作品和登载在剧本杂志上的剧本，来进行阅览和分析。

假如编剧的资质与企划的内容和影片类型等要求相符，但编剧并没有发挥出相应实力的话，剧本医生还需分析其中的缘由。

如果编剧的资质与企划要求相符，剧本创作却并不顺利，这极有可能是因为编剧出于某些原因而心生迷惘，或是没能避开思考的怪癖，抑或是存在涉足了不擅长领域的危险。

如果这些问题都能得到解决，事态好转的可能性便又高了几分。

另外，当修改工作陷入僵局，编剧被认定为没有才能，不足以胜任甚至被要求解聘时，这一栏的设置，还能够防止制片人一方过于草率地做出错误的判断。

至于为何表述为错误的判断，请见下面的事例：制片人在某次修改时提出了实际上并非特别值得在意的要求，而编剧对于制片人的要求十分重视乃至过度解读，反而限制了自身能力的发挥。

而另一方面，也存在这样的情况：编剧自身的资质与企划并不相符，却不得不一次次地重复修改的工作。

在这种情况下，如果剧本医生没能尽早向客户提出建议，编剧便可能精神疲惫，与制片人的关系也可能会恶化。对于修改工作的顺利进行来说，这些都是十分不利的因素。

在事态变得不可挽回之前，向客户指明问题的所在，这也是设置"对编剧的评价"这一栏的目的之一。

✏ 关于故事评价

设定、人物塑造、情节线、视觉效果、结构、主题

　　客观地评判各个项目，并按照四个等级选定每一项的评判结果后，计算出总分数。评判时，剧本医生不得以个人喜好或主观想法作为评判标准。

　　评判他人的企划和剧本（而且是由专业编剧创作出来的）的确需要勇气，不过，剧本医生本就被客户期望能够做出客观而符合逻辑的判断，而这一点对于剧本医生来说原本也是必备的能力，因此，剧本医生只需在此明确地提出有说服力的评价即可。

✏ 关于市场

预算、上映规模、目标受众、综合评价

　　预估预算对于剧本医生来说也是必要的能力。如果影片中含有飞机坠入体育馆的场景，将耗费巨大的预算，这一点众所周知。比起这种任何人都能够做到的预估，剧本医生更需判断场景提示和描写是否会产生不必要的预算。

　　由于我也是一名导演，所以对预算方面有一定程度的了解。业界通常认为，编剧过度地考虑预算并非好的现象。

不过，对于剧本医生来说，预算方面的内容是绝对有必要掌握的知识。

至于上映规模，这个话题一般会在受理面谈中谈及，如果剧本医生并不知晓客户具体的计划，这一栏则不必填写。

此外，当剧本医生判断草稿内容不能吸引客户设想的目标人群时，应在附页的报告中详尽写明如此判断的根据。综合评价也是如此。

分析人姓名

记录剧本医生的姓名。如果由我担任剧本医生，此处便会记入"三宅隆太"四个字。

填表日期

记录填写分析评价表的日期。

以上便是分析评价表的全部内容。

在这个时间点，客户已经无数次同编剧共同出席商讨会，也曾反反复复地阅读过草稿的内容。这样一来，便容易过度关注细枝末节，对草稿的整体产生错误的认识和判断。

令客户将剧本（草稿）作为"一个整体"客观地认识，便是分析评价表最大的价值。

将具体的症状和草稿的现状总结在仅有两页的表格中，有助于客户更准确地把握剧本的问题点。而这一点，又有利于改善客户对编剧接连提出模糊不清的指示和要求的状况。

　　填写完表格，掌握了草稿的现状之后，便可以着手撰写分析报告了。

第 6 章

剧本医生的工作方法（后篇）

✏ 报告的撰写

长篇电影企划的分析报告需要撰写 10 页到 20 页 A4 纸。如果以字数来衡量，分析报告全篇为 12000 字到 20000 字。

至于分析报告的内容，除去项目和草稿的状况对内容撰写的影响，首先应当参照分析评价表的模式，深入研究具体的问题点，分析造成问题的原因，明确这一因果关系。

在此先做一个假设：在客户看来，草稿中的高潮部分之所以陷入了停滞状态，是因为第 38 场的编排方式存在问题。

那么，剧本医生首先应当探明事实是否确实如此。

在此，假设第 38 场的编排方式的确存在问题，并且剧本医生已经找到了解决问题的方案。

不过，此时将问题和解决方案告知客户还有些操之过急。回应客户的要求固然重要，但剧本医生不应满足于此，他们仍有必要对问题进行更深层次的探究。

例如，引发第 38 场发生的契机隐藏在哪里呢？类似这样去追寻问题点的前后脉络，也许就会发现，第 12 场中女主角的台词才是真正的问题点。

　　剧本医生应当仔细推究问题点的前因后果，并将这些发现一一记录在报告之中。

　　剧本这种文学体裁，对于创作者有着极高的要求：创作中有些许疏漏，就可能导致整部作品的失败。这一点正是由剧本的特性所决定的。台词、角色、场景、构成等要素如同锁链一般环环相扣，而剧本正是由这些紧密关联的要素构成的极其复杂的结构物（而在业余编剧创作的"窗边系"作品中，台词、场景等要素没有形成密切相关、互相牵制的关系，这才是这类剧本的问题所在）。

　　找出现有草稿中的所有问题并探明相应的因果关系之后，尝试改变"原因"，并探究由此产生的"新的结果和因果关系"。

　　在此，沿用上文的假设：通过改动第 12 场的台词，便能够解决第 38 场中的问题。然而，如果随意改动第 12 场的台词，将对第 25 场造成新的影响：第 25 场和第二幕中间部分主人公回忆的场景之间，会出现种种矛盾。

　　接下来，为了消除这一新矛盾，不得不对主人公所在职场的人际关系设定进行修改。其中，上司这一角色虽然存在多种修改方法，但是无论做出何种修改，上司这一角色的戏份必然会减少。又或者，暂且保留这一矛盾，但为了最大限度地减弱矛盾的程度，就不得不改动在第 31 场出场的主人公姐姐的台词。

　　但是，如果改动主人公姐姐的台词，就必须变更主人公的家庭构成。父亲离世的原因，需由自杀改为交通事故或其他意外，否则就不符逻辑。既然如此，不如直接抹去父亲的存在，设定主角为单亲家庭，这样的修改更简便也更直接有效。

　　对于某个问题的原因和结果，如果改变原因，可能会引发多个连锁反应。上述假设情况便是如此。

　　在这种情况下，剧本医生应就每种修改方法的影响力进行分析查证，并做出适当的提议。

　　如果上司角色设定改变，将导致这一角色的台词和出场大幅减少。而将主人公的家庭设定为单亲家庭，则会增加主人公姐姐的戏份。

　　如果单单考虑创造性，那么单亲家庭的设定是更为有效的修改方案。但是，如果实行这一修改方案，将会面临其他问题：原本仅在主人公的回想场景中出场（并非十分重要）的姐姐，摇身一变成了拥有明确戏份的重要角色。

　　姐姐这一角色的地位有所提升，这对于饰演姐姐的演员的演技也提出了更高的要求。在这种情况下，必须邀请名声与实力并重的女演员出演。

　　面对此类演职人员的变动，制片人需要考虑演出费用的增加和具体分配。再者，即便饰演姐姐这一角色的演员尚未确定，可以先不考虑这一点，但片尾演职人员表和电影海报上排名顺序的先后也是一个不可避免的问题。例如，因为姐姐这一角色地位的提升，该角色演员的姓名应当排在饰演主人公恋人的演员之前。

　　然而，主人公恋人这一角色的演员已经确定，对于客户和制作方来说，这一人选也许还是此次企划的点睛之笔。

　　如果真是如此，延展姐姐这一角色的修改方案可能会令客户更加为难（由于排名先后的问题，出演恋人角色的女演员所属的事务所可能会中止合作，拒绝出演）。

　　那么，在此情形下，是否应当放弃主人公家庭设定变更的修改方案，从而选择减少上司的戏份呢？

　　不过，倘若上司一角已经确定了人选，而且该演员是与主演同属一家事务所的老戏骨，那么，削减上司的戏份也不是上上之策。

　　由此可见，某一处的修改，可能会引发一系列连锁反应。

　　当然，应当是由制片人来判断各个修改方案的优劣并做出最终的决定。

　　但是，为了方便制片人做出判断，剧本医生有必要点明各种修改方案的可行性以及可能导致的后果。因此，剧本医生应在报告中写出修改方案的分析和相关建议，并提示客户以做参考。

　　在这一章的开头部分，我曾提及项目和草稿状况会对报告内容的撰写产生影响。提出这一点，也正是基于修改方案的多种可能性。

　　通常来说，客户向剧本医生发起委托的时间节点越迟，便越临近项目的拍摄期。与拍摄期的间隔越短，项目的确定因素便越多。

因而修改中能够改动的要素在不断缩减，不可更改的要素却在逐渐增加。

这种情形也决定了剧本医生不能根据个人喜好或主观想法进行修改工作。希望大家能够明白这一点。

此外，如果存在结构和人物性格特征方面与草稿相类似的作品，在必要的情况下，剧本医生应以流程图的形式记录该作品的结构，并将其与草稿进行对比。

这是因为在有些案例中，原本就有必要找出包含类似中心轨迹的作品，并将之与草稿进行比较。反之，即便已有作品的中心轨迹和结构与草稿毫无相似之处，但只要存在参考的价值，剧本医生就应当分析两者的相通之处，并指出具体参考方式及其理由。

在此，假设存在这样一个电影企划：为了东京奥林匹克运动会，两代匠人在赶工建造场馆设施。影片则主要描述了匠人们的对立和矛盾。

如果这一企划的剧本创作出现了问题，比起母题相似的《摩天特遣队》（*Steel*，1979），《蝙蝠侠：黑暗骑士崛起》（*The Dark Knight Rises*，2012）和《洛杉矶之战》（*Battle: Los Angeles*，2011）更可能成为可供参考的作品。

大家也许会想："这两部作品和企划所讲述的故事完全不同，而且影片类型也并不一致吧？"看起来的确如此，但是，并不能仅凭这些就妄下断言。

在故事情节与人物方面，作品的设定的确各自不同，但在故事的展开上却存在着共通点：即便超出了自身的职责所在或能力范围，有的人仍会凭借一腔热血竭尽全力。在这些人的背后，总会有年轻人受到他们精神的感染和鼓舞，或是助其一臂之力，或是继承他们的事业。这样的展开，与"为了奥运会而努力建设场馆的两代匠人的矛盾"不无关联，所以不能断然否定共通点存在的可能性。

即便影片类型、母题、情节线等大相径庭，也绝不能因此而草率地否定其间的相关性，否则，可能会给后续的工作埋下潜在的隐患。请有志成为剧本医生的各位务必注意这一点。

那么，应当怎样查找类似的往年作品呢？

答案只有一个：只能依靠自身的阅读储备和数据库。

如果读过草稿之后再去查找类似的作品，时间上未免过于紧迫。因此，剧本医生应当注重平时的积累，广泛涉猎，不仅要记住作品的结构和人物的关系，还需加深对这些要素的理解。

要想加强这种能力，不应局限于电影，而应将观察的目标扩大到生活中的所有事物；观察时也不能流于表面，应当透过现象捕捉本质。通过这种观察训练养成探索事物关联性的"习惯"（即第 3 章中的"抽象化与类推思考"），是十分关键的。

如果是改编剧本，那么为了同草稿做出对比，剧本医生可以将原著小说的结构概括为流程图式，记录在报告之中。

在对比时，应当首先确认草稿与原著小说的时间轴是否吻合，或者说编剧是否打算将两者的时间轴进行同步。

再者，在将原著小说流程图式化时，烘托出场人物的心情（以行动的形式描绘出来）的场景以及其他场景（主观的、对内在的描写）需要明确地区分开来。

将小说改编为剧本时，未被烘托突出的要素从最初便是易被省略的对象。

而且，随着剧本的反复修改，编剧不仅容易将原著小说中未被烘托突出的要素判断为没有查验意义的要素，并且反而还会去专注在原著中没有的在修改中添加的要素的改动。

这一点极易导致修改工作像负的螺旋曲线一样每况愈下。

而实际上，在很多案例中，解决方法的线索，就令人出乎意料地隐藏在被认为是没有查验意义的要素之中。

通常所说的"答案必定在原著之中"不无道理。

除了上述内容，剧本医生应当发觉的端倪和必须思考的问题还有很多很多，难以一一详细列出，只能具体问题具体分析。

因为须对客户履行保密义务，在此无法列举过去工作中的具体事例。总之，认真阅读草稿（不在于阅读的次数，而在于阅读的深度。正如前文所写，反复阅读，会增加掉入陷阱的风险）后撰写明确清晰的分析报告，这一工作是十分重要的。

✏ 探索编剧的想法

在阅读草稿的过程中，如果剧本医生发现了隐藏其中的"编剧自身的迷茫""烦恼"抑或是特有的"思考的怪癖"，同样应当在报告中做出相应提示。

若是仅仅局限于现有版本的草稿，对问题本质的发觉也会比较晚，这一点是剧本医生应当注意的。当通过草稿触及编剧心理层面存在的问题时，我会请客户提供形成草稿之前的稿件，一并阅读以供参考。

多数情况下，我会申请阅读初稿（第 1 稿）和草稿的前一稿。

在客户向剧本医生提出委托之前，多半会经历这样的过程：感觉剧本创作距离成功只有一步之遥，但在下一次修改工作中，又觉得剧本问题多多难以应付，还是需要寻求剧本医生的帮助。

如果产生了"彻底行不通"的感受，那很有可能是因为相对应地存在一份"看上去似乎行得通的稿件"，它的存在，使得这种"行不通"的想法更加突出。

通过通读初稿、草稿和草稿的前一稿，剧本医生能够更加清晰地了解商讨会和修改的过程，更明确地理解编剧心理的变迁。

至此，我曾多次提过，人这种生物，总是妄下断定，轻易盲信。

客户在评判编剧时，很难避免断定和偏见；编剧在修改中屡屡受挫，也常常是受累于草率的判断和盲目的想法。

无论是谁，倘若大脑不开窍，对事物的敏锐感便会逐步下降。这与"在内心设限"并无二致。

为了使编剧解除内心的限制，对丁剧本医生来说，找出并指明限制形成的原因，继而提出相应的解决方案，同样是十分重要的工作。

对编剧内心的体察和应对，也许超出了人们对于剧本医生工作的认知。

但至少于我而言，那是必要的工作内容，也是我十分重视并一直践行的一点。

不过，我不会在报告中过深地探讨心理要素，只是适当地提出建议。因为，书面沟通效率较低，在第二次会见客户时就详细问题进行当面谈话交流，才是更有效率的沟通方法。

分析报告完成后，应与分析评价表一同以邮件形式发送给客户。

我通常会在初次面谈后的一周内完成以上的所有工作。

这部分工作不宜用时过长。因为大多数情况下，在此期间，编剧并不知晓制片人委托了剧本医生来分析评价自己创作的剧本。

请各位想象一下，如果你身处与编剧相同的境地，那么这段时间里你会产生怎样的想法？

制片人会怎样解读自己提交的最新稿？如果得到了认可，应该立刻会有反馈，不过，没有反馈的话恐怕就……想必大家也会如此，深感不安，思前想后，不由自主地产生不好的联想，疑心生暗鬼。

想来有读者会产生这样的想法：如果制片人从一开始便坦率一点，直接向编剧挑明委托了剧本医生的事实，编剧便不会如此战战兢兢了吧。

不过，果真如此吗？

"你好，最新稿已经收到了。不过，麻烦再等一段时间，现在剧本医生正在审阅稿件，随后会给出评价和建议。"倘若制片人通过信息、邮件或是电话这样告知编剧，编剧只会苦恼倍增。

在日本业界，剧本医生的介入并不是必需的环节。因此，当制片人委托剧本医生审阅草稿时，只能让编剧原地待命。

至于在初诊环节，客户为何希求快捷的解决方案，想来大家已经理解了其中的缘由。

提交过后，剧本医生会同客户进行第二次面谈，根据分析评价表和分析报告来商议后续的改进方案。

至此，便是剧本医生"初诊"的工作。

客户阅读过剧本医生提交的相关文件之后，通过自身想法的整理和第二次面谈中的交流，更易触及问题的本质和核心。因此，在此节点，70% 的企划已经形成了一定的解决方案。

如果在初诊结束后离开项目组，那么剧本医生的工作便到此为止了。随后，剧本医生会同客户商议具体的报酬。报酬到账，意味着此次工作的正式完结。

然而，还有许多案例并不会就此结束。

接下来，我向大家介绍一下剧本医生在后续工作中的业务推进方法。

✏️ 初诊后的续约

经历了分析评价表和分析报告的提交，第二次面谈结束之后，客户可能会更加注重听取剧本医生的意见。

这算不上是坏事，但是，剧本医生需要注意的是，其中有些客户会产生一种错觉，认为剧本医生是拯救濒临流产的项目的神。

迷失了道路的时候，每个人都会祈求救赎。

比起苦于其中的当事人（编剧），俯瞰全局的剧本医生自然更加冷静理智。

由此看来，剧本医生的意见的确更为中肯。

但即便如此，有一点仍需注意：剧本医生的职责，并不是同编剧争抢工作。

帮助他们，同他们一起努力，推进项目顺利完成，这才是剧本医生的职责。

这一点，还请立志成为剧本医生的各位体会并理解。

✐ 以修改人身份再次参加诊断时的注意事项

本节所讲的是，在续约后继续工作的情况下，剧本医生作为修改人参与其中的案例。

我的某些客户对编剧的能力感到不安，于是会对我说："感觉剧本让三宅老师来写会更好。"

作为修改人参与其中，当然并无不可。

不过，我通常会拒绝这样的要求。

也许有人会觉得遗憾。

诚然，作为修改人参与项目，可以积累编剧的经验，况且多了一项工作，对于剧本医生这样的自由职业者来说，更是一件美差。

但这种事我并不在乎。

置身事外的人能够给出冷静的分析，这是理所当然的。

而创作者本人难以客观地剖析自己写下的剧本，这也本来就是极其自然的现象。

这和编剧的资历并没什么关系。

因为项目外部人员客观地指出了问题所在，就将其视为"救世主"，或是由此认定编剧没有才能，这些判断都是绝对错误的。

因为，剧本医生依靠左脑（理性）进行工作，而身处旋涡的编剧之所以无法客观剖析剧本，是因为他们在工作中侧重右脑（感性）的使用并沉浸其中，仅此而已。

当我作为编剧参与项目时，同样是依靠右脑进行创作。这对于编剧来说是理所应当的。

为了帮助心态失衡、走入迷途的编剧，剧本医生应以左脑的思维方式指点迷津，并以感同身受的姿态体察编剧的内心。

仅此而已。

✏ 剧本医生的职业，并非推销自我的机会

当编剧正式加入项目之际，编剧与制片人双方理应已经就项目工作的方方面面都达成了一致。当然，在项目进行过程中，状况可能有所变化，甚至目标都可能需要重新设立。但即便如此，如果编剧与制片人之间重视沟通并制定了相应的对策，双方作为专业的从业者，本不至于因为种种因素的变动而迷失方向。

客户在选择编剧之初，理应是欣赏或是认同编剧的"个性"，才会向其发出合作的邀请。

由此可见，编剧在混乱的修改工作中未能发挥出应有的实力，而客户未能充分激发编剧的"个性"，这才是问题的本质。

如果以修改人的身份参与项目，剧本医生有必要先对这一点深思熟虑。

偶尔会有些人原本志在编剧，却寄希望于在剧本医生的工作中寻找相应的机会。

但是，在我看来，如果想要推销作为编剧的自己，从一开

始就不应走上剧本医生的职业道路。虽然，现实中的确存在凭借剧本医生的口碑而收获编剧事业的人。

对于那种人的道德观，在此不做过多评价。但是，倘若最初的目标便是成为编剧，难道不应当从一开始便堂堂正正地以编剧的身份进行自我推销吗？

再次重申，剧本医生不应该争抢他人的工作。

虽然剧本医生的雇主同样是制片人，但剧本医生也绝不能因此而成为编剧的敌人。至少我是这样认为的。

✎ 与目标编剧的面谈

在初诊结束后，客户常常会提出这样的要求：希望剧本医生同编剧进行面谈，或是希望剧本医生能够出席以后的商讨会。

我向客户最常推荐的，同时自身经验最为丰富的，便是这一工作模式。在这一工作模式中，剧本医生不仅能够帮助客户解决问题，还能作为编剧的陪跑，同编剧一起完善剧本。

正如前文所写的那样，在这一节点，编剧多半还并不知晓剧本医生的参与。

如果听说"从下次商讨会开始，剧本医生将一同参加会议"，大多数编剧都会感到紧张。因此，剧本医生应当考虑编剧们的内心感受。

有时（不，其实是多数情况下），客户因为项目柳暗花明的经历而兴奋不已，难免疏于对编剧心情的体谅。

例如，在有些人看来，编剧提交的业已无用的修改前剧本仅仅是"打印过的纸张"。

我曾亲眼看见过这样的情形：客户在商讨会结束后，当着编剧的面将打印出来的剧本扔进了垃圾箱。

恐怕扔掉无用剧本的客户并无恶意。毕竟商讨会已经结束，接下来修改工作的具体方向也已确定，"这些剧本扔掉就可以了，只不过是些纸张罢了"。

但是，在看到这一行为的瞬间，编剧可能会备感失望，陷入胡思乱想的泥淖。

在有的编剧看来，这样的行为无异于对自己一点一滴构建起来的人物及其情感的践踏。对于他们而言，被他人随意丢弃的绝不是"随处可见的纸张"。

这样，在修改过程中，"过去的时间"日积月累，在随后的某个节点，某些编剧"内心的时间"便会停滞不前。剧本医生绝不可忽视这一点。

读到这里，也许有人会感到十分诧异：编剧难道内心如此敏感，精神如此脆弱？

通常来说，如果项目的状况仅仅是一般程度的不顺，那么编剧也不至于如此不堪一击。

但是，请不要忘记，当剧本医生接到委托时，项目面临的问题已经非同一般了。

想象一下，编剧在过去数月乃至一年多的时间里，按照制片人的要求进行创作，经历了无数次写了改改了写的反反复复。

在这一过程中，剧本被修改得面目全非，已不见了初稿的模样；因为演员人选和设定的变化，不得不对剧本进行调整，即便那些人选和设定并不现实；赞助商和出品人总会提出一些无理的难题；导演尚未形成明确的构思，却在商讨会上一次又一次提出模糊不清的想法和要求……遗憾的是，这些都是编剧可能会遭遇的真实情境。

在上述的重重遭遇之下，再加上剧本医生这种不知所谓的外来行业的家伙搅在其中，编剧在精神上恐怕早就失了常态。

🖉 与目标编剧的关系

与编剧初次会见时，剧本医生应谨言慎行，全神贯注。此次会见可谓意义重大。剧本医生应当留意对方的精神状态，维护对方的尊严，这一点至关重要。剧本医生虽不必战战兢兢，如履薄冰，但应当表现出应有的敬意。

首先，剧本医生需悉心倾听编剧的每一句话。

对方在想些什么？对于剧本医生来说，努力体察对方内心的波动是十分必要的。因为，多数编剧在首次面对剧本医生时，内心总是波涛暗涌的。

有的编剧会感到不安："剧本医生是不是来抢饭碗的？"

有的编剧十分愤怒，焦灼躁动："绝不能输给那家伙！"

有的编剧做好了准备，等待迎接挑战（当编剧这样思考时，他的个人特色便会被隐藏起来，因此，便更难以发挥出应有的实力了）："且让我看看那个奇怪的剧本医生有什么本领。"

虽然编剧的反应各不相同，但是，他们大都过度地介怀剧本医生的存在。

因此，立志成为剧本医生的各位，当你与编剧初次见面时，最好做好自己不受对方欢迎的准备（至少在日本是这样的）。

我与编剧进行第一次会面时，一般会尽量事先阅读或观看对方的作品，大致浏览草稿，想象对方进行草稿创作的侧重点。

然后，当真正会面时，我会就草稿中难以领会透彻的要素一一向编剧本人提问。这样的提问，有助于深刻理解对方的目标、想法和内心的矛盾。

当与编剧一同开始剧本的治疗时，剧本医生不能作为这一过程的主导，而是应当扮演好辅助者的角色。特别是当编剧是新人，资历尚浅时，向对方表示自己会在其身后辅以帮助，会陪同他一起解决问题等等，给予对方这样的安全感是十分重要的。

那么，大家可以思考一下，当剧本医生参加编剧也会出席的商讨会时，应当以怎样的态度参与其中呢？

✏️ 商讨时应着眼的事项

在此，我在不违反保密义务的前提下，给大家举一个具体的例子。

　　某一企划的影片类型属于广义的动作冒险片，简单来说，讲述了一个团队协作的故事。团队中每个人的个性各不相同，他们经历了冲突，克服了困难，最终实现了某个目标。这样的描述虽然简略至极，但简单说来，这就是一个故事轨道极为正统的电影企划。

　　这一企划将以家庭为中心的年轻人作为目标观众群体，计划于暑期上映。

　　在我看来，这一企划的各个要素清晰明了，并不复杂。但是，母题和世界观的特殊性，使得这一企划与诸多同类型的企划有了本质的差别。

　　我的客户是这一企划的制片人 I。需要分析的草稿已经是第 10 稿，在我接到委托时，草稿的状况相当复杂，已经乱作一团，可谓毫无头绪。I 在"委托原因"一栏中，写下了"希望增加主要情节构思中的事件数量"，未能实现这一目标的理由是"团队的主要目的强度不足"和"主人公的背景描写不够清晰鲜明"。而我的关注点，在于其他主要登场人物所经历的次要情节的轨迹和结构。

　　一见之下，我的关注点似乎与 I 所期望的"事件数量的增加"毫无关系，但在我看来，次要情节的轨迹和结构正是问题的症结所在。

　　那段次要情节，与某个人物的背景故事相关，更直白地讲，是一个有关"反抗曾经庇护自己的人，并脱离了曾经共同依存的群体"的片段。

　　坦白地说，我认为这是草稿中最为出彩的片段。这一次要情节的存在，丰满了那位登场人物的性格特征。

既然如此，这样的次要情节为何又是导致问题的真凶呢？

因为，这一次要情节，从本质上背离了主要情节（由于这部剧本由专业编剧创作，所以他设法将这一点掩盖得很难被发现），不仅缺乏对主人公团队的明确推动力，甚至阻止了团队的相关进展。

而且，由于次要情节的存在，那位登场人物和主人公之间的矛盾便不复存在了（然而从人物设定来考虑，矛盾对于双方而言是必要的关系）。

第二次面谈时，我向 I 表述了我的想法，I 则希望我作为剧本医生出席接下来的商讨会。

商讨会当天，出席的共有四人：制片人 I、导演 J、编剧 K 和我。I 和 J 是男性，K 是女性。

此外，I 是第一次委托剧本医生，我同 I 仅在初诊的两次面谈中见过面。至于 J 和 K，商讨会当天便是第一次见面。

✏ 前提与真心的忽隐忽现

这次商讨会在谈笑中顺利结束了。不过，当导演 J 提到某个动作场面时，说出了一句令我有些在意的话：

"K 只写台词就足够了。场景提示即便不写也没关系，我可以在拍摄现场构思相关的画面。"

J 的这句话应当没有恶意。而且是笑着说的，所以他也许是想要减轻 K 的负担。或者，比起激发演员的表现力，J 更加擅长影像表现和画面品味，在他看来，场景提示的描写理应交给他这个行家。

但是，对于编剧来说，场景提示自然也是十分重要的。

我暗自观察着 K 对于 J 这番话的反应。自始至终，她的声音都十分响亮，时不时地讲几句玩笑话，交流时总是直视对方的眼睛。K 看起来十分明快爽朗，怎样看都堪称编剧中的模范。

K 笑容明朗，如是作答："是的呢！真是不好意思啦！"

其后的商讨立刻转向了其他话题，导演 J 和制片人 I 若无其事地继续交流，K 也仍然保持着笑脸，明快地参与讨论。

然而，J 和 I 似乎都没有注意到，在这段对话之后，K 便不再记笔记了。我很是在意这一细节。

结果，谁都没有提及次要情节的问题，商讨会就要那样结束了。

于是，我委婉地提出了重新考虑次要情节的建议。

听到我的建议后，此前一直十分平静的编剧 K 表情一变，声音略显慌张地辩驳："那部分次要情节是必要的，既不能删减，也无须改动。"

那一瞬间 K 的情绪之激动令人震惊，她双眸中蓄满了怒意和不安。

看到 K 的反应，我的内心一片了然。果然如此。

其实，在初诊阶段，我按顺序看了 K 过去作品的 DVD，也翻阅了登载在杂志上的 K 的剧本。我发现，在她评价较高的作品中存在着共通的要素。

简明地说，便是"母女之间的争执"。

我还找到了多年前 K 接受杂志采访时的报道。在报道中，记载了 K "不顾母亲的强烈反对毅然来到东京成为一名编剧"的过去以及"至今未能取得母亲的谅解"的事实。

由此可见，对于 K 来说，"母女之间的争执"是带有强烈实际体验的构成要素，是"尚未结清的过去"。而我认为存在问题的次要情节，是有关"反抗曾经庇护自己的人，并脱离了曾经共同依存的群体"的片段。无论 K 是有意为之还是无意为之，我们都可以认为，次要情节中暗含了 K 的实际体验。

每个优秀的编剧，都会形成包含自己人生观的、有个性的写作风格。

在 K 过去的几部作品中，带有她实际体验的"母女之间的争执"这一要素的确是加分项。

但是，这一要素在此次企划中却是不必要的，更不可忽视的是，这甚至成为剧本创作的障碍，对草稿整体产生了负面的影响。

然而，导演和制片人完全没有发觉这个问题，恐怕在他们看来，那一次要情节作为"单独的轨迹"还称得上十分精彩。

商讨结束后，K 先其他人一步离开了会场，I 和 J 则赶去参加其他企划的商讨会（这两位的工作十分繁忙，并非只负责这一项企划）。

当我慢慢收拾好东西准备回去，走到楼外时，发现 K 正等着我。

回想起商讨会上 K 愤怒的神色，我有些紧张，不过，K 平和地向我点头致意，十分郑重地向我道歉："刚才有些冲动，十分抱歉。"

随后，她邀请我一同去喝茶。看样子，她是有话要说。

既然如此，难得有此机会，我和 K 便去了较远的某个咖啡厅。那家店曾经上过电视节目，评论说在那里能够品尝到十分美味的戚风蛋糕。

我一直都很想去那家店，所以觉得这是个好机会。

看到我这般开心，K 不禁笑了："您这个样子，真像个女孩子呀。"

✏️ 编剧自身所忽略之处

在咖啡厅里，我和 K 一边品尝蛋糕一边闲聊。这还真像是女孩子凑在一起喝茶的样子。（笑）

此外，K 也是第一次参加有剧本医生出席的商讨会，问了我许多关于剧本医生工作的问题。

突然，K 问了这样一个问题："三宅先生也是一名导演吧？"

"嗯，偶尔担任导演。"

"您在工作中会有什么标准吗？"

"你说的标准是指？"

"担任导演时和其他时候，选择企划的标准。"

"没有什么特别的标准。只要对方发出邀请，同对方也投缘，而且时间合适，就会接受。"

"这么说，您不是那种干劲十足，非导演这一职业不可的人啦？"

"嗯，的确不是。小时候的我什么都不懂，那时倒是憧憬成为一名导演。现在就没有那种想法了。基本上更偏向编剧吧，做导演就只看缘分。"

"您在做导演时，剧本也是您自己创作的吗？"

"我在导演电视连续剧的时候，是根据其他编剧的作品进行拍摄的。最近的话自己写剧本的情况多一些。因为最近导演加编剧的工作机会比较多。"

"这样啊。"

这个话题并不有趣，也不太能展开谈下去。我想，K 当时可能想要询问其他的问题。不过，一味无端地揣摩也不会有结果，我便直接说明了我的想法。她犹豫了一下，这样说道："您作为导演，是怎样看待场景提示的呢？"

果然如此。对于导演 J 在商讨会上说的那句话，K 还在耿耿于怀。

经过询问得知，J 在初稿提交后最初商讨的阶段便说过那句话。

那句话对于 K 来说，残酷而无礼。但是，K 没能对 J 说出她的感受，一直忍受至今。

商讨会上，K 不再记笔记的行为正是她无声的反抗。

另一方面，导演 J 在他的立场上，或许也对 K 怀有些许不满。

双方如果能在商讨会中开诚布公地交流一下就好了。

　　在过去的电影制片厂全盛时代，电影从业人员们每天见面，一起吃饭，在彼此倾诉烦恼的过程中逐渐相互理解。大家就在那样的氛围下齐心协力制作电影。而在当今，为了制作电影聚集到一起的人，却以一生仅共同工作这么一次的态度相处。在现行业界运作体系下，从业者与初次见面的对方在短时间内便敲定了企划，随后共同参与电影制作。这种双方缺乏充分沟通和理解的体系，实际上会酿成许多难解的问题。

　　体察文化并非一无是处，但是，无法体察的关系以及无法体察的状况，显露了体察文化不健全的一面。

　　当我作为剧本医生参加项目时，时常感到当事人交流不足。在我看来，毫无疑问，不充分的交流便是导致包含修改工作在内的诸多问题复杂化的原因。

　　无论如何，非议不在场的 J 有些不合时宜，我早早结束了这个话题，转而向 K 问起了有关次要情节的事情。

　　她听到我的提问，不由得微微横眉立目起来：“为什么那个次要情节不行？”

　　“你误会了，并非不行，只是还可以再考虑推敲一下。”

　　“我不是很明白您的意思，您能解释一下吗？”

　　“这次企划讲述的是团队协作的故事。我认为，在次要情节相关人物与主人公团队之间的关系上，有必要制造明确的矛盾。如果是为了那个人物设定了次要情节，应当对该人物背景要素中的横向关联而非纵向关联施加影响。横向关联指的就是同主人公团队的关系。”

　　K 似乎理解了我的意思。

"的确，现在的次要情节中只有人物的纵向关系。"

"是啊，不过现在的次要情节很精彩。"

"很精彩吗？"

"当然，次要情节写得很好，所以导演和制片人才没有删掉这一部分。"

"我也很喜欢这一部分，所以不希望被删除。"

"是吧。"

"不过，以现在的情况来看的话……"

"恐怕不算理想。"

"……"

"你似乎对这部分次要情节特别执着。"

"嗯……是的。虽然我也不是很明白为什么会有执念。"

"这不是你作品中常常出现的主题吗？"

"（惊讶状）欸？是吗？"

"你总能把母女之间的争执写得特别有吸引力。"

"（更加惊讶状）嗯，哦，欸？……"

在这次的次要情节中，K 并没有直接描写"母女之间的争执"。这一企划中，女性角色的戏份本来就很少，也并不存在母女关系。

再者，因为人物设定和世界观十分独特，次要情节中便只能设定"同过去庇护者的关系"。

但是，在我看来，那便是 K 一直描绘的"母女之间的争执"。然而 K 对此毫不自知，直到我向她指明了这一点。

看来，K 在创作这一次要情节时，无意识地糅合了自身的实际体验。

"您这么一说，好像真的是这样。是的是的！所以我才会那么执着，不想删除这一部分。"

K 像是十分赞同我的看法，反复琢磨着这件事。

我曾设想，如果直白地说出来，K 会不会感到尴尬。但我还是向她说明了曾经翻阅过 K 相关采访报道的事情，并向她询问，在这些年来的作品中，她是否反复重现了源于自身的"对母亲的思念"的母题。

虽然知道这样提问可能会有些失礼，但是有必要就此沟通，我还是这样问了。

不出意料，她满脸通红，低下了头。

不过，她随即断断续续地向我讲起了她曾经的生活：自少女时代起同母亲的关系，养父的存在，初观电影时被电影所救赎，无论如何也要成为编剧的坚定意志……

或许是回想起了太多属于过去的记忆，K 在讲述往事时，眼中时不时闪起泪光。

K 自身的人生际遇与人生观，造成了她对于"母女之间的争执"这一要素的执念。

而在最近，K 似乎刚刚经历了丧母之痛。

我问她采访报道中提及的"母亲竭力反对她成为编剧"的事是否还有后续。

遗憾的是，K 没能见到母亲的最后一面。

她那"未结清的过去"，永远地停留在了未结清的状态。

这样看来，她对于次要情节的执念如此之深，倒也在情理之中。

我理解了如此状态下的 K，但与此同时，我也感到，当下的情形对于今后项目的进行来说，并不是什么好兆头。

当然，通讨这次交流，K 理解了问题在于次要情节中糅合了过多的私人体验，意识到调整和改变的必要性，恢复了不破不立的专业编剧应有的意识。

但是，由于此前投入了过深的情感性的思索，以 K 现在的状态，恐怕难以打破思维定式并提出新的想法。对于如何创作能够形成横向关联的次要情节，她似乎毫无头绪。

此项企划属于类型影片。如果是擅长类型片剧本创作的人，应该可以通过特定的编剧技巧来处理这一问题。不过，如果擅长类型片的编剧是理想人选的话，那么制片人 I 便不会选择 K 了。

比起工匠型编剧，K 更偏向于作家型编剧。在她过去的作品中，也是软故事性的企划占大多数。

无论如何，K 应当构建能够发挥个人特色的全新的次要情节。

也就是说，如果能够有效利用 K 的实际体验，次要情节的修改效果应当更为显著。

我打算谈一下这方面的话题，先是问了一个没什么意义的问题。

K 的老家比较偏远，于是我问她："你是乘飞机回去参加令堂葬礼的吗？"

"我们是坐火车回去的。我先生不喜欢乘飞机。"

"哦，你已经结婚了啊。"

"嗯，结婚三年了。我先生不是业界相关人员，只是个普通的职员。"

听到这里，我不禁感慨，两人在生活中怕是很少有共同相处的时间。

编剧的生活作息极不规律，有时会在深夜进行创作，当临近截稿日期时，彻夜赶稿也是家常便饭。

如果一边进行编剧的工作，一边还要作为家庭主妇负责家务，那就更为辛苦。我便问了问她家庭的时间分配。

K 回答说："我先生才更没有时间观念。他喝醉后常常带同事回到家里，到了周末他会约同事参加棒球的相关活动。"

"是去看棒球比赛吗？"

"不是，他们是去打棒球。他们曾经是高中棒球队的成员，直到现在还当作兴趣爱好。不过，真的很讨厌啊。他们打完比赛后还黏在一起，然后所有人都会来到我家，吵闹得很。所以，每当快到截稿日期时，我会暂时住到外面的商务宾馆去写剧本。"

"那还真是够呛。你不会觉得很疲惫吗？"

"是很辛苦。但是不好开口……毕竟我也常常写剧本写到半夜，也会打扰到他吧。"

听到这句话的瞬间，我在心中开始了抽象化的过程。

就是这个！这就是解决问题的线索！我开始向她提出建议。

"把这些写进次要情节怎么样？"

"嗯？"

"直接套用你对你先生的感情就可以了。"

"？"

"打棒球是团队协作的运动，你先生和他的同事们也算得上是'团队'了。他们打乱了你创作的工作节奏，对吧？你想要排除来自他们的干扰，但是因为你自身也会在深夜里赶稿，对于你先生又会感到有所亏欠，因此不好意思向他们挑明。所以你才不得不选择自己离开家去外面……"

"……这样啊！原来如此！就是这样！"

K 也注意到了问题的解决方法。在现行的存在问题的次要情节中，糅合了 K 对于过世母亲的不满和矛盾，其中的立意源自两者与生俱来的"纵向的关系"。

而对先生及其朋友的不满和矛盾，对于 K 而言属于步入社会后缔结的"横向的关系"。

况且，他们是一个团队，K 的先生既是团队的一员，也是家庭中的丈夫，是个往返于外界社会与私生活之间的存在。由此，必然会引发矛盾。

有了这一发现，K 就能够云淡风轻地放弃曾经坚持的次要情节了。

随后，我和 K 快速地尝试了类推，互相提出自己的想法，重复"Yes, and..."的环节。

不到三十分钟便解决了所有的问题。横向发展的次要情节发挥了应有的作用，制片人 I 所期望的事件数量的增加便有了实现的可能。

我当即打电话给制片人 I，向他介绍大概的情况，大致说明了接下来的修改方案。

K 多次向我道谢，一身轻松地回去了。

后来，K 提前三天提交了第 11 稿。看来，K 的创作进行得十分顺利。

当我读过第 11 稿后，发现这一稿质量之高足以印刷出版。那些曾经乱作一团的要素变得分明起来，弥漫于以往稿件中的令人窒息的压迫感也烟消云散，作为一部面向家庭的合家欢作品，完成度得到了极大的提升。对此，制片人 I 和导演 J 都十分满意。

那天，当商讨会进行过半时，K 向导演 J 坦白，对于"只写台词即可"这句话，她感觉受到了伤害。J 十分震惊。果然，J 的那句话并非出于恶意。

K 原本十分平静，面对一再致歉的 J，反倒有些惶恐。

另一方面，K 对于类型片的理解尚浅，因此，精于影像表现的 J 对 K 的动作描写早已心生不满。

这一次，换成 K 一再道歉，J 开始感到不好意思了。

总之，商讨会在祥和的氛围中结束了。其间，大家对于如何修改创作第 12 稿，发表了许多建设性的意见。K 表达了对修改工作的期待，愉快地回了家。

读到这里，各位也许会猜测这到底是哪一部影片的企划。

遗憾的是，大家都猜错了。因为，这项企划最终并没有走向影视化。

最终形成的剧本虽然是令制片人、导演和编剧都十分满意的佳作，但是由于某一与此完全无关的原因，不得不终止了影片的制作。

像这样充满遗憾的案例，还有很多。

经过当事人的许可后，我在此书中写下了这一案例。

考虑到当事人的隐私，我在撰写这一部分时做了些许改动，但最核心的部分仍是事实的原貌。

毋庸置疑的是，每个项目中，都会有体验了不同人生的人参与其中。世上并不存在适用多数情况的"万金油"，产生的问题和困难不同，对应的处理方法和结果同样千差万别。

上述案例，只是我剧本医生职业生涯中接触到的一例而已。

更加投入地参与其中，或是理智地进行指点，都只是剧本医生参与工作的一种方式而已。

在商讨会上，并不存在永远正确的修改方案。

商讨会中人们产生了怎样的想法？这些想法发生了怎样的偏离和碰撞？在怎样的契机下产生了误会？怎样才能消除误会，共同回到正轨？深切地关注此类问题，尽可能敏锐地体察人们想法的变动，这才是更为重要的。

以剧本为中心，努力将项目人员的心联结在一起，对于剧本医生来说，同样是十分重要的工作。

🖊 心理咨询能力的必要性

正如前文所写的那样，剧本医生便是医治剧本的医生。

因此，有些读者在读过本书之后，可能会感到些许违和：同想象的内容有些差距。明明是医治剧本的医生，却总是直接接触编剧和制片人。

确实如此。特别是在我个人的工作方法中，心理咨询与剧本分析基本上是同等重要的。

不过，我也是经历了一些事情，才开始重视这种方法的。

L 是我大学时代同一课堂小组的同学，也是我的朋友。毕业后，他一直做着导演助理的工作。直到几年前，他凭借某部连续剧中的一集当上了导演。

L 本就才华横溢，当上导演不久之后，便得到了一个导演大型影片的机会。

在那项企划中，他还负责剧本的编写，但由于修改工作屡屡受挫，L 最终选择了自杀。

在他家的佛龛上，摆放着他写下的初稿。看来，那时的他真是苦恼到了极致。

作为新人导演的长篇处女作，那项企划的规模相当宏大。而从企划的成立过程来看，项目的领头人也比一般企划多了许多。

我不禁想，如果我也参与了那项企划，会是怎样光景？

我并不确定自己是否能够解决问题。但是，值得一试这个念头总是在脑海里挥之不去。

至少，我能加入他们，能够在精神上陪伴他，认真聊一聊修改的话题。

那样，事态也会有所变化，我也会采取一些保护他的措施吧。我总是忍不住这样那样去想。

因为 L 的自杀，我开始认为，剧本医生的工作中有必要加入心理咨询的要素。

在创作剧本、导演影视作品和担任教师的同时，我见缝插针地抽出时间去心理咨询专业学校学习。虽说有些耗费时间，但我坚持到最后，通过考试，取得了心理咨询师的资格证书。

在美国，当导演的工作陷入僵局时，有人会履行商谈对象的职责。那个人便是心理咨询师。

在日本，直到现在还有人对接受心理咨询这一行为抱有偏见。而在美国，普通人也会为了消除压力而接受心理咨询，对于美国人来说，那不过是一件稀松平常的事。

如果日本的编剧也能够坦然地接受心理咨询就好了。

实际上，我虽然是剧本医生，但在有的案例中，有时我也只是履行了作为听众的职责。制片人和编剧同我见面时发发牢骚，在精神上便轻松了许多。通过倾诉，有些人的大脑通风系统得以重新运转，继而能够源源不断地生出新的想法，从而对修改工作和商讨会重新充满期待。我觉得这样也挺好。

不避嫌地说，人完全没有必要为了电影这样的东西走向死亡。当修改工作遭遇瓶颈时，L 恐怕是感受到了极致的孤独，也许认为身边所有人都是敌人。

L 是因为作品在比赛中脱颖而出，才进入那个企划项目的。大家应当从他的初稿中感受到了独特的魅力，而他的作品被选中，也一定存在令人信服的理由。

那样的话，应该只要根据要求改进一下初稿就可以了。仅此而已。

假设情形，可能并没有意义。

即便真的参与了项目，我也无法确定自己是否能够做出令 L 和其他相关人员满意的修改，恐怕我也是做不到的吧。

但即便完成不了修改的工作，我也绝对会制止 L 去自杀。

从编剧的角度来看，有时候真的会觉得客户是十分刁钻的。但无论如何，编剧都应当保持冷静。

实际上，也有制片人因为陷入了左右为难的境地来找我商谈。商谈的内容涵盖了方方面面，最后总会落到如何去做这个问题上。

在这种情况下，我会提议制片人对项目组的编剧讲出内心的真实想法。

比如说，"虽然赞助商和上司提出了相应的要求，但是我不知道应该怎样去做"这一类商谈，在我看来也是十分关键的。

有的编剧在和制片人商谈后会突然开启投入状态，有的编剧则可能反而变得漠不关心起来。制片人与编剧的关系，可能也会影响到编剧对此类商谈的反应。问题的症结果然还是在于沟通交流。

我认为，制片人与编剧应当是一个团队，一个整体。至少在企划开发阶段，双方应当共同努力构筑互相信赖的关系。当然，如果双方过于亲密，同样会产生诸多弊端。

编剧是撰写剧本的专家，理应见多识广。无论处于怎样的状况，编剧应该都能够找出适当的对策。

如果对编剧有所隐瞒，选择说谎，明明没有具体的想法却要求进行并不明确的修改，这样的人，无论是人品还是职业道德，都可谓是恶劣至极的。

✎ 从初稿阶段开始参与的重要性

在美国，制片人为了根据剧本医生的意见来商讨具体的修改方法，会在初稿完成的阶段就邀请剧本医生参与项目。

是否由这位编剧继续创作相关剧情？是否应当向着这个目标继续修改？剧本医生在初稿阶段的参与，便是为了尽早做出对上述问题的判断。以真正的医生为例，这一阶段的工作就是早期的健康诊断。

如果情况并不乐观，就可能需要做出支付相应酬劳（这一点十分重要）、解聘编剧的决定。在解聘面前，资深编剧与新人编剧地位平等。至于最终的署名，合同中已经做出了明确的说明。这可以说是损失最小、皆大欢喜的解决方法了。

但是，在日本，人们却常常受到"怪难得的……"这种想法的束缚。

　　我并不太懂为什么会产生"难得"的想法，但是，明明已经暴露出明显的问题点，项目组却很少做出解聘编剧的举动。

　　结果，状况变得越发紧迫，最终到了不得不委托剧本医生的地步。

　　有些制片人存在这样的担忧：在初期阶段委托剧本医生，会被认为自己缺乏引导他人做好工作的能力。

　　实际上，他们夸大了事情的严重性。剧本医生不过是一个在陷入困境时可以与之联络，能够为剧本创作和修改指点迷津的人而已。剧本医生仅仅是一个称呼，有一个类似剧本医生的人存在即可。

　　配备一个对剧本理解透彻的专家，无论是何种剧本都能够请对方审阅，如果项目组能够形成这样的机制，就足够了。

　　如果在项目中难以形成上述组织和机制，那么如果制片人认识值得信赖的剧本医生，也能够解决相应的问题。我期待着日本业界能够自然地形成类似的运作机制。

　　总之，我衷心希望，如果需要委托剧本医生，那么越早来委托越好。

　　特别是如果业界人士期望的是我使用的这种"中医治疗法"的话，早期的诊断更是必不可少。

　　如果项目的状态已经像是肿瘤转移到全身那样病入膏肓，而相关负责人却还仅仅抱着"情况有些不对……是感冒了吗"这样疏忽的想法，无论剧本医生的技术如何高超，恐怕也是无力回天。

　　不过，同从前相比，选择在早期阶段委托剧本医生的客户有所增加。

　　这其中应该是包含了制片人的世代更替带来的影响。此外，资深制片人会委托剧本医生向资历尚浅的制片人和助理制片人讲解剧本分析的方法，需要传授与编剧沟通方法的工作机会也逐渐增多。有时，剧本医生还会接到事务所的邀请，去指导年轻演员如何培养剧本读解的能力。

　　这与好莱坞模式的确不同，但是，通过上述多种多样的对剧本医生的委托，我希望日本业界的运行机制也能慢慢地发生相应的改变。

　　因为剧本医生在日本还是一个新兴职业，此番对于日本剧本医生现状的探索，虽然辛苦，但是充满了乐趣，并且意义重大。

　　在此，衷心祝愿有志成为剧本医生的各位，能够早日找到适合自己的行医之道。

结　语

　　写到这里，就将迎来与各位告别的时刻了。最后还有几点建议，在此分享给大家。

　　当你创作的剧本遇到瓶颈时，最好不要有观看电影以做参考的想法。

　　多数情况下，这样做只会徒增焦虑，脑海中不断浮现其他的故事，令你心生逃避。

　　这时候你或许会觉得，如果另写一个全新的故事，可能会更加轻松有趣，但遗憾的是，这百分之百只是错觉罢了。

　　一旦开始创作剧本，无论采取何种手段，都应当坚持写完。

　　完成手头的剧本创作之后，总会有大量的时间来探索全新的故事。

　　如果你想要从其他地方获取灵感，接触一些远离剧本范畴的作品为妙。

　　距离越远，其暗含的关联中越可能隐匿着灵感的源泉。

　　距离越远，意味着作品自身"抽象化"的程度越高，也更适宜进行"类推"。

附带一提，我在创作受挫时绝不会观看任何电影。

如果实在想要观看影像作品，我会选择观看综艺节目或是访谈节目。

总之，就是去观察人物的表情，聆听他们的声音。

通过观察他人感情的波动，来唤醒自身的感情波动。如果是阅读，我会看一些哲学书籍和随笔，有时，我还会翻出他人寄给我的书信浏览一番。

记录了作者的想法以及他眼中世界的东西，能够引导我们拓展自身的思维，引发共鸣。

此时的阅读不是为了获取信息、知识和诀窍，而是为了磨砺自身的实际体验。

这样，才更有可能产生灵感或是有所发现。

陷入困境时，逃避是于事无补的，也不能解决任何问题。

越是被逼入绝境，越要改变角度迎难而上。

那样，更能够客观地审视烦恼中的自我，更能够跳出盲信和偏见的视角，从而发现新的观点。

有的学生念念叨叨地在电脑前枯坐一晚，却一字未写毫无收获。这很正常。

总是站在同一个角度苦苦思索，人就容易滑入"自我内省"的状态，思考便会停滞不前，精神上也开始疲惫不堪。

此时，人应该听听自己的声音，比起双眼，更应该用耳朵来进行感知。

例如，可以试着朗读一下自己写下的剧本。用自己的声音读出，再用自己的耳朵录入。

在这种状态下，人对于自身感情的波动更为敏感。

能够拯救你的，只有你自己。

打破外壳的束缚，也只能依靠自身的力量。

某位剧本学校的讲师曾说过这样一句话："在剧本学习这一方面，过程并不重要。结果代表一切。"

虽然那位讲师是编剧之中德高望重的老前辈，我自知无礼，却仍是全面地否定了他的言论。

如果是专业编剧，毫无疑问，结果的确意味着一切，但是，对于当下还在学习摸索的诸位来说，重要的并非结果，而是得到结果的那一系列过程。

学习的过程、发现的过程、实际体验的过程，对于初学的各位来说才是最为重要的。

即便你的作品未能入选剧本大赛，甚至遭到了老师的严厉批评，你在创作过程中的所学所见和所有体验，都将成为无可替代的宝物。

而那些宝物，会助你成长为优秀的编剧。

每个人成长的方式和速度都不同，完全没有焦急的必要。

相反，焦急这种情绪，反而是成长的障碍。沉浸在这种情绪之中，你会变得不像自己，一心想要模仿已经成功的某个人，从而束缚了自身的成长。

你有适合自己的学习节奏，也一定会形成专属的创作方式。

这并不是对你的安慰，而是事实。

请大家铭记这一点，坚持剧本的创作。

本书中作为参考所引用的电影都颇具年代感，想必有许多读者会感到十分诧异。

既然在 2015 年进行剧本指南书的撰写，至少应当引用 2000 年后，最早推到 20 世纪 90 年代的作品，事实上，我在创作本书之初，引用的便是那些电影。

但是，我最终放弃了对那些电影的引用。20 世纪 90 年代后半段是我出道的年代，而 2000 年后，我已经正式开始了剧本医生的职业生涯。那个时代的电影，都是与我的工作息息相关的作品。如果选择那些电影作为例子，我便只能从专业的角度进行相关的讲述。

然而，观众们感情的波动才是这本书中最重视的要素。

因此，我选择以学生时代、作为单纯的观众（虽然我好像是个奇怪的观众）时看过的电影为题材，向大家传达那时的我所产生的"感情和体验"。

从这一意义来说，看完《蓝霹雳》的你，也许难以产生"人只有在真心想要改变的瞬间才能实现突破"这样的感受，即便看过了《罗莎莉的奇异复仇》，你可能也并不会因此而思考"期望他者能有所回报是何等困难"。

重要的是，你要找到属于你自己的《蓝霹雳》和《罗莎莉的奇异复仇》。

也许，远在你成长为大人、能够凭借知识分析电影之前，便已经遇到了于你而言意义非凡的电影。

即便是受到著名评论家褒扬的作品，即便是能借以彰显品位和地位的电影，也都未必能够融入你的血肉之中。而且，即使思想上能够理解这些电影，它们也未必能在你心中激起涟漪。

那些令你沉浸在自身的世界观中，让你体验了惊诧、欢笑、恐惧、流泪、思索的电影，才是真正意义上的教科书。

你最强大的武器便是你自己。还请大家不要忘记这一点。

致　谢

"您要不要出版一本关于剧本医生的书?"

至少五年前的一次,新书馆的编辑吉野志郎先生这样问我。

因为机会难得,我便立刻开始动笔撰写,结果,成书的过程并不顺利。

实际上,我以不同的方式写下了两版原稿,再加上最终得以出版的稿件,总共有三个不同的版本。

在最初的版本中,不存在任何面向剧本初学者的指南书要素,全部都是关于剧本医生业务的内容。

我在谨遵保密义务的基础上,尽可能详尽地介绍剧本医生实际应用的种种工作方法。然而,尚未完成,内容便已经超过了 900 页。

我可以保证,这样的内容,对于制片人和专业编剧来说,绝对是有意义的。但是,对于一般读者而言,内容过于深奥,专业性太强。因此,我放弃了这一版本。

借着第一版的教训,我又编写了第二个版本。第二个版本有 600 多页,仍然过于冗长。在这一版本中,我弱化了剧本医生的相关要素,单纯为立志成为编剧的人编写了类似教科书一般的内容。其中主要讲述了普通指南书中少有提及的软故事的创作技巧。但是，不仅篇幅过长，内容的专业性上还存在些许理解的难度。

最终，我在正常的页数内，完成了面向初学者的指南书要素和剧本医生工作概要的介绍。这一版本最终得以印刷成书。

从这一意义上来说，如果是真心立志成为剧本医生的人，也许会对本书简单而通俗的内容感到失望。对此，我感到十分抱歉。

当我创作第一个版本时，我的友人——专业采访记者小川志津子女士给予了我莫大的帮助与支持。在我撰写第二个版本时，我曾经的学生、如今的编剧松永咲子女士提出了诸多理智而宝贵的建议。在此，谨向两位表示诚挚的谢意，同时致以深深的歉意。

深得两位协助的文字一句都没有出现在本书之中。

……真是对不起。

当然，对于在 5 年多的时间里耐心等待的编辑吉野志郎先生，我的谢意和歉意更是无以言表，我在此对位于文京区西部地区的新书馆致以感激的敬礼。

此外，我对吉野先生还有一个小小的愿望。

在本书深获读者喜爱之际，希望您能够在其他原稿的基础上，推出续作。

　　在尚未被本书收录的手稿中，有"软故事处理法"和"类型电影故事轨道中角色的描写方法"，我确信这些内容能为很多想要成为编剧的人带去勇气。

　　诚挚地请您考虑一下！

　　最后，致阅读此书的各位。

　　本书得以承蒙诸位的阅读，真是三生有幸。

　　期待着能够与您再次相见。

三宅隆太

二〇一五年春

《蓝霹雳》的场景列表及说明

"场景列表",如其字面意思,它是"场景提纲"的反向过程。

写场景提纲,是指在创作剧本时,将剧情按照场景或片段一段段写下来。

即使是专业编剧,也无法做到将突然闪过的灵感一气呵成地写成完整的剧本。

因此,作为创作的准备,编剧们会大致将剧情整理成一个提纲,再逐一发挥,补足内容。

例如,剧本可分为"起、承、转、结"四部分,也可以分解为"发端、矛盾、危机、高潮、结局"五个部分来逐一创作。像这种程度的提纲被称为"大梗概"。

随着分割范围的缩小,不同程度的内容提纲可称为"中等细分梗概""精细细分梗概"。到了"精细细分梗概"的程度时,就接近于剧本的形式了。

反过来,做场景列表,是指一边观看既有的影片,一边将故事每一阶段的片段记录下来。其中包括了状况、人物、行动、人物关系和情节展开的变动等等。做场景列表时,能够学习到故事结构的编剧技巧。

主人公视角 （弗兰克·墨菲）	协助者视角 （莱曼古德等）	敌对者视角 （考克兰上校等）	其他
S#01	日暮时分。洛杉矶警局航空科起降点。飞来飞去的直升机。上司点名，但墨菲不在。冒冒失失的莱曼古德（为后面称呼他"Jafo"做铺垫）被上司叫住。出于上司的命令，去叫回墨菲。		
S#02	准备室。莱曼古德走了进来。用手表做着什么实验的墨菲。（※人物形象很神秘。手表有何作用？）		
S#03	布拉德克警官向墨菲介绍："老搭档蒙特你改为白天执勤，莱曼古德是你的新搭档。"之后，点名的上司说："换了我才不会和那家伙一块儿飞呢。"看样子墨菲是警局的不安定要素。不过关于这一点，警局方面却似乎也有着自己的想法……		
S#04	登上直升机的是靠不住的莱曼古德。对确认出现后的墨菲，主字幕出现后，起飞。		
S#05			管制员之间的交谈："蒙特尔因为墨菲不得不转为了白天执勤。"（沮丧使得观众对墨菲的飞行技术燃起了兴趣）

	主人公视角 (弗兰克·墨菲)	协助者视角 (莱曼古德等)	敌对者视角 (考克兰上校等)	其他
S#06		飞行中的直升机。莱曼古德谨慎,而墨菲很大胆,两者形成对比。在飞行动作中介绍洛杉矶警局的有关药品买卖,以及日常业务内容(卧底等),无线电中传来新事件发生的播报。直升机改变了路线。		
S#07		直升机与陆上行动组配合,虽有危险,但是逮捕了强盗。表现了航空科业务的危险性和残酷的一面。墨菲业务习以为常。莱曼古德惊惊失惊(与观众处于同一视角)。直升机飞往下一个现场。		便利店遭遇抢劫。警车难以到达。墨菲的直升机到了。
S#08		飞行中的直升机。关于S#02中手表的提问。墨菲会回答:"人精神错乱时,会失对时间的感知。"他是用手表测试自己。墨菲还说不要用敬语。		
S#09			林荫上空。对话中会发现了被丢弃的雪佛兰车。强调墨菲能力出众。直升机飞往下一现场。	
S#10				地面。雪佛兰车被丢弃,但车内有个可疑的男人(杀手)。他拿出手枪,似乎有什么邪恶的企图……

主人公视角（弗兰克·墨菲）	协助者视角（莱曼古德等）	敌对者视角（考克兰上校等）	其他
S#11	飞行中的直升机。莱曼古德说："差不多十点半了？""你问蒙特尔了吧。"墨菲冷笑。"能不能讲一下西诺讲的事情？""我带你看看……""好像发生了什么……飞住下一现场。		
S#12	恩诺。某色情女星家。全裸做瑜伽。莱曼古德和墨菲暑开地从直升机上偷窥女星，虽然笑了，但存在在滥用职权的危险性。此处描写出墨菲的不良警官模样，以及莱曼古德气盛的年经气盛的样子。		
S#13	另一方面，莱曼古德和墨菲还在从咎地偷窥着。附近的男性打开窗帘头头来紧锁（偷窥暴露的伏装）。无线电中传来林登发生事件的播报。墨菲立即意识到"是刚才那辆车！"直升机奔起现场。		出现之前的杀手。一名黑人女性正在家。疑似杀手的同伙手背开始表击，目标是女性背包里的东西(?)。仅是盗窃的话，计划性未免太强了……
S#14			

主人公视角（弗兰克·墨菲）	协助者视角（莱曼古德等）	敌对者视角（考克兰上校等）	其他
S#15			林登。警车到达。强盗与警察互相攻击。墨菲的直升机到达并用灯照着地面。
S#16 强盗被警官击中，苦苦挣扎。看到那一幕，墨菲突然感到精神痛苦。记忆闪回到过去，藏南游击队员被活生生丢下飞机。那是墨菲的驾驶员……正是墨菲。闪回结束。眼前强盗的死与回忆重叠。墨菲似乎有未结清的过去。回去将上校路上他能防发现雪兰未失踪了。悔根开始，有关主人公的第一个严峻的局面。（※自电影的第一个严峻的局面。）			
S#17 洛杉矶警局。布拉德克警官因市民投诉直升机噪音（窗帘男的快笔收回）一事。另一方面，被袭击的女性是城市犯罪特别局长马可尼可莉。墨菲有种直觉，认为这起案件"并非单纯的抢劫"。于是他上报了雪兰事件，被认为与本案无关。墨菲和来曼古德面前进行地执行命令。布拉德克警官想对墨菲进行"审查局想对拉德克警官想对			

主人公视角 （弗兰克·墨菲）	协助者视角 （莱曼古德等）	敌对者视角 （考克兰上校等）	其他
S#17 （续） 你进行精神检测", 又补充说, 所以这次的教训是你必须"小心翼翼, 如履薄冰"。布拉德克警官很幽默, 信赖部下, 赏罚分明。墨菲也从心底信赖布拉德克。			
S#18 地点同前, 停车场。墨菲乘上爱车庞蒂亚克火鸟（车型奖出了墨菲玩世不恭的态度）, 手表再度出镜。墨菲野蛮地驾驶危险成分, 展现出其性格中的危险。令人思索"他精神上真的没问题吗?"不过他并没有碰倒的交通锥, 可见他的驾驶技术非同一般。			
S#19 自己家。墨菲回到家。独居。听电话录音。录音中传来未性格温和的前女友（凯特）的声音。此时, 家门外传来可疑的声响。氛围紧张。是强盗吗? 墨菲举着枪。发现原来是前女友, 还带着孩子。前女友表示要和墨菲和好, 并且还要拿回在的航空科老无关系, 只是一般市民。她十分可爱, 又令人安心。墨菲同居, 曾与墨菲同居的发现, 为他准备的生日礼物被发现, 两个人依此留恋。接吻。			

主人公视角（弗兰克·墨菲）	协助者视角（莱曼古德等）	敌对者视角（考克兰上校等）	其他
S#20 墨菲家前。前女友的爱车在旁。前女友对他说："你现在状态不对，我想帮助你。"她与布拉德克警官说了同样的话。墨菲很担忧地接受了前女友说的话。孩子也很近来墨菲。二人再次接吻，前女友每次车离开，剩下墨菲独自一人，他感到头痛，同时内心仍残留着不安……			
S#21			KBLATV。人气主播马里果正在进行马可尼莉莉事件的新闻报道。从医院传来休伊特的实时连线。马可尼莉莉身亡，原因是少数裔族的抗争……果真如此吗？
S#22 深夜。墨菲开着爱车来到马可尼莉莉家，寻呼机突然响了，他慌忙关掉。墨菲偷偷独自进行搜查。看来他不认可少数裔族抗争的理由。他最终在现场找到并取回一张可疑的纸片。突然墨菲的敏锐感和独狼个性，寻呼机又响，他再次慌张地关掉。			
S#23	呼叫者是布拉德克。墨菲对他表达地面执勤的不满。警官通知："迅速归队，情况异常。"		

主人公视角 （弗兰克·墨菲）	协助者视角 （莱曼古德等）	敌对者视角 （考克兰上校等）	其他
S#24 洛杉矶机警局航空科。墨菲到后，警官说："有特殊任务，墨菲回复空中央勤。"并介绍了来自政府的艾斯兰和弗来前也有到达兵器试验场。一再强调那是机密事项，并将进行新型直升机试飞。洛杉矶机被选为试验城市，市长希望参与试验。政府方面也有飞行员，但墨菲被选为试飞员。一行人乘卡车前往目的地。			
S#25 卡车飞驰。问及墨菲在越南的飞行经历。墨菲回答。因为陶部负责你被送送回美国。这个疑问戒许是一种试探。墨菲询问戒许是务的内容。回答和洛杉矶机要运会恐怖袭击相关。计划从空中管控群众。"在越南使用这种方法就失败了。""我们已经改进了。""哪里改进了？""接下来你就知道了。""……"墨菲对此十分在意。（观众也怀着同样的想法）			

	主人公视角（弗兰克·墨菲）	协助者视角（莱曼古德等）	敌对者视角（考克兰上校等）	其他
S#26	到达兵器试验场。一行人进入劳观席。警用直升机禁止武装，但新型直升机却全副武装。"新型直升机叫什么?""蓝霹雳"。(片名出现)			
S#27	以棚外街道场景开始试验。奇怪的是，雪佛兰男杀手也出现在了观众席（仅限观众视角）。展示新型直升机的火力威猛。墨菲来其射击的准确性和危险性。弗兰克说:"十个人中牺牲一人，是允许范围内的。"看起来试飞员似乎有问题（仅限观众视角）。随后，"蓝霹雳"着陆。			
S#28	墨菲与试飞员（考克兰上校）碰面。两人是越战时期的战友。考克兰试图将墨菲送上军事法庭。会面到拔鞋带张。两人针锋相对。考克兰挑衅道:"你觉得自己驾驶得了它吗?"墨菲回答:"你不是都驾驶过它了吗?"第二天墨菲要与考克兰一同试飞。"回头见"（※仅仅一幕，考克兰的口头禅是给人留下十分讨厌对者的印象。注意这种明确提示敌对者的方法）。布拉德克兰也感到不大愉快。			

主人公视角 （弗兰克·墨菲）	协助者视角 （莱曼古德等）	敌对者视角 （考克兰上校等）	其他
S#29 第二天清晨。洛杉矶警局航空科。墨菲在与白天执勤的麦特商谈，墨菲解读着马可尼莉的家特的纸片。老搭档看着未馆得信赖。麦曼古德转尔称呼来曼古德为Jafo。来曼古德询问"Jafo"的意思，墨菲不作任何说明（加深观众的印象）。			
S#30	来曼古德问墨菲："你真的能驾驶直升机翻转一周吗？"		
S#31		考克兰在墨菲计划乘坐的直升机的叶轮机上松开了某一颗螺丝钉，事态不妙。墨菲等人来来。考克兰嘲笑说："驾驶直升机翻转一周根本不符合空气动力学。"	
S#32 考克兰的两句话"跟上"和"回头上"令全墨古德十分恼火。（尽管没有具体片段，但因为考克兰上校的存在，两人的搭档关系更加明确。）			
S#33 洛杉矶机上空。考克兰的"蓝霹雳"与墨菲的普通直升机井肩飞行。最终，考克兰挑衅："要翻转吗？"			

	主人公视角 （弗兰克·墨菲）	协助者视角 （莱曼古德等）	敌对者视角 （考克兰上校等）	其他
S#33 （续）	考克兰要求墨菲的飞机做先行引号，螺丝钉因此脱落了。墨菲随机应变避免了灾难。他的确技术高超。			盘旋于城市上空的航空科直升机。听到无线中消息的同事们感到不安和慌乱。墨菲已经被认为是嫌疑犯。
S#34	停车场。墨菲手臂受伤。那里，考克兰在车上（他的坐骑是雪佛兰科尔维特！）。墨菲隐约感到这次事故的发生在于考克兰。考克兰问道："墨菲，你要动了手脚。考我吗?"墨菲回答："不。快从我眼前消失。"考克兰依旧回了那句"回头见"。墨菲快速驾驶虎蒂亚克火鸟离开，撞倒了一个交通锥，这意味着他不再冷静。			
S#35	与前女友和孩子去游乐场的车中。前女友对机械一无所知，但有她在身边，墨菲感到安心。与她相处的时间惬意而轻松。前女友在驾车行驶上很乱（为后半部分埋下伏笔）。			
S#36	游乐园。前女友。墨菲与儿子乘坐游乐设施时，前女友见了蒙特尔。二人解读纸片内容。难道真是少数片上所写奢纷争吗?此时引出纸片的书写			

主人公视角 （弗兰克·墨菲）	协助者视角 （莱曼古德等）	敌对者视角 （考克兰上校等）	其他
S#36 （续）	的述一样的词语 "THOR＝托尔"。（北欧神话中的雷神）。			
S#37		前女友家。电视上播放着马里奥的新闻。内容是关于少数族裔纷争是马可尼莉被杀原因的报道。前女友此时注意到墨菲不在（她为此感到不安，找了一番，原来墨菲在为孩子读画本时睡着了。前女友搂住。梦中墨菲却被噩梦缠住。又是越南士兵被推落的情境。前女友的丝毫不知墨菲越南梦境的内容。		
S#38	洛杉矶警局航空科。墨菲与莱曼古德在接受有关"蓝霹雳"的使用指导。作为对系统重要组成的头盔、夜视装置、录像功能、记录的消除方法等，这些都是伏笔。针对墨菲的讲解主要为射击功能。针对莱曼古德的讲解主要为录像功能。后半部分的墨菲身边逐渐明晰有拉德在提醒他："你威胁考克兰了吧。""你被政府人员跟踪了，小心点。"			

	主人公视角 （弗兰克·墨菲）	协助者视角 （莱曼古德等）	敌对者视角 （考克兰上校等）	其他
S#39		洛杉矶警局航空科。夜晚。莱曼古德向技师墨克特展现出擅长"蓝霹雳"的结构，展现长高科技"房"的年轻人形象。墨菲来了，叫他同自己一起去试去飞。		
S#40	两人来上"蓝霹雳"。莱曼古德进行说明，并询问："需要开启会话录音吗？"墨菲回答："不用吧。"莱曼古德下降下停上录音功能的保险丝（这一动作是一个伏笔）。墨菲再次询问"Jafo"的意思，还是没有得到墨菲的正面回答。墨菲请求起飞许可，塔台却回复暂时不能起飞。			
S#41			因为"只是例行飞行吧"，所以考克兰批准了他们的起飞许可。"蓝霹雳"离开陆地。	
S#42	夜间飞行。测试发动机、窃听、摄像头性能。这架飞机甚至还配有低语语模式、温度记录器等。中途窃听到莱住户的"快枪手事迹"，二人大笑，此事也为后续埋下了伏笔。因为"蓝霹雳"的超高性能，两人很是兴奋，墨菲说："如果拥有12架这样的直升机，			

主人公视角 （弗兰克·墨菲）	协助者视角 （莱曼古德等）	敌对者视角 （考克兰上校等）	其他
S#42 （续） 就是以获得权力。"随后，莱曼古德调出了自己的履历，内容显示墨菲无异常；墨菲的履历则显示考克兰"修正中"。氛围诡异……考克兰通过无线联络墨菲："今晚联系到此为止吧。"			
S#43		去往某处的考克兰和弗莱彻。艾斯兰在等待"蓝霹雳"归队。	
S#44 "蓝霹雳"进入着陆状态。看到考克兰驾驶克尔维特离去。二者急忙对其追踪（艾斯兰见此很是慌乱）。墨菲要求调出考克兰的履历，内容显示其正在参与国家机密的"雷神（THOR）计划"。搜索"雷神（THOR）计划"，显示其为"战术直升机改击计划的略称"。（S#35伏笔收回）墨菲和莱曼古德怀疑政府利用"蓝霹雳"为非作恶。政府数据库要求输入考克兰的ID，于是二者只能直接接尾随考克兰。考克兰开车到了联邦大厦。			
S#45			航空科。艾斯兰同布拉德克针锋相对："把他们都雇了吧。"布德克没有理睬他。艾斯兰又说：

主人公视角 （弗兰克·墨菲）	协助者视角 （莱曼古德等）	敌对者视角 （考克兰上校等）	其他
S#45 （续）			"直升机坏了的话你也一样被炒鱿鱼。布拉斯克对此充耳不闻，回敬艾斯兰："我的部下都是正派人。"	
S#46 另一方面，利用"蓝霹雳"附带的低语模式与温度记录器窃听并偷拍了考克兰等人的对话。然后……			
S#47		房间内，之前出场的杀手、考克兰与弗莱彻等人在谈论马可尼莉的死（她因想要公开"霸神计划"而被杀害），终于，他们开始谈及杀死墨菲的计划。(※离潮剧分前，情势开始急转直下)	
S#48 两人十分紧张。墨菲问："录像了吗?"莱曼古德回答："全都录下来了。"此时考克兰出现窗前，正撞见"蓝霹雳""暴露了"。(S#14伏笔收回)"蓝霹雳"慌忙飞离现场。			
S#49 墨菲回到航空科，准备向布拉德克汇报，但是艾斯兰也在场。墨菲请求布拉克："我们两人谈一谈吧。"可惜未能独进单谈话的			

	主人公视角 （弗兰克·墨菲）	协助者视角 （莱曼古德等）	敌对者视角 （考兰上校等）	其他
S#49 （续）	机会。此时考兰打来电话。艾斯兰走出房间。			
S#50		莱曼古德准备从"蓝霹雳"中取出录像带。		
S#51			布拉德克与墨菲争执时，艾斯兰面色大变走出了房间。（这使得观众猜测考兰在电话中是否告知艾斯兰"被偷拍了"这一事实。场景中并未直接播出电话内容。）	
S#52	墨菲通过显示器看到莱曼古德取走了录像带。趁布拉德克在打电话、墨菲离开了房间，恰巧碰见艾斯兰。而那一瞬间走了录像带。墨菲慌忙藏起来。莱曼古德有危险！（这是没有手机的时代才可能出现的剧情展开。故事发生在现在的话就能够轻而易举做出来莱曼古德警示，因此为了避免墨菲向莱曼古德警示，可能还要增加"信号不好"等要素。）			
S#53			莱曼古德家的外围。杀手隐藏在雪佛兰车中。莱曼古德回到家中。	

主人公视角（弗兰克·墨菲）	协助者视角（莱曼古德等）	敌对者视角（考克兰上校等）	其他
S#54	莱曼古德击入室内，被埋伏的暴徒袭击并审问："录像带在哪儿？"莱曼古德的手指被暴徒折断，但他随机应变寻找机会逃了出来！		
S#55		杀手发现了逃跑的莱曼古德，急忙驾车追赶。	
S#56	莱曼古德拼命逃跑，但被驾车而来的杀手堵截，最终被撞身亡。		
S#57 墨菲驾车来到现场。救护车上的莱曼古德已面目全非。墨菲对此十分震惊。对讲机中传来消息，墨菲被认定为嫌疑犯。墨菲慌忙离开现场。			
S#58			上空盘旋着航空科的直升机。无线电中传来同事们的交谈，不安与动摇的情绪弥散开来。墨菲似乎已经彻底被弥当作嫌疑人了。
S#59 墨菲用公共电话听取家中电话留言。来曼古德似乎藏好了录像带："关于详情，你去听'蓝露勇'上的录音。"前女友也留了言："来曼古德的事我很遗憾，给我打个			

	主人公视角 （弗兰克·墨菲）	协助者视角 （莱曼古德等）	敌对者视角 （考克兰上校等）	其他
S#59 （续）	电话吧。"警车到来，墨菲逃走……爱车洛蒂蒂亚克鸟被丢下。			
S#60	第二天清晨的航空科。墨菲偷偷潜入。他乘上"蓝霹雳"，插入保险丝，听了来古德的垃圾箱里："录像带在汽车影院的垃圾箱里。"最后还有一条信息："我明白 Jafo 的意思了。是'愚蠢的侦察队员'！"听到这里，墨菲笑了起来。此时同事出现。墨菲"投降吧。"同事逃走。识地举枪相对。墨菲逃走。万事休矣。墨菲彷徨过后下定决心，启动了"蓝霹雳"（打破"壳"的瞬间）。			
S#61		考克兰对着飞起的"蓝霹雳"开枪。"蓝霹雳"腾空而去。预计高开始。		
S#62	"蓝霹雳"飞翔在洛杉机上空。墨菲在机内向洛杉机电话中心打电话，连线到 KBLATV 电视台，宣告事态紧急，并提出有休伊特，要寄送给马里奥或休伊特。但是他们两个外出采访，都不在电视台。于是墨菲再次拜托电视中心查找号码。			

主人公视角 （弗兰克·墨菲）	协助者视角 （莱曼古德等）	敌对者视角 （考克兰上校等）	其他
S#63	前女友家。电话铃响，墨菲在电话里告诉她："去汽车影院取录像带，然后交给 KBLATV 的马里奥或休伊特。"		
S#64		航空科内集合的考兰一行十分慌张："他打算公开。"对此布拉德克十分纳闷。	
S#65	汽车影院。前女友驾行驶车突破封锁。她在"蓝露露"掩护下，寻找垃圾箱。在严峻的局势下，前女友努力的模样稍微缓解了紧张的程度。		
S#66		特警队正向着航空科悄悄集结。这样下去墨菲恐怕会深陷危机？！	
S#67	前女友终于拿到录像带。遭到了警车追逐，前女友驾车逃走。激烈的车辆追逐。		
S#68		航空科。载满全副武装的特警的两架直升机起飞。讽刺的是，飞行员是桑特尔。	

主人公视角（弗兰克·墨菲）	协助者视角（莱曼古德等）	敌对者视角（考克兰上校等）	其他
S#69	甩掉警车的前女友。"蓝霹雳"在上空守护着她。		
S#70 特警及豪特尔的直升机出现并向无视警告的墨菲开枪。你要墨菲进行反击。豪特尔穷追不降。没有死伤。墨菲在无线电中向豪特尔道歉（空战1结束）。又一驾直升机进攻而来。墨菲引诱对方进入空战2。			
S#71 利用下水道进行的超低空空战2。"蓝霹雳"的性能加上墨菲的驾驶技术，迫使豪特尔的直升机坠落（空战2完结）。这一激战依旧没有造成任何人的死亡。			
S#72	开车逃跑的前女友被警车发现，逼停在排水口的桥上。就在穷途末路之时，"蓝霹雳"突然从桥下出现。前女友寻找继续追赶的警车，突然驾车逃窜。企图继续追赶的警车被"蓝霹雳"一击为二。前女友一路飞驰。KBLATV电视台向着		
S#73	前女友被白色摩托追赶。最终甩掉对方。		

	主人公视角 （弗兰克·墨菲）	协助者视角 （莱曼古德等）	敌对者视角 （考兰上校等）	其他
S#74			航空科开始作战会议。电视台进行实况转播。"蓝霹雳"暴露在全国的网络上。考兰向空军申请支援，请求出动两架F16战斗机。面对考兰"那是为了排除障碍"的言论，布拉德克反驳："你说谁是障碍！"	
S#75		前女友与警车最后的追逐。野蛮驾驶但最终平安无事，她带着要像带进入了KBLATV电视台。"蓝霹雳"放心飞走。		
S#76			就在这时，空军基地有两架载有导弹的F16战斗机起飞了。	
S#77			杀手诡计多端，十分拼命。他表示已经派弗来物去了KBLATV电视台。	
S#78	KBLATV电视台的大楼。"恐怖分子（指墨菲）驾驶武装直升机发起暴行"，这一新闻引起了极大恐慌。墨菲向警卫解释录像带的事情，但是交涉并不成功。然后弗来物出现（前女友将弗来物）并对她说："我真是电视识别弗来物）并对她说："我真是电视			

主人公视角（弗兰克·墨菲）	协助者视角（莱曼古德等）	敌对者视角（考克兰上校等）	其他
S#78（续）			
	制片人，你把录像带交给我吧。前女友感到事情不对，拒绝了这一要求。		
S#79			
		杀手们。因为莱曼古德改了消除录像的指令，他们并不知晓而十分慌张。于是杀手的老大命令"全部消除！"（※这一片段其实构思上非常数衍。那样的行动应当尽可能提前实行。	
S#80			
	休伊特现身，判断事案的是冒牌货。弗莱等刨倒着成感，千钧一发之际，奉他指向前女友等人，卫打到了他，录像没有被消除。前女友终于进入电视台内！		
S#81			
		F16战斗机出现在洛杉矶上空，并捕捉到"蓝霹雳"的踪迹，发射导弹。	
S#82			
墨菲随机应变，躲过导弹。导弹直击小东京日本街的烤肉店。造成一定的骚动。			
S#83			
	航空科。接到"误炸小东京"报告的布拉德克向市长汇报。市长		

主人公视角（弗兰克·墨菲）	协助者视角（莱曼古德等）	敌对者视角（考克兰上校等）	其他
S#83（续）			
	脸色铁青。紧急准备政治对策。（该角色主要用来揶揄科打诨，这一点颇有讽刺意味。）		
S#84			
F16战斗机发起了更凶猛的攻击。墨菲凭借高超飞行技巧躲过数次攻击。导弹击中了写字楼，造成极大骚乱。			
S#85			
墨菲反击。飞行员跳出被击中的战斗机。另一架返回。			
S#86			
		航空科。军用武装直升机到达。考克兰来自驾驶舱。因为陆地伤亡惨重。作战过于危险，市长下令中止攻击。考克兰却无视命令起飞。	
S#87			
墨菲关心战斗机的飞行员是否凭借降落伞安全着陆。这时，军郛的考克兰从天死角发起起攻击。墨菲弹药火力十足，穿透防弹衣。墨菲受伤。"蓝霹雳"也受损，沦为被追击的一方。考克兰的攻击毫不留情。随后，以街道为舞台合开启了危险激烈的空战3。墨菲逐渐被逼入绝境。	过去的记忆开始闪现。又是在越南，越南士兵被推落的场景。推落越南士兵的人……竟是年轻时的考克兰。		

主人公视角（弗兰克·墨菲）	协助者视角（莱曼古德等）	敌对者视角（考兰兰上校等）	其他
S#88		KBLATV。休伊特与墨菲前女友一同观看录像带。他给同事打电话，提出中止对恐怖活动的报道，他认为为"那位警官可能是个英雄"。	
S#89 另一边，墨菲与考兰兰在高楼之间相互进攻防守，接连上演精彩场面。但是，无法绕到考克兰背后，"蓝霹雳"一直处于劣势。墨菲终于决定一决胜负。他准备凭借被认为不可能的"翻转"，逆转形势。考克兰则挑战失败。翻转时，墨菲瞄准考克兰的背后，击中了他的直升机。墨菲指着考兰兰粉身碎骨的直升机重复了考兰兰的那句台词："回头见。"（※S#30-32 中的伏笔全部收回）			
S#90 洛杉矶机场的街头迎来了日落。墨菲将"蓝霹雳"对准货运火车，准备用火车拦挡"蓝霹雳"。墨菲一边用手表计算着时间，一边弹出机舱。"蓝霹雳"撞上列车，化为灰烬。墨菲独自离去的身影渐渐没在马里奥的报道声中……（※主人公退出场时，手表都有呼应出现）这是一个很相大的首尾呼应出现，首尾的"基本应对方式"			

如何？

请大家再看一下《蓝霹雳》，重新确认一下这部影片的每一场戏。

这样一来，场景内的展开，场景之间的连接方式，视点切换的时机和目的等等，是不是就能够更加清晰易懂地得到把握了？

像这样做场景列表，可以使伏笔的设置与收回，登场人物心理的变迁，轨迹推动力的强化等等，以及中部过后对于"信息的舍弃"到底有多少能处在观众理解范围内，这些问题都变得明晰起来［优质剧本无关影片类型，伴随着剧情走向后半部分，应逐步减少台词，通过动作（行动或事件）的描写来引导观众的心理］。

无论是什么电影，都可以当作提取场景列表的材料。请各位选取喜欢的影片，亲自尝试一下吧。

相信你也一定会有独到的发现。

第 1 章中问题的答案

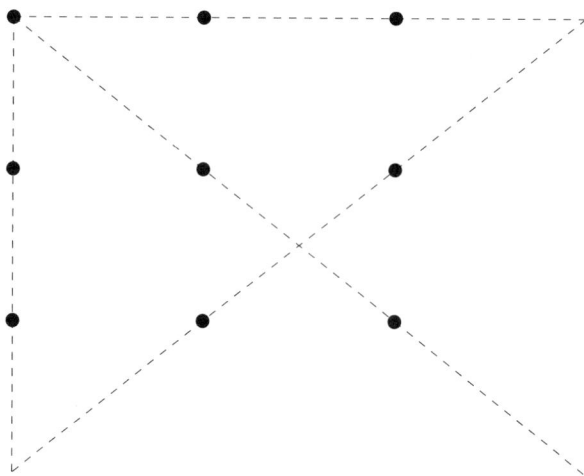

参考文献及影片

文 献

「性格は捨てられる　性格を変える七つのセラピー」心屋仁之助（中经出版）

「こどもと若者のための認知行動療法実践セミナー」松丸未来、下山晴彦、Paul Stallard（金刚出版）

影片（台词出处）

《蓝霹雳》（光盘版）
翻译：余语健
配音制作：东北新社

《换子疑云》
翻译：宇津木道子
首次播放：1983 年 4 月 7 日　东京电视台木曜洋画剧场

《恐怖地带》（光盘版）
翻译：PROCENSTUDIO

《比弗利山超级警探 2》
翻译：Takashima Chiseko
配音制作：东北新社、富士电视台
首次播放：1990 年 4 月 14 日　富士电视台黄金洋画剧场

分析评价表

标题		拍摄日期
		年　　月
英文标题		上映日期
共同制片人（候补）	制作投资公司（候补/预定比例）	年　　月

委托人姓名/公司全称	
委托原因	
既定要素	
进行状况·阶段	
原著相关信息	
编剧姓名	
形式·类别	
草稿	
页数	
类型	
情节概要	

时代/地点			
主人公的背景			
中心问题			
角色弧			
主题			

主人公	姓名·年龄·职业		
	动机（外在·内在）		
	目标（外在·内在）		
	具体障碍与矛盾		

结构	第一转折点		
	中间点		
	第二转折点		
	高潮部分与矛盾的解决		

配角	敌对者	姓名·年龄·职业	
		动机与目标	
		具体障碍与矛盾	
	协助者	姓名·年龄·职业	
		动机与目标	
		具体障碍与矛盾	

次要情节	1	
	2	
	3	
	4	

整体评价	
有无相互性	
对编剧的评价	

	3	2	1	0	等级	分数
设定	非常好	较好	一般	较差		___分/18分
人物塑造	非常好	较好	一般	较差		___%
情节线	非常好	较好	一般	较差		
视觉效果	非常好	较好	一般	较差		
结构	非常好	较好	一般	较差		
主题	非常好	较好	一般	较差		

故事评价

市场	预算	低	一般	高		
	上映规模	单一影院上映	单一影院连续上映	B级院线	A级院线	电视渠道
	目标受众	家庭	情侣	朋友	单人	特定对象（ ）

综合评价	推荐	需要考虑	退回

分析人姓名	
填表日期	

出版后记

　　编剧将成熟或不成熟的想法转化为文字，这是绝大多数电影的起点，远在它呈现为银幕上的动态影像前。优秀的电影也许离不开导演的加持，但好剧本能够为电影建构起稳固的地基，使打动人心的故事具足视觉化的潜能。编剧在创作过程中需要的是什么？不同的编剧有各自的写作方式和侧重点。有人信任扎实的写作能力或娴熟的技巧，也有人依赖捕捉灵感的敏锐感知力。那么，有什么是编剧可以习得，并且以此滋养自身剧本创作的技巧？这是许多剧本写作教程试图解答的问题。

　　在《编剧解忧相谈室：初诊篇》中，三宅隆太为初学者和专业编剧提供的不仅是普通的创作指南。作者三宅隆太是导演、编剧，还是一位剧本医生。在审视剧本及其创作过程时，这些职业身份赋予他不同于他人的多重视角。对于作者而言，优质剧本的关键不在于技巧和才能，而与编剧自己的独特性有关。剧本医生之所以能够为编剧解忧，是因为他关注编剧的困扰所在，帮助编剧从固有的思维方式中找到破除僵局、开辟创作新思路的转折点。思维怪癖也是编剧独特性的来源，可以成为别样的创作风格的养料。书中，作者结合了诸多实际案例，诊断编剧的思维"病症",解剖疑难剧本,开出来自剧本医生的秘密药方。

寻找自己的世界观是编剧创作的基点,"那是你极为重要的个性,也是你不可替代的武器。"编剧依照自身世界观塑造出来的人物,还需要具备可供打破的"外壳"。编剧应当挖掘人物思考模式可能带来的困境,为人物建立性格或人生之壳。而人物的"破壳"瞬间,能够自然地触发电影的高潮。围绕人物的"外壳",矛盾和矛盾的消解得以产生,编剧要做的是将这些细碎的片段串联成发展明晰的中心轨迹。

除了具体的创作思路,以及理解影片架构方式的练习之外,作者还详尽地介绍了剧本医生的工作流程。剧本医生是如何从整体和细节处把握、判断剧本的?这个角度能够让编剧对自己的剧本形成更深层的认知。

在编辑过程中,我们按照通行标准统一了人名和片名的译法,依据中文语言习惯对部分语句进行了调整,如有疏漏之处,还请读者朋友们不吝指出。

此外,本书的姊妹篇《编剧解忧相谈室:复诊篇》中文版也即将面世。在"复诊篇"中,三宅隆太延续娓娓道来的疗愈写作风格,从手把手教导撰写剧本大纲开始,一步步为无法开启长篇剧本创作的初学者们答疑解惑。相信正遭遇创作困境的读者,能从书中得到抚慰和启发,敬请期待。

为了开拓一个与读者朋友们进行更多交流的空间,分享相关"衍生内容""番外故事",我们推出了"后浪剧场"播客节目，邀请业内嘉宾畅聊与书本有关的话题，以及他们的创作与生活。可通过微信搜索"houlangjuchang"来获取收听途径，敬请关注。

服务热线：133-6631-2326　188-1142-1266

服务信箱：reader@hinabook.com

后浪电影学院

2021年1月

图书在版编目（CIP）数据

编剧解忧相谈室. 初诊篇 /（日）三宅隆太著；史
逸青译. -- 成都：四川文艺出版社，2021.5
　　ISBN 978-7-5411-5839-1

　　Ⅰ.①编… Ⅱ.①三… ②史… Ⅲ.①编剧－研究
Ⅳ.①I053

中国版本图书馆CIP数据核字(2021)第017096号

SCRIPTDOCTOR NO KYAKUHONKYOSHITSU SYOKYUHEN
Copyright©2015 RYUTA MIYAKE
Chinese translation rights in simplified characters arranged with SHINSHOKAN
through Japan UNI Agency.Inc.,Tokyo

本书中文版权归属于银杏树下（北京）图书有限责任公司。
版权登记号图进字：21-2020-384

BIANJU JIEYOU XIANGTANSHI: CHUZHEN PIAN

编剧解忧相谈室：初诊篇

［日］三宅隆太 著
史逸青 译

出 品 人	张庆宁	选题策划	后浪出版公司
出版统筹	吴兴元	编辑统筹	梁 媛
特约编辑	董纾含　吴潇枫　赵旭如	责任编辑	陈雪媛
装帧制造	墨白空间	营销推广	ONEBOOK
封面设计	蔡佳豪	责任校对	汪 平

出版发行　四川文艺出版社（成都市槐树街2号）
网　　址　www.scwys.com
电　　话　028-86259287（发行部）　028-86259303（编辑部）
传　　真　028-86259306

邮购地址　成都市槐树街2号四川文艺出版社邮购部 610031
印　　刷　北京天宇万达印刷有限公司
成品尺寸　143mm×210mm　　　　开　本　32开
印　　张　11.25　　　　　　　　字　数　233千字
版　　次　2021年5月第一版　　　印　次　2021年5月第一次印刷
书　　号　ISBN 978-7-5411-5839-1　定　价　56.00元

《编剧解忧相谈室：复诊篇》

▶ 这是一部同你温柔交流、史无前例的作品。

▶ 日本王牌"剧本医生"三宅隆太手把手教你构思剧本大纲。

▶ 前所未有！一部激发共情力的编剧诊疗书。

▶ 日亚电影理论·影像理论/戏剧部门第一位！

在"初诊篇"里，我无数次告诫说"要对你自己内心的波动敏感一些"。我说过，那样做是为了建立客观的眼光，为了扩展视野。而"复诊篇"的目标是"与外部世界和他人的思考进行碰撞，发展你的个性和实力"。——三宅隆太

著者：[日]三宅隆太
译者：官岚行
书号：978-7-5411-5852-0
出版时间：2021年5月
定价：58.00元

内容简介 | 本书是"编剧解忧相谈室"系列的第二本书。这是一部无须门槛的剧作教程，旨在让渴望提高水平的编剧专业人士掌握具体可行的写作方式。兼具编剧、导演、心理咨询师背景的业内专家三宅隆太围绕着编剧无法写出长篇剧本这一困境，逐步指引读者转变自身思维方式，构思出结构完整、情节饱满的剧本。此外，作者还通过对剧本写作心理的分析，以亲切幽默的语言，提供了易于实践的写作路径，趣味十足。本书不仅面向新手编剧、职业编剧，对于影视爱好者和普通读者来说，同样可以从思维练习和创作思路梳理中得到启发。

作者简介 | 三宅隆太，日本编剧、电影导演、剧本医生、心理咨询师。经过若松制作副导演职位的历练后，三宅隆太转职为自由摄影师与照明技师，曾任MV导演，后转为编剧和电影导演。他以剧本医生的身份参与包括好莱坞作品在内的国内外诸多电影项目，执教于东京艺术大学研究生院等各种高等院校及编剧培训学校。

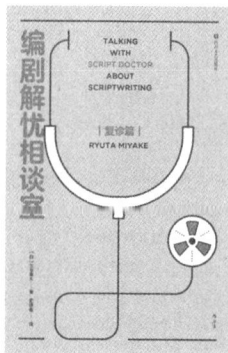